금
병
매
8

금병매 金瓶梅 8

초판 1쇄 발행 2022년 9월 30일

지 은 이   소소생(笑笑生)
옮 긴 이   강태권
펴 낸 이   한승수
펴 낸 곳   문예춘추사

편   집   이상실
마 케 팅   박건원, 김지윤
디 자 인   박소윤

등록번호   제300-1994-16
등록일자   1994년 1월 24일
주   소   서울특별시 마포구 동교로 27길 53, 309호
전   화   02 338 0084
팩   스   02 338 0087
메   일   moonchusa@naver.com

I S B N   978-89-7604-538-6 04820
             978-89-7604-530-0 (세트)

천 하 제 일 기 서

완역

금병매

소소생笑笑生 지음 / 강태권 옮김

8

차례

서문경의 여인들

오월랑   첫째 부인. 청하좌위 오천호의 딸로 서문경의 전처가 죽자 정실로 들어온다. 서문경 집안의 큰마님으로 행세하며 집안 여인들 간의 질서를 유지하고자 노력하고, 서문경이 죽은 후에는 유복자 아들을 잘 키워보고자 노력하나, 결국 인생이 한바탕 꿈에 불과함을 깨닫는다.

이교아   둘째 부인. 노래 부르는 기생이었으나 서문경의 눈에 들어 부인이 된다. 서문경이 죽자 재물을 훔쳐 기원으로 돌아간다.

맹옥루   셋째 부인. 포목상의 정처였으나 남편이 죽자 설씨의 주선으로 서문경과 혼인한다. 나름 행실을 바르게 하며 산 덕분에 쉽게 맞이할 수도 있는 불운을 피해 간다.

손설아   넷째 부인. 서문경 전처의 몸종이었다가 서문경의 눈에 들어 그의 부인이 된다. 집안 하인과 눈이 맞아 도망가는 등, 삶의 신세가 바람에 나부끼는 깃발처럼 이리 움직였다 저리 움직였다 한다.

반금련   다섯째 부인. 무대의 부인이었으나 서문경과 눈이 맞아 무대를 독살하고 서문경에게 시집온다. 영리하고 시기심 많은 성격에 서문경을 독차지하려고 애쓰지만, 끝내 원수의 칼날을 피하지 못한다. 삶의 영고성쇠가 무상함을 증명하듯 실로 파란만장한 삶을 산다.

이병아   여섯째 부인. 화자허의 부인이었으나 화자허가 화병으로 죽자 서문경의 부인이 된다. 천성이 착하지만 죽은 화자허의 좋지 않은 기운이 그녀의 삶을 지치게 한다.

춘매   반금련의 몸종으로 서문경의 총애를 받는다. 사람 일은 알 수 없음을 증명하는 인물로서, 쇠락해지는 듯하다 다시 최고의 영예를 누리는 삶을 산다.

이계저   이교아의 조카로 기원의 기생. 행사 때마다 서문경의 집안에 불려온다.

송혜련   서문경 집안의 하인인 내왕의 부인. 자신의 미색 때문에 남편이 쫓겨나게 된다.

임부인   서문경을 의붓아버지로 섬기는 왕삼관의 어머니. 아들을 핑계삼아 서문경과 관계를 맺는다.

여의아   서문경의 아들 관가의 유모. 이병아가 죽은 뒤 서문경의 눈에 들어 관계를 맺는다. 서문경이 그녀를 죽은 이병아를 대하듯 한다.

왕륙아   한도국의 부인. 딸의 혼사를 매개로 서문경의 눈에 들어 은밀한 만남을 갖는다. 남편의 암묵적 승인 하에 자신의 몸을 팔아 생계를 이어간다.

반금련의 남자들

무대   금련이 독살한 전남편. 동생 무송에게 자신의 억울한 죽음을 알리고 복수를 부탁한다.

서문경   금련이 재가한 남편. 천하의 난봉꾼으로, 집안의 여러 부인을 거느리고도 틈만 나면 새로운 여인에게 눈을 돌린다.

진경제   서문경의 사위. 일찌감치 장인 집에서 기거하며 서문경이 다른 여자를 탐하는 사이에 금련과 정을 통한다. 수려한 외모로 어린 나이부터 정욕에 이끌리는 삶을 산다.

금동   서문경의 하인.

왕조아   왕노파의 아들.

일러두기

* 이 책은 『신각금병매사화(新刻金甁梅詞話)』와 『신각수상비평금병매(新刻繡像批評金甁梅)』의 합본을 저본삼아 이를 완역한 것이다.
** 본문 삽화는 『신각수상비평금병매』에서 가져온 것이다.
*** 본문 중 괄호 안의 글은 옮긴이의 주이다.
**** 각 이야기의 소제목은 편집부에서 새로 만든 것이다.

틀림없는 천생의 한 쌍이려니

반금련은 '억취소' 부르는 것을 참지 못하고,
욱씨 아가씨는 밤에 '요오경'을 부르네

교묘하면 귀여워하고 아둔하면 혐오하고
착한 말은 나약하다 하고 악함은 싫어하네.
부유함은 질투받고 가난함은 욕이 되고
근면하면 탐하는 것이고 검소는 인색이라네.
모두가 졸속함을 보고 비웃지만
기회를 보아 이르면 간교하다 의심하네.
어떤 일이 사람들 마음에 들리오마는
사람이 되게 하기도 힘들고 사람이 되기도 힘들어라.
巧厭多乖拙厭閒 善言懦弱惡嫌頑
富遭嫉妬貧遭辱 勤又貪圖儉又慳
觸目不分皆笑拙 見機而作又疑奸
思量那件合人意 爲人難做做人難

응백작이 집으로 돌아가자, 서문경은 화원 안 장춘오에 앉아서 구들장과 온돌을 손보는 미장이들을 지켜보았다. 아궁이에 불을 지피니 안이 따스하기가 마치 봄날 같았다. 화초를 그 주위에 놓았는데

전혀 연기에 그을리지 않았다. 이때 평안이 명첩을 가지고 들어와,

"주수비 댁에서 연회 준비 분담금을 보내오셨습니다. 상자 안에 다섯 사람 몫의 갹출금이 들어 있습니다. 주수비와 형도감, 장단련, 유내상과 설내상이 각각 은자 쉰 냥씩 내고 또 손수건 두 장씩을 축하 선물로 보내오셨습니다."

하고 아뢰었다. 서문경은 좌우의 하인들에게 받아두라고 이른 뒤에 답장을 써서 온 사람에게 주어 돌려보냈다.

이날은 양고랑[楊姑娘](맹옥루의 큰어머니), 오대구 부인, 반금련의 어머니가 가마를 타고 먼저 왔다. 그런 다음에 설비구니, 큰스님, 왕비구니와 묘취, 묘봉 두 어린 비구니와 욱씨 아가씨가 선물을 들고 맹옥루의 생일을 축하해주기 위해 왔다. 오월랑은 안방에서 차를 대접하고 다른 자매들과 함께 접대했다. 차를 마시고 난 뒤에 각기 자리를 잡고 앉았다. 반금련은 서문경에게 흰 비단 띠를 만들어주겠노라고 한 일이 생각나서 슬그머니 자기 방에 건너가 바느질 상자에서 흰 비단 조각을 하나 꺼내 바느질하여 정성스럽게 띠를 만든 다음에 섬섬옥수로 화장대 위에 있는 조그마한 도자기 그릇 안에서 전성교[顫聲嬌]라는 가루약을 꺼내 그 안에 잘 넣고 주위를 꼼꼼하게 봉했다. 그런 다음에 다시 바늘로 꼼꼼하게 누벼놓으니 이는 밤에 서문경과 운우의 정을 즐겨볼 준비임은 두말할 나위가 없었다.

이때 설비구니가 불쑥 방 안으로 들어서며 아이를 가질 수 있는 어린 아기의 태와 부적과 약을 건네주려고 했다. 금련은 황급히 하던 일을 멈추고 자리에 앉으라고 권했다. 설비구니는 주위에 사람이 없는 것을 보고 슬그머니 그것을 금련에게 건네주면서 말했다.

"이젠 준비가 다 됐습니다. 마님께서는 임자[壬子]일 공복에 이것

을 잡수시고 그날 밤에 나리와 잠자리를 하시면 단번에 아기를 갖게 될 것입니다. 안채 큰마님을 보세요, 그분도 제가 지어다 드린 이 약을 드시고 지금 배가 반쯤 불러 있잖아요. 제가 또 한 가지 좋은 방법을 가르쳐드리죠. 비단 주머니를 만들어 제가 드리는 붉은 주사[硃砂]로 쓴 부적을 그 안에 넣으시고 몸에 지니시면 반드시 남자 아이를 갖게 될 거예요. 정말 효험이 있어요."

반금련은 설비구니의 말을 듣고 매우 기뻐하며 부적과 약을 잘 받아서는 상자에 고이 넣어두었다. 그런 뒤에 책력을 꺼내 보니 스무아흐레가 바로 임자일이었다. 금련은 은자 석 전을 달아 설비구니에게 주면서 말했다.

"별것은 아니지만 이 돈으로 땔나무랑 반찬거리를 좀 사세요. 제가 아이를 갖게 되면 옷을 해 입을 비단 한 필을 드릴게요."

"마님, 그만두세요! 저는 왕비구니처럼 잇속을 밝히는 사람이 아니에요. 왕비구니는 일전에 돌아가신 마님의 독경 건 때도 제가 자기 손님을 빼앗아갔다고 욕을 하면서 가는 곳마다 저를 헐뜯고 흉보고 다녔지요. 나무관세음보살! 왕비구니가 뭐라 하든 저는 왕비구니와 다투지 않았어요. 그저 사람들을 위해 좋은 일을 하고 어려움에 빠진 사람을 구하고자 노력할 뿐이에요."

"설스님께서는 스님 일만 하시면 되잖아요. 사람들 마음이 어디 모두 같을 수가 있나요? 이 일도 왕비구니한테는 절대로 말하지 마세요."

"법[法]은 함부로 전하지 않는다고, 제가 이런 일을 왕비구니한테 말해줄 턱이 있나요? 작년에 안채 큰마님 잉태 건 때도 왕비구니가 등뒤에서 제가 크게 한탕 벌었다고 하기에 반을 떼어 주었더니 겨우 조용해지더군요. 도대체 스님이라는 사람이 계행[戒行]은 모르고 욕심만 많고, 사방에서 여러 시주들이 보시한 돈과 쌀을 받고도 제대로 수양에 정진하지 않다니… 그러다가 훗날 죽게 되면 터럭 하나도 제대로 남지 않을 거예요!"

말하는 중에 금련은 춘매를 시켜,

"설비구니께 차를 좀 내다 드리거라."

하고 분부하니, 차를 마시고 나서 설비구니는 금련과 함께 이병아 방에 건너가 위패에 인사를 올리고 다시 오월랑 방으로 돌아갔다.

때는 이미 정오가 훨씬 지난 터라 오월랑은 탁자 두 개를 내려놓고 온돌 위 손님들에게 앉기를 권했다. 손님들이 모두 자리를 잡아 앉고 주위에는 비단 병풍을 치고 팔선 탁자를 놓고 화롯불을 지펴 술자리를 준비했다. 저녁에 맹옥루가 서문경에게 술잔을 올렸는데 이때 서문경은 하태감이 준, 오색 물고기 무늬를 수놓은 망의에 흰 비단 저고리를 입고 오월랑과 함께 상석에 앉았다. 나머지 네 부인도 양옆으로 앉았다. 잠시 뒤에 대청 안에 촛불이 환하게 켜지고 따스한 기운이 넘쳐흘렀다. 배우 소겸과 한좌는 은으로 만든 쟁과 상아 박자판을 두들기고 비파를 타며 앞으로 나와 「상서로운 노을이 분분히 날고, 상서로운 구름이 뭉게뭉게 떨어지누나[紛紛瑞靄飄 朵朵祥雲墜]」라는 노래를 불렀다.

옥루는 옥으로 깎아놓은 듯이 화장을 곱게 하고 연꽃 같은 얼굴에 봄기운을 띠면서 서문경에게 잔을 들어 권하고 꽃가지가 바람에 한들거리듯 비단 허리띠가 바람에 나부끼듯 절을 네 번 올린 뒤에 오월랑을 비롯한 여러 부인에게 절을 하고 자리에 앉았다. 그런 뒤에 진경제가 앞으로 나와 잔을 들고 큰딸이 먼저 서문경과 오월랑에게 따라 올린 다음에 옥루에게 생일 축하주를 올리고 자리에 앉았다. 이때 주방에서 생일 국수와 과자 등이 일제히 나왔다. 내안이 상자를 들고 들어와,

"응보가 선물을 가지고 왔습니다."

하자, 서문경은 오월랑을 시켜 받아놓고 내안에게,

"응씨 부인에게 고맙다고 답장을 써 보내거라. 또 응씨 아저씨와 오대구 어른을 모셔오거라. 내 알기에 응씨 부인은 내일 오지 못할 테니 응씨나 오라고 하지. 선물은 다음에 보내주고…."

하고 분부하자 대안은 답장을 써서 응보와 함께 떠났다. 서문경은 자리에 앉아 있다가 작년 옥루의 생일잔치 때에는 이병아가 함께 있었는데 오늘은 다섯 부인만 있다는 사실에 생각이 미치자 자기도 모르게 가슴이 아프고 눈물이 흘러내렸다. 이명도 술을 따라 올리고 아래로 내려가 식사를 했다. 국과 밥이 나오자 배우 둘이 다시 들어왔다. 이들을 보고 오월랑이,

"누가 「연리지[連理枝]에 비익조[比翼鳥](比翼成連理)」를 할 줄 아느냐?"

하자 한좌가,

"제가 할 줄 압니다."

하고는 악기를 당겨 막 노래를 부르려고 하는데 서문경이 한좌를 가까이 오라고 불러,

"「억취소[憶吹簫]」를 불러보거라."

하고 분부하자, 두 배우는 바로 곡조를 바꾸어 「집현전[集賢殿]」을 부르기 시작했다.

피리 소리 그리운데 님은 어디에 있는지
오늘 밤에는 병이 더 심해지누나.
흰 이슬에 가을 연꽃 향기 사그라지고
담에 나지막이 달이 걸려 있네.
잠시 동안의 이별인데도
수십 년 헤어져 있는 것보다 더하네.
서풍이 부니 고루에 올라 홀로 탄식하네.
아득히 나무들이 첩첩이 쌓여 있고
시간은 흘러 흘러
기러기 떼 지어 날아가네.
憶吹蕭玉人何處也 今夜病較添些
白露冷秋蓮香謝 粉牆低皓月光斜
止不過暫時間鏡破釵分
倒勝似數十年信斷音絶
對西風倚樓空自嗟 望不斷嶺樹重疊
怕的是流光奔去馬 雁陣擺長蛇

〈소요락[逍遙樂]〉
환희에 찬 어젯밤, 등잔불 앞에서
서로의 마음이 맞았건만
이렇게 일찍 이별할 줄 누가 알았겠는가.
서로 껴안고 미소 짓던 일만 생각나네.
화려한 집 안에서 즐기던 그 일.
술잔 함께 들고 서로 권하며

상아 침대 위에서 나비 베개 베고 함께 자던 일.

歡娛前夜 喜報燈花 香玉帶結

剛得個和協 誰承望又早離別

常記得相靠相偎笑語碟

畫堂中那日驕奢

受用些樽中綠蟻 扇底紅牙 枕上蝴蝶

〈초호로[醋芦蘆]〉

나와 그대

그때는 서로 얼굴이 붉어지며

기뻐하는 마음과 두려움이 교차했네.

반은 취하고 반은 깨어 있고 반은 멍청해졌다네.

정이 그토록 깊으니

헤어지기는 더욱 어려워라.

비단 휘장 속에 원앙금침

방금 따스해지기 시작했는데

봉황 비녀가 두 동강이 나는구나.

我和他那日相逢臉帶羞 乍交歡心尙怯

半裝醉半裝醒半裝呆

兩情濃到今難棄捨

錦帳裡鴛鴦衾纔方溫熱

把一枝鳳凰簪掂做了兩三截

나와 그대

등잔불을 돋우며 사랑을 속삭였지.
지금 푸른 오동나무가 창가에 비치네.
꽃의 마음을 봄이 알까 두려워
정원의 이끼 위를 발끝으로 살짝 걸어가니
이슬이 푸른 신을 적시누나.
我和他挑着燈將好句兒裁 背着人將心事說
直等到碧梧窗外影兒斜 惜花心怕將春漏泄
步蒼苔脚尖兒輕踢 露珠兒常汚了踏青靴

나는 그대 위해 친구들에게 거짓말을 하고
그대는 나의 어머니 앞에서 점잔 빼네.
나는 그대 위해 애를 쓰고
그대는 나를 위해 노력을 한다네.
我爲他朋親上將謊話兒丟
他爲我母親行將喬樣兒摭
我爲他在家中費盡了巧喉舌
他爲我褪湘裙杜鵑花上血

반금련은 이 노래를 듣고 바로 서문경이 이병아를 그리고 있다는
것을 알았다. 이에 노래가 여기에 이르자 고의로 손을 들어 얼굴을
가리면서 이런저런 말을 하며 서문경을 놀려댔다.

"아기야, 굴러온 돼지가 차가운 가게에 쭈그리고 앉아 있는 것처
럼 죽을상을 지으며 그런 노래나 듣고 있느냐? 염치도 없는 양반 같
으니라구!"

서문경이 말했다.

"요 싸가지 없는 것이 뭘 안다고 야단이야?"

다시 배우들이 노래하기를,

나는 그대 위해 귓밥에 다 열이 나고

그대는 나를 위해 얼굴이 붉어져 부채로 얼굴을 가리네.

我爲他耳輪兒常熱

他爲我面皮紅羞把扇兒遮

〈호접아[蝴蝶兒]〉

한 사람은 재상집의 이성을 그리는 처녀

한 사람은 불우지재[不遇之材]

둘이 길에서 우연히 만났네.

천금 같은 그 밤을 몇 번이나 보내다가

갑자기 팽개쳐 버려졌네.

그렇다고 내가 줏대 없이 따르겠는가

담장에 꽃이 어지러이 날리누나.

一個是相府內懷不春女

一個是君門前彈劍客

半路里恰逢者 剛幾個千金夜

忽刺八抛去也 我怎肯恁隨邪 又去把牆花亂折

〈후정화[後庭花]〉

꿈을 꾸었네

표연히 베개 위를 나는 나비를.

들려오네

딩동댕 처마 끝의 풍경 울리는 소리.

방금 온랑[溫郎]*의 거울을 맞추었는데

어느새 탁씨의 수레**는 떠나버리는구나.

내가 이토록 가슴 아파하니

비단 원앙금침은 차디차고 사향 향기도 사라지네.

지쳐서 잠시 곤히 졸다 보니 망대로 길이 열려 있구나.

이 근심을 어떻게 수습할거나.

이 그리움은 더해지네.

하늘의 은하수를 바라보니 은하수가 기울고

외로운 등불을 바라보니 등불도 사그라지네.

夢了些虛飄飄枕上蝴蝶

聽了些咕叮噹簷外鐵

剛合上溫郎鏡 卻又早攔回卓氏車

我這里痛傷嗟 鴛帳冷香消蘭麝

因將來剛睡些 望陽臺道路賖 那憂怎打疊

這相思索害他 看銀河直又斜 對孤燈明又滅

〈청가아[靑歌兒]〉

아! 바람이 어지러이 돌계단을 감도니

누런 낙엽이 반쯤은 가려지고

---

* 진[晉]나라의 온교[溫嶠]가 옥으로 만든 경대를 보내 사촌을 부인으로 삼은 이야기
** 탁문군[卓文君]을 실은 수레로 사마상여를 따라 몰래 도망치는 것을 상징함

버드나무 가지는 반달을 가리누나.

이별의 정은 봄보다 더욱 해로워 말라만 간다네.

바다가 밭으로 변하고

바다가 다 마른다 할지라도

이 사랑은 다하지 못하리.

呀 風亂掃階前階前黃葉

雲半遮柳稍柳稍殘月

這離情更比前春較陡些

害的來也斜 瘦的來哹嗟

待桑田重變海枯竭 還不了風流業

〈낭리래살[浪里來煞]〉

슬픔이 좀 전에는 눈가에 있다가

이제는 눈썹 위로 올라왔네.

삼시[三尸]*에게 부탁해

폐부 위에 자세한 생각을 새겨볼거나.

언젠가 비단 휘장 안에서

옥 같은 피부를 다시 만나게 된다면

나는 그대를 손끝으로 가벼이 꼬집으며

지붕 위 북두칠성이 기울 때까지 밤새 이야기하리라.

這愁呵 剛還在眼角踅 又來到眉上惹

恨不的倩三屍肺腑細鑴碣

有一日繡幃中玉肌重厮貼

---

* 도가에서 말하는 사람의 몸에 살면서 해를 준다는 신, 혹은 벌레

我將他指尖兒輕捏
直說到樓頭北斗柄兒斜

노래가 끝났다. 이때 반금련은 노래를 더 듣지 못하고 서문경과 함께 입씨름을 했다. 오월랑이 곁에서 보아 넘기지 못하고,

"다섯째, 자네가 좀 참게! 그렇게 싸워서 어쩌자는 게야? 양고모님과 오대구 부인이 방에서 아무도 상대해주는 사람이 없어 쓸쓸히 계시지 않나. 자네들 둘이 가서 좀 벗을 해드려요. 나도 바로 뒤따라갈 테니."

이렇게 말하자 금련은 이교아와 함께 양고모, 오대구 부인, 반금련의 어머니를 접대하기 위해 안으로 들어갔다. 잠시 뒤에 내안이 들어와,

"응씨 아주머니께 초청장을 전해드렸어요. 응씨 아저씨가 오셨고 오대구 어른도 바로 오실 겁니다."

하고 아뢰자 서문경은,

"건너편 온수재 선생도 모시고 오너라."

분부하고 다시 오월랑에게,

"내 바깥으로 나갈 테니 당신은 부엌에다 안주를 좀 준비하라고 일러 내보내주구려."

하고 또다시 이명에게,

"자네는 바깥에 나가 노래를 부르게."

하고 명하자 이명은 바로 서문경을 따라 밖으로 나갔다. 서문경은 서쪽 사랑채에 앉아 있는 백작을 상대해 앉으며 선물을 보내준 데 대한 감사의 인사를 하면서 말했다.

"내일은 부인을 꼭 오시게 하게나."

"아마 집 볼 사람이 없어서 못 올 거예요."

잠시 뒤에 온수재가 와서 인사를 하고 자리에 앉으니 백작이 손을 들어 말했다.

"아침에 여러 가지로 선생께 폐를 끼쳤습니다."

"뭘요."

마침 오대구도 와서 서로 인사를 하고 자리에 앉으니 금동이 촛불을 밝히고 사람들은 화롯불 주위에 둘러앉았다. 내안이 안주와 술을 내와 탁자 위에 차려놓았다. 백작은 등불 아래에서 서문경을 보니, 흰 비단 저고리 위에 검은색 오색 물고기를 수놓은 망의를 입고 있었다. 물고기가 날아갈 듯한 이빨에 뿔을 곤두세우고 수염을 휘날리며 금빛과 푸른빛이 눈부시게 퍼덕이는 모습을 보고 깜짝 놀라서 물었다.

"형님, 이 옷은 어디서 나셨습니까?"

서문경은 웃으며 바로 자리에서 일어나며 말했다.

"한번 맞혀보게나?"

"제가 어떻게 알아맞히겠어요?"

"이건 동경 하태감이 준 거라네. 하태감 집에서 술을 마실 때 내가 좀 추워했더니 그분이 이 옷을 주며 입으라더군. 이 무늬는 비어[飛魚]인데, 조정에서 하태감에게 따로 용무늬 망의와 옥띠를 하사했기에 하태감이 나한테 준 거라네. 크게 덕을 본 셈이지."

이를 듣고 백작은 입이 마르도록 칭찬하면서,

"이렇게 화려한 옷은 적어도 수십 냥은 되겠어요. 이건 길조[吉兆]예요. 머지않아 형님이 더 승진하셔서 도독[都督]이 되어 옥띠와 망의를 입을지 누가 알겠어요? 그때가 되면 이 비어쯤은 아무것도 아

닐 거예요!"

이렇게 말하고 있을 적에 금동이 잔과 젓가락, 국과 과일 등을 가지고 들어오고, 이명이 앞에서 노래를 불렀다. 백작이,

"안으로 들어가 셋째 형수께 잔을 올려야 마땅하잖아요. 어찌 우리만 마실 수 있나요?"

하니 서문경이 웃으며,

"애야, 네 마음이 기특하구나! 안채로 들어가 셋째 형수님께 절이나 올리면 되지, 무슨 말을 하는 게냐."

하자 백작이,

"별거 아니에요, 제가 가서 절을 올리면 되잖아요. 절을 못하면 온돌에 대고 인사만 하고 바로 나올게요."

하니 서문경은 백작의 머리를 때리며,

"이런 개자식이, 어른도 애도 몰라본다니까!"

하고 욕을 하자 백작이 말했다.

"다 알아본다면 누가 어른이 되겠어요?"

두 사람이 이렇게 입씨름을 하는 동안 생일 국수가 들어왔다. 서문경은 오대구와 온수재와 백작에게 권하고, 자기는 좀 전에 안채에서 먹었기에 자기 것을 이명에게 주었다. 이명은 이를 다 먹고 다시 올라와 노래를 부르기 시작했다. 백작은 오대구에게 한 곡을 시키라고 했다. 이에 오대구는,

"고를 필요가 뭐 있어요. 이명이 잘하는 걸로 부르게 하면 되지요."

하니 서문경이,

"대구께서는「와분[瓦盆]」을 좋아하시지."

하면서 금동에게 술을 따르게 했다. 이명은 쟁의 줄을 고른 뒤에 '우

두커니 말없이 종일 얼굴을 감싸게 하네[敎人對景無言 終日減芳容]'를 부르고 아래로 물러났다. 이때 내안이 들어와,

"요리사들이 막 돌아가려고 합니다. 내일은 몇 명이나 부르면 될까요?"

하고 물으니 서문경은,

"요리사 여섯에 차 끓이는 사람 둘을 쓰거라. 내일은 다섯 상을 차려야 하는데 아주 푸짐하게 잘 차려야 한다."

하니 내안이 대답하고 떠났다. 오대구가,

"제부, 내일은 누구를 초대합니까?"

하고 물으니, 서문경은 안랑중의 주최로 채경의 아들인 채부윤을 초대하는 일을 자세히 들려주었다. 이를 듣고 오대구가 말했다.

"순안이 내일 여기서 술을 마신다면 아주 잘됐군요."

"무슨 말이죠?"

"제가 창고 수리하는 건을 맡고 있는데 바로 순안의 손에 제본[題本](명대의 관장[官場] 용어로 정무, 군사, 재정 등 공적인 것을 상주하거나 보고하는 것)이 있습니다. 그러니 제부께서 내일 순안께 말씀을 좀 잘 해주세요. 연말에 그분이 보고서를 잘 올려 제가 승진할 수 있게 해준다면 모두가 제부 덕인 줄 알겠습니다."

"그야 별반 힘든 게 아니지요. 내일 자세한 이력서를 써오시면 제가 적당한 기회를 봐서 잘 애기할게요."

이 말을 듣고 대구는 급히 일어나 고맙다고 인사를 했다. 옆에 있던 백작이,

"오대구 어른, 안심하세요. 어르신이야말로 이 댁의 가까운 친척이신데 어르신을 위해 말하지 않는다면 누구를 위해 말을 하겠어요? 그

정도야 입김으로도 화살을 과녁에 맞히는 정도로 쉬운 일이지요."

이렇게 말들을 하고 앞채에서 이경까지 술을 마시다가 헤어졌다. 서문경은 이명 등을 집으로 돌려보내면서,

"자네들은 내일 아침 일찍 건너와 준비하게나!"

하고 분부했다. 이명 등이 돌아가자 하인들에게 그릇을 거두게 했다. 안방에 모여 있던 부인네들도 앞채 손님들이 돌아갔다는 말을 듣고 각자의 방으로 돌아갔다.

그런데 모두 자기 방으로 돌아갈 때 반금련은 다급히 바깥채로 나갔다. 나오다가 중문쯤에서 서문경이 안으로 들어오는 걸 보고 담장 밑 어두운 곳으로 몸을 숨겼다. 서문경이 오월랑 방으로 들어가자 살그머니 창가로 다가가 안에서 하는 말을 엿들었다. 옥소가 문 어귀에 있다가 이러한 금련을 보고,

"다섯째 마님, 어째 안으로 들어가지 않으세요? 나리께서도 들어오셔서 셋째 마님과 앉아서 함께 이야기를 나누고 계세요."

그러면서 다시 말했다.

"그런데 할머니는 어째 안 보이시죠?"

"노친네는 몸이 쑤시다며 방으로 주무시러 가셨어."

이렇게 얘기하고 있는데 방 안에서 오월랑이,

"오늘 어째서 그런 풋내기를 불렀어요? 노래도 제대로 부르지 못하고 단지「매화를 가지고 노네[三弄梅花]」만 부르더군요."

하고 묻는 목소리가 들렸다. 이를 듣고 옥루도 말했다.

"나리께서「원앙포연개[鴛鴦浦蓮開]」를 시키니까 다른 곡을 부르더군요. 고 뻔질뻔질한 자식은 이름이 뭔지 모르겠지만 하루 종일 이곳에 있으면서 장난만 쳤어요."

"하나는 한좌[韓佐]이고 또 한 명은 소겸[昭謙]이야."

오월랑이,

"어느 놈이 겸[謙]이고 이[李]인지 알 게 뭐예요!"

하는데 이때 금련이 발끝을 살며시 들고 발을 거두고 안으로 들어와 온돌 뒤쪽에 서면서 말했다.

"한번 물어보세요, 어째서 큰마님이 시키는 곡을 부르지 못하게 하고 무슨 「억취소[憶吹簫]」 나부랭이나 부르게 하는지 말이에요. 뜬금없이 그런 것만 시키니 그것들이 허둥대면서 제대로 못하잖아요."

옥루가 고개를 돌려 금련을 보면서,

"다섯째였구나, 어디 갔었어? 갑자기 나타나 불쑥 말을 하니 깜짝 놀랐잖아. 소리도 없이 오가며 사람을 놀래다니! 언제 내 뒤에 온 게야? 어째서 들어오는 발소리를 전혀 듣지 못했을까!"

하니 소옥이,

"다섯째 마님은 셋째 마님 등 뒤에 한참 서 계셨어요."

하자 금련은 머리를 끄떡이고 나서 서문경에게,

"나리, 이거 너무하시잖아요! 나리께서 그렇게 하지 않으시더라도 그 누가 모르겠어요. 죽은 여섯째만 집안의 아리따운 아가씨인가요? 그 사람도 저도 같은 재혼녀인데 여섯째만 위해 무슨 피를 토하신다고 그러세요! 그렇게 한다고 누가 알아줄 것 같아요? 다른 건 몰라도 이것만은 짚고 넘어가야겠어요. 나리께서는 만나는 사람들한테 여섯째가 죽고 난 뒤에 제대로 입에 맞는 음식이 없다고 하셨죠. 소 잡는 왕씨가 없다고 돼지 털까지 먹던가요? 여기 있는 부인네들은 멀거니 눈을 뜨고 가만히 있어 나리께서 오줌똥만 드셨나요? 큰마님이 여기 계시지만, 우리는 사람 축에도 못 들고 나리한테는 영 마음도 없지요! 큰마님께서 이토록 집안을 잘 꾸려나가셨는데, 나리 한 분을 제대로 못 모시고 여섯째만 제대로 모셨다는 겐가요? 그렇다면 죽어가는 여섯째를 왜 붙잡아두지 않으셨어요? 원래 여섯째가 들어오기 전에도 나리께서는 잘 지내셨잖아요. 그런데 지금 와서는 이 많은 사람들을 다 마음에 들어 하지 않고 있으니! 여섯째 말만 해도 가슴이 쓰리고 아프며, 여섯째가 데리고 있던 사람이 대신 국수를 끓여줘도 그저 맛이 있어 어쩔 줄 모르시잖아요! 그 방 물맛이 그리 좋나요?"

하고 따지고 들자 오월랑도,

"다섯째가 말 잘했어요. 속담에도 '좋은 사람은 오래 살지 못하고, 나쁜 사람은 오래 산다' 하고, '동전은 둥글지 않으나 깎으면 둥글게 된다' 하잖아요. 자네나 나는 모두 별 볼일이 없는 사람들이라 나리 마음에 들지 않는 거예요. 그러니 나리가 말하는 대로 내버려둬요!"

하자 금련이 말했다.

"나리를 탓하려는 게 아니에요. 나리가 하는 말이 남의 속을 긁어 놓아 참을 수가 있어야죠."

서문경은 이러한 부인들의 말을 듣고 단지,

"요 음탕한 것아, 허튼소리 하지 말거라! 내가 언제 그런 말을 했다고 그래?"

하니 이에 금련이,

"황내관의 그날에 나리께서 응씨와 온선생 앞에서 '여섯째가 죽은 뒤에는 입에 맞는 안주가 하나도 없어'라고 했잖아요. 그래, 나리의 많은 마누라들은 다 죽어 없어졌구나 했지요! 그래놓고 여섯째가 살아 있을 적에는 어찌지 못하다가 여섯째가 죽고 나자 다른 하나를 얻어 놀아나고 있군요. 정말로 염치도 모르는 양반 같으니라구!"

라고 하자, 서문경은 화가 발끈 나서 자리에서 일어나 금련을 발로 냅다 걷어차려고 했다. 그러나 금련은 잽싸게 도망을 가고 서문경이 쫓아 나가보았으나 보이지 않고 단지 춘매만 방문 앞에 서 있었다. 서문경은 한 손을 춘매의 어깨에 걸치고 앞채로 나가려고 했다. 오월랑은 서문경이 취한 걸 보고 속으로 서문경이 앞채에서 자면 좋겠다고 생각하면서, 자기는 비구니의 경전 얘기나 들었으면 하는 참이었다. 이에 소옥한테 등불을 들고 서문경을 앞채로 모시라고 일렀다. 금련과 옥소는 복도의 어두운 곳에 숨어 있었기에 서문경은 둘을 보지 못했다. 옥소가 반금련에게,

"제가 생각건대 나리께서는 틀림없이 마님 방으로 가실 거예요."

하니 금련은,

"나리는 지금 고주망태로 취하셨으니 먼저 가서 주무시라지 뭐. 나는 천천히 들어갈 거야."

했다. 이때 옥소가,

"마님, 좀 기다려보세요. 제가 과일을 가져올 테니 할머님께 좀 드리세요."

그러고는 밖으로 가서 귤 두 개, 사과 두 개, 꿀에 잰 과일 한 덩이, 석류 세 개를 가져와 반금련에게 주었다. 금련은 과일을 소맷자락에 넣고는 바로 자기 방으로 건너갔다. 서문경을 바래다주던 소옥이 금련을 보고는,

"다섯째 마님께서는 어디에 계셨어요? 나리께서 얼마나 찾으시는지 몰라요."

하니, 이 말을 듣고 금련은 방문 앞에 이르러서도 바로 안으로 들어가지 않고 가만히 창문가로 다가가서 방 안을 엿보았다. 가만히 엿보

니 서문경은 침상머리에 앉아서 한창 춘매를 껴안고 장난을 치고 있었다. 이를 보고 금련은 공연히 안으로 들어가 잘 놀고 있는 두 사람의 흥을 깰 필요가 없다 여기고 다시 어머니가 있는 방으로 건너와 추국에게 과자와 과일을 건네주면서 물어보았다.

"어머니는 주무시니?"

"벌써 주무세요."

"그럼 이 과일을 화장대 안에 잘 넣어두거라."

추국에게 분부하고 다시 안채로 건너왔다. 안채로 들어와 보니 오월랑, 이교아, 맹옥루와 서문경의 큰딸, 오대구 부인, 양고모와 스님 셋 그리고 묘취[妙趣], 묘봉[妙鳳] 두 작은 스님이 한 방에 모여 앉아 있었다. 스님들은 오월랑의 온돌 위에 가부좌를 틀고 있고 설비구니는 가운데에서 작은 탁자에 향을 피워놓고, 여러 사람은 설비구니를 빙 둘러싸고 불법을 듣고 있었다. 이때 금련이 웃으며 발을 걷고 안으로 들어갔다. 이를 보고 오월랑이,

"자네가 화를 돋우어 나리께서 자네를 찾아갔잖아. 그런데 어째 자지 않고 다시 왔어? 나리께서 방으로 가서 자네를 때리던가?"

하니 금련은,

"나리께서 감히 저를 때리겠어요?"

하고 웃으며 말하자 오월랑이 일렀다.

"때리지 않았으면 다행이고. 근데 아까 자네가 말한 건 좀 심했어. 속담에도 '사내는 개 같아서 화가 나면 주인도 몰라보고, 여인네는 남자에게 상냥해야 만사가 다 풀린다'고 하잖아. 좀 전에도 나리께서 취해 있어 화가 나서 무슨 또 큰일을 내지 않나 싶어 얼마나 걱정했는데. 자네를 때리지 않으면 개를 때리겠나? 우리 모두 자네 때문에

두 손에 식은땀을 흘렸는데, 자네는 이토록 천연덕스럽게 장난이나 치다니!"

"나리가 화를 내셔도 무섭지 않아요. 별것도 아니잖아요! 큰마님께서 시키는 노래는 부르지도 못하게 하고 아무렇게나 자기 마음에 드는 곡이나 시키며 멋대로 하니, 노래하는 아이들도 누구 말을 따라야 할지 모르잖아요. 오늘은 셋째 누이 생일이니 「억취소[憶吹簫]」 같은 이별 노래는 부르게 하지를 말아야죠. 사람이 죽어 어디로 갔는지도 모르는데 왜 한사코 그렇게 정이 많은 체 거짓으로 꾸미는지, 나는 그런 꼴은 정말 못 봐주거든요!"

오대구 부인이,

"자네들이 왜 이런 난리를 피우는지 모르겠군. 서방님이 기분이 좋아서 들어오셨는데 왜 바로 나가셨지요?"

하니 오월랑이 말했다.

"형님은 잘 모르실 거예요. 그 양반이 갑자기 죽은 여섯째를 생각하면서 '작년 맹동생의 생일잔치에는 함께 있었는데 올해는 없구나'라면서 눈물을 뚝뚝 떨어뜨리며 노래하는 애들한테 「피리 소리는 가슴에 남는데 님은 어디에[憶吹箾 玉人兒何處也]」라는 노래를 시키잖아요. 이 사람이 영감이 그 노래를 시킨 의도를 알아차리고 발끈 화를 내며 몇 마디 쏘아붙였지요. 그랬더니 영감께서 노발대발하시며 발로 걸어차겠다고 난리를 피우잖아요. 반동생이 잽싸게 도망가자 반동생을 붙잡아 때려주겠노라고 하면서 뒤쫓아 나갔어요."

이를 듣고 양고모가,

"맙소사, 영감께서 노래를 시키면 시키나보다 하고 내버려두면 될 일을, 왜 따지는 거예요? 더군다나 오늘 같은 날 다른 부인네들은 모두 보이는데 병아 동생만 보이지 않으니 남자 마음이 오죽이나 쓰리고 아프겠어요?"

하니 이에 옥루가,

"아주머니도 참, 노래를 하고 안 하고가 중요한 게 아니에요. 누가 나리께서 노래를 시켰다고 화를 내나요? 다섯째가 노래에 대해 좀 알잖아요. 노래 중 어느 부분이 죽은 여섯째를 칭찬하는 것이고 또 누가 여섯째보다 못한가 비유하는지 잘 알고 있지요. 게다가 둘이 어떻게 사랑을 맺었으며, 어떻게 굳게 맹세를 하고 또 어떻게 서로를 사랑했는지 누구보다도 잘 알고 있단 말이에요! 그러니 조금이라도 남한테 지기 싫어하는 이 사람이 발끈 화를 내며 따지고 들어 한참 동안 입씨름을 한 거죠."

하자 양고모가,

"아! 원래 그렇게 총명하시군요!"

하며 감탄하자 오월랑도 곁에서 말했다.

"다섯째는 모르는 노래가 없어요! 처음을 들으면 바로 끝을 알아요. 나 같은 사람은 노래하는 사람들을 불러오면 그저 노래를 하나보다 하니, 그들이 와서 노래를 부르면 그만이지요. 하지만 저 사람은 어디가 틀렸고 어디가 좀 잘 안 됐는지 족집게처럼 집어내요. 그래서 영감이 어느 곡을 고르면 이미 그 내용을 훤히 알고 있으니 둘이 옥신각신하며 한바탕 난리가 벌어질 수밖에요. 우리는 전혀 상관하지 못해요."

맹옥루가 곁에 있다가 웃으며,

"고모님, 잘 모르시겠지만 제가 아이를 서너 번 가졌는데 오직 이 자식 한 명만 남아 있답니다. 이 자식이 어찌나 똑똑하고 괴짜인지 몰라요! 이제 대가리가 크고 보니 나도 도무지 어쩌지를 못하겠어요.”

하자 금련이 옥루를 한 대 쥐어박으며,

　“또 나이 먹은 체하며 어머니 노릇을 하려 하는군요.”

하자 옥루는,

　“자 보세요. 어리광을 받아주며 귀엽게 키웠더니 이렇게 버르장머리 없이 어른을 때린다니까요!”

했다. 양고모가,

　“마님, 앞으로 나리께서 하는 대로 내버려두세요. 속담에도 ‘하루 저녁을 같이 지내고 나면 백날 밤의 정이 생긴다’고 하잖아요. 함께 사랑을 했으니 그리는 마음이 오죽하겠어요. 손가락 열 개 가운데에서 하나만 없어져도 얼마나 생각이 나고 아파요? 그러니 사람인 바에야 얼마나 더 간절히 생각나겠어요!”

하니 금련은,

　“생각이 나는 거야 어쩔 수 없지만 그것도 어느 정도죠! 모두가 다 같은 부인네인데 누구는 잘났다고 치켜세우고 또 누구는 깎아내리느냐는 게지요. 우리는 모두 사람 축에도 못 낀다는 건가요? 큰마님이야 안채에 계시니 잘 모르실 거예요. 그리고 고모님도 잘 모르시겠지만 영감께서는 매일 밖으로 나다니며 술을 마시고 집으로 돌아와서는 바로 여섯째 방에 들어가 영정을 바라보며 인사를 한답니다. 밥과 국 등을 차려놓고 마치 벌레가 뭔가를 씹듯이 중얼거리며 젓가락을 들어 권하는 게 마치 살아 있는 사람에게 권하는 것 같으니 이게 무슨 조화인지 모르겠어요! 그리고 우리들이 여섯째를 위해 소복을 입지 않는다고 하지만 그런 건 뭐라 말하지 않겠어요. 죽은 여섯째가 우리 시어머니도 아니고, 어찌됐건 죽은 지 사십구 일까지 소복을 입어주었는데 도대체 언제까지 입어야 한단 말인가요? 그래서 이 일을 가지고 몇 차례 말다툼을 했지요."

하자 양고모가 이를 듣고,

"그래도 여러 자매 분들이 적당히 봐주셔야죠!"

하니 오월랑이 곁에 있다가,

"참 빠르기도 해라. 사십구재는 벌써 지나가고 조만간 백일제가 되다니…."

했다. 양고모가,

"언제가 백일제인가요?"

하자 오월랑이,

"일러요, 섣달 스무이렛날이에요."

하니 왕비구니가,

"그날 경은 읽어야지요?"

묻자 오월랑이 말했다.

"설이 임박해서 바쁜데 어떻게 불경을 드리겠어요? 아마도 나리께서 설을 지내고 드리실 거예요."

이때 소옥이 토두포차[土荳泡茶]를 내와 모든 사람들에게 한 잔씩 올렸다. 차를 마시고 나서 오월랑은 손을 씻고 향로에 향을 피우고 설비구니의 불법 강연을 듣기 시작했다. 먼저 크게 소리치기를,

선가의 불법이 어찌 비범치 않으랴.
석가모니가 이 세상에 전해지니
바람에 낙엽이 땅에 떨어지는 것은 쉬우나
한가로울 때 다시 옛 가지로 돌아가는 것은 어려워라.

禪家法教豈非凡 佛祖家傳在世間

落葉風飄著地易 等間復上故枝難

이 시 네 구는 오로지 스님들을 위해 지은 것으로 계행[戒行]이 가장 어렵다는 것이다. 인생이란 마치 소철나무처럼 떨어지기는 쉬우나 다시 옛 가지로 돌아가기는 어렵다는 것이며, 업보에 떨어지기는 쉬우나 부처가 되기는 어렵다는 뜻이다.

치평[治平] 연간[年間](북송 영종[英宗] 조서[趙曙] 연호, 1064~1067) 절강[浙江] 영해군[英海軍] 전당[錢塘]문 밖 남산[南山]에 정자사[淨慈寺]라는 낡은 절에서 도를 닦는 고승이 둘 있었는데 그중 하나가 오계선사[五戒禪師]라고 불리는 사람이었다. 왜 '오계선사'라고 했는가? 첫째로 생명을 죽이지 않고, 둘째로 재물을 훔치지 않고, 셋째로 색[色]을 탐하지 않고, 넷째로 술과 기름진 음식을 먹지 않고, 다섯째로 말을 함부로 하지 않았다. 다른 한 사람은 명오[明悟]라 했는데, 왜 명오라 했는가? 마음이 밝고 본성을 보며 자신의 진실된 모습을 깨달았기 때문이다.

이 오계선사가 집에 있을 적에는 나이가 서른하나에 키가 채 삼 척도 되지 않았고 생김새도 괴이했다. 명오와 함께 수행을 하는데, 속명이 김선[金禪]이고 자가 불교[佛教]로 법을 얻었다는 것과 같다. 오계와 명오는 사형사제[師兄師弟]지간이었다. 하루는 대행선사[大行禪師]를 함께 예방했다. 대행선사는 오계가 불법에 밝은 걸 보고 오계를 절에 남게 해 수좌[首座]로 삼았다. 몇 년이 지나 대행선사가 죽자 여러 스님은 오계를 장로[長老]로 모셨다. 한편 명오는 나이가 스물아홉으로 머리는 둥글고 귀는 컸으며, 얼굴은 넓으며 입은 네

모지고 신체는 장대하고 커서 마치 나한과 같았다. 속성은 왕[王]으로 오계선사와는 마치 한 어머니한테서 태어난 형제와도 같았다. 설법을 할 때에는 함께 자리했다. 겨울이 다 가고 봄이 오는 어느 날 눈이 이틀째나 내리다가 잠시 멎고 날씨가 개었다. 오계선사가 좌선을 하는 의자에 앉아 있는데 갑자기 귓가에 아이 우는 소리가 계속해서 들렸다. 그래서 늘 데리고 있으며 일을 시키는 청일도인[淸一道人]을 불러 일렀다.

"산문 앞에 가서 무슨 일이 있나 보고 알려주게나."

도인이 산문을 열고 보니 소나무 아래 눈이 쌓인 곳에 해진 가죽이 깔려 있고 그 위에 한 아이가 울고 있었다. 도대체 누가 이런 곳에 어린아이를 버렸을까 생각하며 앞으로 다가서니 생후 오륙 개월 된 여자아이가 다 해진 포대기에 싸여 있었다. 품 안에 들어 있는 종이 한 장에 아기의 생년월일시가 쓰여 있었다. 청일도사는 '한 사람의 생명을 구하는 일이 칠층석탑을 쌓고 비는 것보다 훨씬 낫다'고 생각하고 부랴부랴 다시 절 안으로 들어와 오계선사께 아뢰니,

"좋은 일이구나! 정말로 좋은 마음씨로고!"

하자 급히 방 안으로 안고 들어와 젖을 먹이며 아기의 목숨을 구해주었으니, 이야말로 얼마나 좋은 일인가! 한 돌이 지나자 오계선사는 아이에게 '홍련[紅蓮]'이라는 이름을 지어주었다. 해가 가고 달이 지나도 절 안에서만 키우다 보니 아는 사람이 없었다. 오계선사도 이 일을 곧 잊어버렸다. 그러는 사이 홍련이 어느덧 커서 열여섯이 되었다. 청일도인은 매일 출입을 할 적에 문을 잠그고 마치 친딸처럼 가꾸고 키웠다. 홍련의 옷과 신발도 모두 남자 스님들 것과 같았는데 단지 생김이 빼어나게 예쁠 뿐이었다. 일이 없을 적에는 방 안에서

바느질을 하며 소일을 했다. 청일도인은 홍련에게 적당한 남편감을 구해주어 자기도 의탁해 노년을 보내기를 희망했다.

　유월의 더운 어느 날 오계선사는 홀연히 십수 년 전의 일을 생각하고 급히 천불각[千佛閣]의 뒤에 있는 청일도인의 방으로 찾아갔다. 청일도인이,

　"장로께서 어인 일로 오셨습니까?"

하자 오계선사는,

　"홍련은 지금 어디에 있소?"

하니, 청일도사는 감히 거짓말을 하지 못하고 오계선사에게 방으로 들기를 청했다. 방에 들어가 홍련을 보자 자기도 모르게 음심이 동했다. 그래 청일에게,

　"오늘 저 애를 내 방으로 보내시오. 절대로 어겨서는 안 되오. 내 말대로만 해준다면 내 훗날 당신을 천거해줄 테니 절대로 이 일을 다른 사람들한테 누설해서는 안 되오."

하니, 청일은 오계선사의 말을 따르지 않을 수도 없고 따르자니 밤에 분명히 딸의 몸을 망칠 것 같아 난감한 표정을 지었다. 오계선사는 청일의 표정이 밝지 않은 걸 보고 자기 방으로 불러 백금 열 냥과 도첩[度牒](관부[官部]가 발급한 승려 신분증)을 주었다. 청일은 은자와 도첩을 건네받고 밤에 홍련을 오계선사의 방으로 들여보냈다. 오계선사는 홍련의 몸에 손을 대고 매일 홍련을 침대 뒤 종이로 만든 장막 뒤에 숨겨놓고 밥을 가져다주었다.

　한편 좌선을 끝내고 돌아온 명오선사는 오계선사가 잡생각이 들어 색계[色戒]를 어기고 홍련을 범했다는 사실을 알았다. 이에 명오는,

　'다년간 갈고닦은 덕행을 하루아침에 버리다니… 내가 가서 다시

는 이런 일이 없도록 충고해야겠군.'
하고 생각했다.

　다음 날 절 문 앞에 연꽃이 활짝 핀 걸 보고 명오는 행자승을 시켜 흰 연꽃 한 송이를 꺾어오게 해 화병 안에 꽂아두고는 사람을 보내 오계선사에게 꽃구경을 하면서 시도 지으며 얘기나 하자고 청했다. 잠시 뒤에 오계선사가 오자 둘은 자리를 잡고 앉으니, 명오가 말했다.

　"사형, 오늘 연꽃이 이렇게 활짝 핀 것을 보고 사형을 모시고 꽃구경이나 하며 시나 지을까 합니다."

　행자가 차를 내오자 명오는 문방사보[文房四寶]를 준비시켰다. 오계가,

　"제목을 연뿌리[蓮根]로 할까?"
하자 명오가,

　"연꽃으로 하지요."
하니 오계가 붓을 들고 시 네 구절을 적는데,

　　한 줄기 연꽃이 활짝 피니
　　철쭉과 짝을 이뤄 향기롭구나.
　　붉은 석류는 불같아 피면 비단 같으나
　　푸른 연꽃 잎 향기는 당해내지 못하네.
　　一枝菡萏瓣兒張 相伴蜀葵花正芳
　　紅留似火開如錦 不如翠蓋荇荷香

　이에 명오가,

　"사형께서 시를 지으셨는데 소제가 어찌 시를 짓지 않을 수 있겠

습니까?"
하면서 붓을 들어 네 구를 적는데,

> 봄이 오면 복숭아, 살구, 버들이 피고
> 수많은 꽃들이 향기를 내뿜네.
> 여름에는 연꽃이 찬란해 비단 같으나
> 홍련이 백련의 향기와 다투는 듯하구나!
> 春來桃杏柳舒張 千花萬蕊斗芬芳
> 夏賞芰荷如燦錦 紅蓮爭似白蓮香

명오는 쓰고 나서 크게 웃었다. 오계선사는 이 시를 보고 얼굴에 부끄러운 기색이 역력했다. 그래서 몸을 일으켜 바로 자기 방으로 돌아가 행자에게 물을 데우라 일러 목욕을 하고 옷을 갈아입었다. 그리고는 황급히 송[頌] 여덟 구를 적었다.

> 내 나이 마흔일곱
> 만 가지 법이 하나로 돌아간다네.
> 일순간 마음을 잘못 먹어
> 오늘 아침 이렇게 급히 떠난다네.
> 명오에게 이 말을 전해다오
> 어찌 이리 심하게 핍박을 하는가?
> 환신[幻身]*은 마치 번개와 같이 빠르나
> 예전과 같이 푸른 하늘은 파랗기만 하구나.

---

* 환화[幻化], 즉 사람이 죽는 것

吾年四十七 萬法本歸一
只爲念頭差 今朝去得急
傳語悟和尙 何勞苦相逼
幻身如閃電 依舊蒼天碧

이렇게 다 쓴 뒤에 불전에 올려놓고 침상으로 올라와 바로 좌화[坐化](불교도가 단정히 앉아서 죽는 것)하였다. 행자가 급히 가서 이 사실을 명오선사께 알렸다. 명오가 크게 놀라 급히 가서 불전에 놓인 사세송[辭世頌]을 보고,

"참으로 좋은 분이었는데, 일순간의 잘못이 모든 것을 다 그르쳤군요! 이승에서 남자의 몸으로 태어나 불, 법, 승 삼보를 믿지 않고 불[佛]을 멸하고 승[僧]을 훼방놓았으니 내세에는 고륜[苦輪]의 굴레에 떨어지고 올바른 길에 귀의하지 못할 것입니다. 이 얼마나 애석한 일인가! 사형이 갈 수 있는데 나라고 당신을 따라가지 못하겠습니까."

하며 방에 돌아와 행자에게 물을 데우게 한 뒤에 목욕을 하고 침대에 앉아서,

"나도 지금 오계선사를 따라가려고 한다. 너희들은 우리 둘을 인신자[人神子](중이 죽은 뒤에 유골을 넣어두는 동이)에 넣었다가 사흘이 지난 후에 같이 태우거라."

라고 말을 마친 뒤에 앉아서 원적[圓寂](중이 죽는 것)하였다. 모든 중들은 놀라서 어찌 이런 일이 있을 수 있을까 하고 의아해했다. 그 절에서 연달아 고승 둘이 앉아서 원적한 일이 사방으로 알려지자 사람들이 몰려 분향을 하고 예불을 드리는 등 보시하려는 사람이 인

산인해를 이루었다. 사흘이 지나자 시신을 절 밖으로 메고 나가 화장했다.

청일선사는 홍련을 거두어 평민에게 시집을 보내고 늙을 때까지 살았다.

후에 오계선사가 환생하여 서천[西川] 미주[眉州]의 소노천[蘇老泉](소순[蘇洵], 1009~1066)의 아들로 태어났는데, 이름이 소식[蘇軾](1037~1101)으로 자는 자첨[子瞻], 호는 동파[東坡]였다. 명오도 환생해 본 주의 사도법[謝道法]의 아들로 태어나 이름을 단경[端卿]으로 불리다가 나중에 출가해 중이 되었는데 불가의 이름은 불인[佛印]이었다. 둘은 나중에 가까운 곳에 머물며 서로 시를 지으며 우의를 돈독히 했다(소식이 황주[黃州]에 쫓겨 왔을 때 불인은 노산[盧山]의 개선사[開先寺]에 머물며 서로 시를 주고받았다 함).

내가 천중[川中]에 온 지 수십 년
일찍이 비로[毘盧]*도 정상에서 잠도 잤다네.
조주[趙洲]**의 계략을 깨달았으나
좋은 인연이 나쁜 인연으로 되었구나.
복사꽃의 붉음과 버들의 푸르름은 여전하고
돌 가의 흐르는 물은 졸졸 소리를 내네.
오늘 그림자가 보리로[菩堤路]***로 인도하니
다시는 홍련에게 마음을 두지 마세요.

---

* 여래불[如來佛]
** 당대[唐代]의 조주관음
*** 선악을 구별하고 진리를 깨닫는 길

自到川中數十年 會在箆盧頂上眼
參透趙洲關振子 好姻緣做惡姻緣
桃紅柳綠還依舊 石邊流水響潺潺
今影指引菩堤路 再休錯意戀紅蓮

이렇게 설비구니의 설법이 끝나자, 옥루의 방에 있는 하녀 난향이
네모진 찬합 두 개에 과일과 과자 등을 담아 가지고 들어와 향로를
치우고 그 자리에 음식을 차려놓고 또 차 한 주전자를 내와 스님 셋
과 함께 먹고 마셨다. 그런 다음에 다시 기름기가 있는 음식을 가져
오고 마고주 한 동이를 따서 모두 화롯불 주위에 둘러앉아 술을 마셨
다. 오월랑은 오대구 부인과 함께 주사위 놀이를 했고, 금련과 이교
아는 수수께끼를 했다. 옥소는 곁에 서서 술을 따라주며 금련에게 몰
래 눈짓을 해 금련이 이기게 해주었다. 그러자 이교아는 져서 벌주로
술 몇 잔을 마셨다. 이를 옥루가 보고 있다가,

"나하고 해요. 계속 이기기만 하잖아요."

그러면서 옥루는 금련의 손을 펴게 하여 손을 소맷자락 안으로 넣
지 못하게 하고 옥소도 가까이 오지 못하게 했다. 그래서 그날 밤은
금련이 져서 연거푸 술을 몇 잔 마셨고, 사람들은 욱씨 아가씨에게
노래를 시켰다. 오월랑이,

"「요오경[鬧五更]」을 좀 불러줘요."

하니, 이에 욱씨 아가씨는 거문고 줄을 고르고 목청을 가다듬은 뒤에
「옥교지[玉交枝]」를 부르기 시작했다.

하늘을 뒤덮은 먹구름 이니

눈발이 어지러이 날린다.

삭풍이 세차게 문 창호지를 뚫으니

당신 마음도 아프겠지만

내 마음은 더욱더 아프다오.

부모가 나를 심하게 꾸짖으나

당신은 한 말을 전혀 지키지 않는구려.

단지 처음부터 다시 생각해본다오.

彤雲密布 剪鵝毛雪花亂舞

朔風凜例穿窗戶 你心毒奴更受苦

爹娘罵得奴心忒狠毒 你說來的話全不顧

把更兒 從頭細數

〈금자경[金字經]〉

밤은 긴데 홀로 외롭다오.

차갑고 쓸쓸하니 시간이 깊어가도

평안히 편지 한 장 부치지 못하네.

양볼에 구슬 같은 눈물이 흘러도

아름답던 시간을 잡아놓을 수 없고

일경[一更] 속에 무한한 고통만이 있구나.

夜迢迢孤另另 冷清清更靜初

不寄平安一紙書 腮邊流淚珠 不把佳期顧

一更里無限的苦

〈옥교지[玉交枝]〉

일경이 되니

차가움이 나의 휘장 속을 덮쳐오네.

이리저리 뒤척이며 어찌 잠을 이룰까?

이경[二更]에 눈물이 구슬처럼 떨어지누나.

　一更纔至 冷淸淸撇奴在帳里

　番來復去如何睡 二更里淚珠垂

이경이 되니 더욱 괴롭구나.

어렵게 한잠을 청해보네.

오늘 밤 꿈속에서라도 만날 수 있으면 좋으련만

나 그대 그리고, 그대 나를 그리네.

떠날 적에는 해당화가 반쯤 피었는데

지금은 잎이 모두 떨어지고

나만 애타는 마음으로 기다리고 있구나.

　二更難過 討一覺頻頻的睡

　着今宵今宵夢兒里來托 我思他他思我

　去時節海棠花兒開了半朵

　到如今樹葉兒皆零落 枉敎奴癡心兒等着

〈금자경[金字經]〉

나는 종일 집에서 그대를 애타게 기다렸네.

언제면 좋겠어요?

정말로 이별 많은 박명한 팔자라오

명이 박하니, 외롭고 쓸쓸함을 어찌하면 좋단 말인가.

편안히 안정하기 힘든데

삼경[三更]이라 잠 속에 꿈도 많구나.

我癡心終日家等待你 何日是可

合少離多咱命薄命薄 孤另孤另怎生奈何

好着敎難存坐 三更里睡夢幾多

〈옥교지[玉交枝]〉

삼경의 달빛은 가까이하기 어렵고

오늘 밤은 길기만 하구나.

초는 타다 말고

은촛대 위에도 두세 줄기 눈물이 흘러내리네.

붉은 비단 이불이 반쪽은 비어 있구나

새로 만든 손수건은 어디에 놓아두었나?

허리가 너무나 말랐구나

마른 허리가 심랑[沈郞]* 같구나!

三更月上 好難挨今宵夜長

燒殘蠟燭銀臺上 淚珠流三兩行

紅綾的被兒閑了半床 新排的手帕兒在誰行放

瘦損了腰肢 腰肢沈郞

〈금자경[金字經]〉

너무 말라 허리가 애처롭고

_____

* 양대[梁代] 심약[沈約]이 친구에게 보낸 편지에서 자기의 마른 모습을 '百日數旬 革帶常應移孔 以手握臂
率計月小半分'이라고 한 후에 '심랑요[沈郞腰]'라 하면 체격이 청수[淸秀]하거나 매우 마름을 일컬음

매일 집에서 애간장만 태우누나.
님 그리며 두 줄기 눈물을 흘리네
두 줄기 눈물, 마름꽃 대하고 화장을 지우네.
아름다운 모습도 다 말라버리네
사경[四更]이라 밤은 깊어만 가누나.
沈郞的腰肢瘦 每日家愁斷了腸
盼望情人淚兩行兩行 對菱花懶去粧
瘦損了嬌模樣 四更里夜偏長

〈옥교지[玉交枝]〉
사경은 낮 같아 베개 베고 생각하노라니
저절로 눈물이 흘러내리네.
영신묘[靈神廟]에 가서 소원을 빌며
검은 머리 잘라 서로 나누어 가졌네.
말과 행동이 일치하지 않고
이제 와 나를 버리시다니
기생집 기녀들처럼
기녀들처럼 나를 마냥 기다리게 하다니.
四更如畵 枕邊想不覺的淚流
靈神廟里曾發咒 剪靑絲兩下里收
說來的話兒不應口 到如今閃的我似章臺柳
章臺柳 叫奴癡心等守

〈금자경[金字經]〉

나는 종일 집에서 애타게 그대를 기다렸는데
언제나 끝날 수 있을는지?
빈 누각에 기대어 님이 오기를 기다리네.
누각에 기대어
님 그리는 마음을 다 없애려 해도
나도 모르게 양미간이 찌푸려지네.
오경[五更]이라 눈물이 구슬처럼 흐르네.
我癡心終日家等待你 何日是休
望盼情人空倚樓倚樓 想情人一筆勾
不由把眉雙皺 五更里淚珠流

〈옥교지[玉交枝]〉
오경이라 닭이 울고
날이 점차 밝아오누나.
소리를 내지르고 싶어도
사람들이 웃을까 두렵네.
온 집안 식구들이 모두 초조하다네.
향을 피워 들고 신 앞에 기도 올리니
버림받은 것을 하늘은 아시리
공연히 나를 애타게 기다리게 만드네.
五更雞唱 看看兒天色漸曉
放聲欲待 放聲又恐怕傍大笑
一全家心內焦 燒香告禱神前茭
負心的自有天知道 枉教奴癡心等着

〈금자경[金字經]〉

종일 집에서 애타게 그대를 기다렸는데
언제나 이것을 끝낼 수 있을까?
처마 끝의 종소리 들려오고 시간을 알리는 순라군의 판 소리에
나는 잠을 이루지 못하고 있다오.
가까운 곳에서 차가운 까마귀 울어대니
적적하고 처량하게 날을 밝힌다오.

我癡心終日家等待你 何日是了
簷外叮噹鐵馬兒敲兒敲 攪的奴睡不着
一壁廂寒鴉叫 凄凄凉凉直到曉

〈옥교지[玉交枝]〉

날이 밝아오니 머리 빗고 세수하고 화장대에 앉았으나
눈썹을 그리기가 귀찮다오.
처마 밑에서 기쁜 까치가 울어대니
매향이 와서 기쁜 소식을 전하네.
전하기를 사랑하는 님이
정말로 저한테 돌아오신답니다.
저는 휘장 안에서 밖으로 나가
그것이 정말이냐고 물어보았지요.

曉來梳洗 傍粧臺懶上畫眉
房簷上喜鵲兒喳喳的 小梅香來報喜
報道是有情郞眞個歸 奴奴同人羅幃偉里
向前來 奴家問你

〈후정화[後庭花]〉

이 무정한 사람아

어찌 한번 가더니

반년이 지나도록 소식 한 자 없단 말인가요?

저는 당신께 과거 보아 관원이 되라고 말했건만

당신이 술과 여자에 빠질 줄 누가 생각이나 했을까요.

저는 당신 위해 쓸쓸함과 고독을 참고 있는데

당신은 어디에서 여인의 치마에 싸여 있나요.

저는 당신 위해 병들고 제대로 먹지도 못해

하얀 피부는 볼품없이 말랐다오.

아침 일찍부터 저녁 늦게까지 오로지 그대 생각

일경이면 하늘에는 외로운 기러기 날고

이경이면 그대를 꿈속에서 보건만

오경에 눈을 뜨면 당신은 보이지 않는다오.

我問你個負心賊

你盡知一去了半年來 怎生無個信息

我道你應擧求官去 誰想你戀煙花家貪酒杯

我爲你受孤恓 你在那里偎紅倚翠

我爲你病懨懨減了飮食

瘦伶仃消了玉體 挨淸晨怕夕晚

一更里聽天邊孤雁飛

二更里想情人魂夢里

五更里醒來時不見你

〈유엽아[柳葉兒]〉

아! 비단 원앙금침이 비어 있고

굳은 맹세만 적막하구나.

해신묘[海神廟]*에서 보고, 방주로 떠나고 나서

나도 모르게 화가 나는구나.

당신이 사랑을 배신한 사람이라는 것을

하늘은 알고 계실 거예요.

呀 空閑了鴛鴦錦被 寂寞了盟約

盟約姻誓 海神廟見放着傍州例 不由我心中氣

你盡知 負心的自有個天知道

〈마지막 가락[尾聲]〉

비단 휘장을 드리우고 함께 즐기며

비단 이불 속에서 원앙 한 쌍이 되니

영원히 부부가 되어 오래도록 함께하기를.

流蘇錦帳同歡會 錦被里鴛鴦成對

永遠團圓直到底

한편 금련은 옥루와 수수께끼를 하다 져서 술을 스무 잔 넘게 마시니 더는 앉아 있지 못하고 앞채로 나갔다. 앞채에 나가 한참을 불러서야 쪽문이 겨우 열렸다. 금련은 추국이 눈을 비비고 있는 것을 보고서,

---

* 원[元] 상중현[尙仲賢]의 「해신묘왕괴부계영[海神廟王魁負桂英]」이라는 잡극에 있는 고사로 기녀[妓女] 계영이 서생 왕괴를 도와 과거를 보러 가게 하면서 해신묘에 가서 둘의 사랑이 변치 않을 것을 약속했으나 왕괴가 과거에 급제한 뒤 계영을 버리자 계영이 자살하여 그 귀혼[鬼魂]이 왕괴를 잡아간다는 이야기

"괘씸한 년! 자빠져 자고 있었구나?"

하고 욕을 하자 추국이 답했다.

"자지 않았어요."

"자빠져 자고 있다 일어났으면서도 나한테 거짓말을 하다니! 그렇다면 어째서 안채로 나를 데리러 오지 않았지? 그래 나리께서는 주무시냐?"

"잠드신 지 한참 됐어요."

금련은 온돌방 안으로 들어가 치맛자락을 감아쥐고 온돌 위에 앉아 화롯불을 쬐었다. 금련이 차를 달라고 하자 추국이 바로 차를 한 잔 가져왔다. 이를 보고 금련은,

"이 더러운 년아, 손을 깨끗이 씻고 차를 따라야지! 나는 이렇게 펄펄 끓인 차는 안 마셔! 춘매를 불러서 다른 작은 찻잔에 좋은 찻잎을 많이 넣어 쓴맛이 나도록 끓여오도록 해라."

하니 추국이,

"춘매는 저쪽 침실에서 자고 있어요. 제가 가서 깨울게요."

하자 금련은,

"깨우지 말고 그냥 자도록 내버려둬라."

했으나 추국은 듣지 않고 건너편 침실로 건너갔다. 건너가 보니 춘매는 서문경의 발치에 쭈그리고 앉아서 단잠을 자고 있었다. 춘매를 흔들어 깨우면서,

"마님이 오셔서 차를 드시고 싶대. 어서 일어나."

하자 춘매가 짜증을 내며 일어서며,

"도깨비 같은 년이, 마님이 오셨으면 오셨지, 왜 사람을 놀래 깨우고 야단이야!"

하고 욕설을 퍼부으며 일어나 천천히 기지개를 켜며 옷을 챙겨 입고
는 금련에게 건너왔다. 그러면서 문가에 기대어 눈을 비벼댔다. 이를
보고 금련은 오히려,

"달콤히 자고 있는데 저 멍청한 년이 가서 깨웠구나."

하면서 도리어 추국에게 욕을 했다. 그러면서,

"머리의 손수건이 삐뚤어졌으니 바로 매거라."

하고 다시,

"어째 귀고리가 한쪽밖에 없지? 어디다 뒀어?"

하니, 이 말을 듣고 춘매가 귀를 더듬어보니 정말 한쪽밖에 없었다.
그것도 금으로 만든 앙증맞은 귀고리가…, 이에 춘매는 등불을 켜들
고 방금 자던 침실로 건너가 찾아보았으나 보이지 않았다. 한참을 찾
아보니 뜻밖에도 침대 다리 부근 판자 위에 떨어져 있기에 주워들었
다. 찾아가지고 돌아오니 금련이 물었다.

"어디서 찾았어?"

"모두 재 때문이에요. 하도 호들갑을 떨면서 깨우길래 급히 일어나
다 휘장 고리에 걸려 침대 다리 밑에 떨어진 것을 찾아 주워왔어요."

"깨우지 말라고 했는데도 깨웠구나."

"마님께서 차를 드시겠다고 하셨다던데요."

"차를 마시려고 했지만 그 애 손이 지저분해 마실 생각이 싹 달아
나더라구."

이 말을 듣고 춘매는 급히 작은 물주전자에 물을 담아 불 위에 얹
고 추국더러 탄을 가져다 불을 때라고 일렀다. 잠시 뒤에 물이 뜨겁
게 끓자 찻잔을 깨끗이 씻고 차를 진하게 우려내서는 금련에게 올렸
다. 금련이 춘매에게 물어보았다.

"나리께서는 언제부터 주무시는 게냐?"

"꽤 오래됐어요. 몇 차례나 마님이 오셨느냐고 묻길래 아직 안에서 나오지 않으셨다고 말씀드렸어요."

금련은 차를 마시고 나서 춘매에게,

"내가 아까 과일 몇 개와 밀전병을 보냈는데, 옥소가 우리 어머니께 자셔보라고 드린 거야. 내가 이 애한테 가져다놓으라고 일렀는데 받아놓았지?"

하니 춘매가,

"안 받았는데요. 어디에 놓아두었을까요?"

하고는 두 사람이 다시 추국을 불러,

"아까 과일을 어디에 두었느냐?"

하고 묻자 추국은,

"화장대 안에 넣어두었어요."

하며 꺼내왔다. 이에 반금련이 숫자를 세어보니 귤 하나가 부족했다. 그래서,

"어째 하나가 부족하지?"

하니 추국이 말했다.

"마님이 보내신 그대로 화장대 안에 넣어두었어요. 아무리 허기가 지고 입 안이 헌다 해도 누가 감히 그걸 먹겠어요?"

"요 엉큼한 년이! 아직도 주둥이를 함부로 놀리고 있어! 네년이 훔쳐먹지 않았으면 그게 어디로 갔단 말이냐? 내가 직접 세어서 너한테 주었는데 말이다. 네년이 슬쩍 처먹어버렸으니 이것밖에 안 남았잖아. 누가 네년 아가리에 처넣으라고 가져온 줄 알아!"

그러면서 춘매에게,

"나 대신 저년 따귀를 열 대씩 후려치거라."

하니 춘매가,

"저런 더러운 얼굴을 때렸다가는 오히려 제 손이 더러워질 거예요!"

하자 금련이,

"그럼 나한테 끌고 와!"

하니 춘매는 두 손으로 추국의 목덜미를 잡고 금련의 앞으로 끌고 갔다. 금련은 추국의 볼을 꼬집으며,

"요 괘씸한 년아! 귤을 네가 훔쳐먹었지? 솔직히 말하면 봐주겠지만 계속 거짓말을 한다면 채찍을 가져다 네년의 가죽을 벗기는 쓴맛을 보여주겠다! 내가 취해 보이니 네년이 훔쳐먹고도 그렇지 않다고 박박 우겨보겠다는 게지!"

그러면서 춘매에게 물었다.

"내가 취했니?"

"무슨 말씀을요, 말짱하신데 누가 취했다고 그래요. 마님이 추국을 믿으면 안 먹은 게지요. 그렇지만 마님이 믿지 못하신다면 소맷자락을 뒤져보세요. 하다못해 귤껍질이라도 소매 안에 있을 게 아니겠어요."

금련이 추국을 잡아끌어 소맷자락을 뒤져보려고 하니 추국은 소맷자락을 뿌리치며 못 만지게 했다. 춘매도 가세해 추국의 손을 꽉 잡고 소맷자락을 뒤져보니 과연 거기서 귤껍질이 나왔다. 이에 금련은 곧바로 온 힘을 다해 양볼을 꼬집고 다시 귀싸대기를 후려갈기면서,

"요 괘씸한 년아, 이래도 아니라고 잡아떼! 네년은 아무것도 제대로 하는 것이 없으면서 주둥아리로 훔쳐먹는 짓만 배웠구나! 방금

네년의 소맷자락에서 이렇게 귤껍질을 찾아내 물증이 있는데도 아니라고 잡아뗄 테냐? 내 지금 너를 때려줘야 하나 나리께서 여기서 주무시고 계시고, 나도 술을 마시고 차를 마신 뒤인지라 지금은 때리지 않겠다. 대신 내일 맨정신에 다시 조용히 따져봐야겠다!"

하니 이를 듣고 춘매가,

"마님, 내일 대충 넘기시면 안 돼요. 가죽을 한 꺼풀 벗겨야 해요. 사람을 하나 시켜 직사하게 때려줘야 해요. 그래야 아픈 것도 알고 무서운 것도 알죠. 원숭이가 방망이 가지고 놀듯이 몇 대 때리면 전혀 무서워하지 않을 거예요!"

하자 추국은 금련에게 꼬집혀 얼굴이 퉁퉁 부은 채로 쫑알거리며 부엌으로 내려갔다.

금련은 남은 귤을 반으로 나누고 사과와 석류를 춘매에게 주면서,

"이것은 네가 먹고 나머지는 할머니께 드려라."

하니 춘매는 쳐다보지도 않고 받아서는 아무것도 아니라는 듯이 서랍에 넣었다. 금련이 다시 밀전병을 가르려고 하자 춘매가,

"마님, 나누지 마세요. 전 이렇게 단 건 안 먹으니 뒀다가 할머니나 드리세요."

하니 이 말을 듣고 금련은 더는 나누지 않았으니, 이 일은 그만 이쯤 해두자.

그러고는 금련은 소변기에 걸터앉아 오줌을 누고 춘매에게 대야에 물을 떠오라 하여 여인의 그곳을 깨끗하게 닦았다. 그러고 나서 춘매에게 물었다.

"지금 몇 시쯤 됐지?"

"달이 서쪽에 있으니 아마 삼경은 됐을 거예요."

금련은 머리 장식을 풀고 침대 방으로 건너가 보니 탁자 위의 등불이 다 타고 있었다. 이에 다시 심지를 돋우고 침대 위를 바라보니 서문경은 한창 코를 골며 단잠을 자고 있었다. 이에 금련은 비단 허리띠를 풀고 치마를 벗고 잠신으로 갈아 신은 뒤에 속옷까지 벗어버리고, 침대 위로 올라가 이불 속으로 기어들어가 서문경과 베개를 나란히 하고 누웠다. 누워 잠시 눈을 붙인 뒤에 서문경의 물건을 주물렀다. 한참을 주물러도 물건이 서지 않았다. 서문경이 춘매와 재미를 본 지 얼마 되지 않은 터라 물건이 축 늘어져서 아무리 주물러대도 서지 않는 것이었다. 금련은 술을 마신 터라 욕정이 불같이 일어 더는 참지 못하고 이불 위에 걸터앉아 그 물건을 입으로 빨고, 개구리 입에 혀를 밀어 넣기도 하고, 거북이 머리를 입으로 통째로 삼키기도 하면서 그치지 않고 빨아댔다. 서문경이 깨어서 보니 금련이 이불 속으로 들어와 그 짓을 하는 것이었다.

"요 음탕한 계집아! 어째 지금에야 오는 게냐?"

"안방에서 술을 마셨어요. 맹언니가 두세 가지 안주를 내놓고 욱씨 아가씨가 노래를 부르고 오대구 부인, 양고모와 수수께끼도 하고 주사위 놀이도 했어요. 제가 먼저 이교아를 이겨 벌주를 몇 잔 먹여 취하게 만들었지요. 그런데 나중에는 제가 셋째와 오판삼승제 내기를 해 번갈아 이기고 지는 바람에 술을 꽤 마셨어요. 도리어 잘됐죠! 이 틈을 이용해 나리께서는 늘어지게 한잠 주무셨잖아요. 이래도 제가 나리의 말을 듣지 않아요?"

"그래, 띠는 만들어놓았어?"

"요 밑에 있잖아요."

금련은 요 밑으로 손을 넣어 비단 띠를 꺼내 서문경에게 보여주고는 물건 밑에 동여매고 허리에 든든히 묶었다. 금련이 물어보았다.

"뭣 좀 드셨어요?"

"먹었어."

말을 마치고 금련이 주무르고 빨고 하니 서문경의 물건이 다시 뻣뻣하게 섰는데 평소보다 더욱 길어 보였다. 금련은 서문경의 몸 위에 엎드려 커진 거북이 머리를 두 손으로 감싸쥐고 자신의 그곳으로 밀어 넣으니 속으로 쑥 들어갔다. 이에 금련은 두 손으로 서문경의 목을 꼭 끌어당기면서 서문경에게 자신의 허리를 꽉 잡아당기게 하고는 위에서 계속 힘을 주니 서문경의 물건이 깊숙한 곳으로 끝까지 들어갔다. 금련은,

"나리, 가슴 띠를 가져다 허리 밑에 대세요."

하니 서문경이 침대 머리맡에서 붉은 비단 가슴 띠를 가져다 네 겹으로 접어 허리 밑에 받쳤다. 금련은 서문경의 몸 위에 말처럼 엎드려 몇 번을 살살 흔들어대니 서문경의 물건이 끝까지 다 들어갔다. 금련은,

"나리, 손으로 한번 만져보세요. 거의 다 들어가서 안에 꽉 차 있는 것 같아요. 못 느끼세요? 꽉 차 있어요."

해서 서문경이 손으로 만져보니 과연 끝까지 다 들어가 머리카락 하나도 더 들어갈 틈이 없었고 단지 알 두 개만이 밖에 남아 있으니 가슴이 후련하고 짜릿한 감이 이루 말할 수 없었다. 금련이,

"확 달아올라 좋기는 좋은데 좀 춥군요. 등불을 비추면서 하지 않으면 안 되겠어요. 여름에 하기에는 좋을 것 같은데 겨울에는 좀 추워요."

그러면서,

"이 비단 띠가 은탁자랑 비교해서 쓰기가 어때요? 그 은탁자는 좀

딱딱해서 제 밑이 매우 아파요. 그런데 이것은 길게 늘여 쓸 수 있어서 좋아요. 못 믿겠다면 좀 만져보세요. 아랫배에서 거의 심장까지 들어와 있는 느낌이에요. 저를 꼭 껴안아주세요. 오늘은 날이 샐 때까지 당신 몸 위에서 자겠어요."

"오, 귀여운 것아! 내가 재워주마."

그러면서 서문경은 금련을 꼭 껴안고 자기 혀를 금련의 입에 넣고는 옥 같은 어깨를 껴안고 잠시 몽롱한 기분으로 잠이 들었다. 금련은 잠든 지 얼마 되지 않아 다시 욕정이 일어나며 음심이 꿈틀거리자 두 손으로 어깨를 부여잡고 앉았다가 일어서며 끝까지 깊숙이 밀어넣으며,

"내 심장이 다 터질 것 같아요!"

라고 외치며 수없이 왕복운동을 하니 서문경은 흥분이 극에 달해 바로 사정을 할 듯했다. 이에 금련은,

"나리, 허리를 꼭 대세요."

하며 자기 젖꼭지를 서문경의 입에 물리자 어느새 정신이 몽롱해지며 자신도 음수[淫水]가 쏟아져 나왔다. 그러면서 둘은 다시 힘차게 껴안았다. 금련은 심장이 매우 뛰며 사지가 맥이 빠져 노곤해지며 머리칼도 어지러이 흘러내리고, 서문경의 물건은 빠져나왔는데 여전히 뻣뻣한 상태였다. 금련은 손수건으로 그것을 닦아주며 말했다.

"나리, 아직도 성이 다 풀리지 않은 모양이지요?"

"한잠 자고 나서 다시 한차례 놀자."

"저는 이제 조금도 움직이지 못하겠어요. 온몸이 저리고 사지가 노곤해요."

둘은 이렇게 한바탕 일을 진하게 치른 뒤에, 어깨를 나란히 하고

다리를 포갠 채 침대 위에서 잠이 들어 아침 해가 동쪽 높이 떠오른
것도 모르고 잠을 잤다.

　은촛대를 들고 비추어보니
　틀림없는 천생의 한 쌍이로구나.
　等門試把銀釭照 一對天生連理人

초승달도 이야기를 듣는 깊은 밤

송어사는 팔선수 향로를 구하려 하고,
오월랑은 '황씨 딸 얘기'를 듣네

예전에 남쪽에 갔다가 좋은 친구를 만나
뜰 앞에서 함께 봄을 즐겼네.
좋은 술을 술잔에 가득 따르고서
아름다운 시문[詩文]을 촉전[蜀箋]*에 새로 쓰네.
꽃은 나그네를 가련히 여겨 붉은빛이 뒤따르고
풀은 가는 님 사모해 푸른 잎 바퀴를 에워싸누나.
이별 뒤에 정남[鄭南]**으로 가는 길이 쓸쓸하니
풍월[風月]이 누구에게 속하는지 모르겠구나.
昔年南去得娛賓　願遜階前共好春
蟻泛羽觴蠻酒膩　鳳銜瑤句蜀箋新
花憐游騎紅隨後　草戀征軍碧繞輪
別後淸淸鄭南路　不知風月屬何人

서문경은 금련을 꼭 껴안고서 해가 중천에 뜰 때까지 잠을 잤다.

---

* 사천[四川] 지방에서 나는 질 좋은 종이
** 하남성에 있는 지명

금련이 눈을 떠보니 서문경의 물건이 그때까지도 철막대처럼 살아 있었다. 이에 금련은,

"나리, 제발 살려주세요. 저는 더는 할 수가 없으니 대신 입으로 빨아드릴게요!"

하니 서문경이,

"요 음탕한 것아! 안 하면 되지 무슨 쓸데없는 소리야!"

하자, 금련은 정말로 허리를 굽히고 서문경의 무릎 사이에 쭈그리고 앉아서 입으로 서문경의 물건을 빨기 시작했다. 거의 한 시간 정도를 빨았으나 사정을 하지 않았다. 서문경 또한 두 손으로 금련의 목을 꼭 끌어안고 힘을 주어 금련의 입 안으로 밀어 넣으며 넣고 빼기를 그치지 않자 금련의 입가에 하얀 거품이 흘러내리고 입술연지가 남은 서문경의 물건에 붉게 물들었다. 더는 참지 못하고 막 사정하려는 순간에 금련이 말했다.

"응씨가 초청장을 보내 스무여드렛날에 우리를 청했는데 어떡하지요?"

"왜 안 가? 준비해서 가봐야지."

"부탁이 있는데 들어주실래요?"

"무슨 일인데 말을 못하고 그래?"

"여섯째가 입던 가죽 외투를 제게 주세요. 내일 초대를 받아 가는데 다른 사람들은 모두 곁에 걸칠 가죽 외투가 있지만 저만 없어요."

"일전에 왕초선 집에서 저당 잡힌 가죽 외투가 있으니 그걸 입으면 되잖아."

"저당 잡은 건 안 입어요. 이교아한테나 주세요. 그리고 이교아의 것은 손설아에게 주고 저는 여섯째 것을 주세요. 오늘 주셔서 두 소

매에 붉은 학 모양을 덧붙이고 흰 비단 저고리를 받쳐 입으면 제가 나리의 부인이 된 위신도 서잖아요. 다른 사람에게 주지 말아요."

"요 음탕한 것아! 제 이익만 챙기려고 하는구나! 그 가죽 외투는 예순 냥은 족히 나가는 거야. 하기야 윤이 흐르고 까만 게 네가 입으면 더욱 어울리기는 할 게다."

"나리, 도대체 어느 마누라한테 주려고 그러세요? 나리의 부인이니 나리를 위해 치장하는 것이지, 그렇지 않으면 이렇게 아쉬운 소리도 하지 않아요! 정히 그렇게 아까우시면 안 입겠어요."

"너는 부탁을 하면서도 큰소리를 치는구나!"

"무슨 말씀이세요? 저야 당신의 종으로 항상 당신 말씀에 순종하잖아요!"

이렇게 말하면서 서문경의 물건을 자기의 하얀 얼굴에 한참을 문지른 후에 다시 입으로 빨고 거북눈을 핥기도 하다가 다시 목구멍 깊숙이 삼키니 흥분이 더욱더 고조되었다. 서문경도 구름을 탄 듯 몽롱한 기분이 들면서 더는 참지 못하고 막 사정하려는 순간,

"요것아 꽉 물고 있어, 나도 더 참을 테니…."

했으나 말이 채 끝나기도 전에 금련의 입 안 가득히 쏟아부으니, 금련은 한 모금씩 모두 받아 삼켰다. 바로, '모든 것을 님의 뜻대로 따르고 은근히 자주색 피리[紫簫](남성의 성기)를 분다'는 격이었다.

이날은 바로 안랑중이 주인 자격으로 연회를 여는 날이었다. 그래서 서문경은 바로 자리에서 일어나 머리를 빗고 세수를 하고 밖으로 나왔다. 금련은 그때까지도 이불 속에서 자며,

"지금 한가할 때 그 물건을 찾아 보내줘요. 조금 있으면 시간이 없잖아요."

이에 서문경이 바로 이병아 방으로 건너가 보니 유모와 영춘은 벌써 일어나 방을 깨끗하게 정리하고 찻물을 끓여놓고 있었다. 서문경은 자리에 앉으며 여의아에게,

"아침 공양은 올렸느냐?"

물으면서 여의아를 바라보니, 옥색 겹저고리에 흰 치마를 입고 굽이 있는 녹색 신을 신고 엷게 화장을 하고 눈썹을 길게 그리고, 입술은 붉은색으로 선명하게 칠했다. 귀에는 귀고리 한 쌍을 하고 손에는 이병아가 준 금반지 네 개를 끼고 있었다. 이렇게 곱게 치장하고는 웃으며 차를 올리고 곁에서 말을 건넸다. 서문경은 영춘더러 안채로 가서 열쇠를 가져오라 하니, 이에 여의아가 물어보았다.

"나리, 왜 열쇠를 가져오게 하세요?"

"여섯째가 입던 가죽 외투를 다섯째한테 주려고 그래."

"마님이 입던 그 담비가죽 외투 말인가요?"

"다섯째가 꼭 그걸 입겠다니 가져다줘야지."

영춘이 열쇠를 가지러 안으로 들어가자 서문경은 바로 여의아의 젖가슴을 두 손으로 주무르다,

"귀여운 것아! 너는 애까지 낳았는데 어째 아직까지도 젖이 이렇게 팽팽하고 좋으냐!"

그러면서 서로 얼굴을 비비며 입을 맞추고 다시 상대의 입 속에 혀를 넣으며 놀았다. 여의아가 말했다.

"영감님께서는 항상 다섯째 마님 곁에 계시고 다른 분 방에 가는 걸 못 봤어요. 다섯째 마님은 다른 것은 괜찮은데 마음씨가 별로 인자하지 못한 것 같아요. 일전에 영감님께서 동경에 가시고 집에 안계실 때 빨래 방망이 때문에 저하고 한바탕 소동을 부렸지요. 다행히

도 한지배인의 부인과 셋째 마님이 오셔서 말려주셨어요. 나중에 영
감님께서 집으로 돌아오셨을 때 저는 이 사실을 말씀드리지 않았어
요. 그런데 그것을 웬 말 많은 사람이 영감님이 저를 차지했다고 다
섯째 마님께 말씀했는지 모르겠네요? 마님께서 말씀하지 않으시던
가요?"

"다섯째가 말하더군. 그러니 다음날 자네가 다섯째한테 가서 잘못
했다고 하면 돼. 다섯째는 사람들이 존중해주는 척하면 그저 헤헤거
리며 좋아하는 사람이야!"

"하기야 다섯째 마님이 입은 매서운 것 같지만 뒤끝은 없는 분 같
아요! 지난번에 저와 그렇게 다퉜는데도 다음날 나리께서 오시자 저
한테 말씀을 잘해주시면서 나리께서 당신한테 많이 와 계셔서 다른
사람들이 시샘하고 있고, 최근에는 제가 나리 사랑을 차지해 저한테
도 시샘들을 하고 있다고 그러시더라구요. 그러면서 제가 속이지만
않는다면 자기도 잘 대해주겠다면서 자기가 나쁜 사람은 아니라고
하더군요."

"그야 그렇지, 모두가 한집안 사람이잖아!"

그러면서,

"내 저녁에 이 방에 건너와 잘 테니 기다리고 있거라."

하고 약속하니 여의아가 말했다.

"정말 오시는 거예요? 공연히 거짓말하지 마세요."

"누가 거짓말을 한다고 그래?"

이렇게 말을 하고 있을 적에 영춘이 열쇠를 가지고 방으로 돌아왔
다. 서문경은 침실 방을 열고 들어가 옷장을 열고 가죽 외투를 꺼내
툭툭 먼지를 턴 뒤에 보자기에 잘 싸서 금련의 방으로 가져가라고 영

춘에게 일렀다. 여의아가 살그머니 서문경에게,

"저도 마땅한 겉옷이 없으니 이 기회에 한두 벌 찾아내주세요."

하니 서문경은 영춘에게 다시 옷상자를 열게 하고는 비취색 비단 저고리와 누런빛 치마 그리고 남색 노주[濾州]산 비단 면바지 한 벌과 화려한 무릎 보호대도 꺼내주니 여의아는 거듭 고맙다고 인사를 했다. 서문경은 방문을 잠그고 가죽 외투를 금련의 방으로 가지고 가라고 일렀다.

외투를 들고 건너가 보니 금련은 이때 자리에서 일어나 전족한 발을 매만지고 있었다. 이때 춘매가,

"여의아가 가죽 외투를 가지고 왔어요."

하자 금련은 바로 짚이는 데가 있어,

"들어오라고 해라."

하니 여의아가 들어서며,

"나리가 시켜서 왔어요."

하고는 다시 말했다.

"나리께서 마님께 이 옷을 가져다드리라 해서 왔습니다."

"자네한테는 아무것도 주지 않으시던가?"

"저한테는 옷을 두 벌 주셨어요. 그러면서 마님께 가서 잘못했다고 하라 하셨어요."

하면서 여의아는 금련에게 절을 네 번 올렸다. 이에 금련이 말했다.

"다른 자매들도 있는데 이럴 필요는 없어! 나리께서 당신을 좋아하지만 옛말에도 '배가 많아도 항구가 막히지 않으며, 수레가 많다 해도 길이 막히지는 않는다'고 하잖아. 그러니 누가 당신을 탓하겠어? 자네가 건드리지만 않는다면 내가 왜 공연히 상관하겠어! 그저

그림자만 하나 더 느는 게지!"

"마님은 이미 돌아가시고, 비록 안채에 큰마님이 계시다고는 하지만, 바깥채에서는 그래도 마님께서 주인이시니 잘 돌봐주시기 바랍니다. 소인이 어찌 다른 마음을 가질 수 있겠으며, 낙엽이 떨어진들 어디로 가겠어요?"

"그래도 이 옷을 받은 건 큰마님께 말씀을 드리는 게 좋을 거야."

"제가 전에 큰마님께 달라고 말씀드리자, 마님께서 '나리께서 한가로울 적에 몇 벌 꺼내달라고 하지' 하셨어요."

"그렇다면 됐어."

그러고는 여의아는 방을 나가 자기 방으로 돌아왔다. 서문경은 이미 앞 대청으로 나가고 없었다. 그래서 영춘에게,

"네가 방금 열쇠를 가지러 갔을 적에 큰마님께서 뭐라고 말씀하시던?"

하고 묻자, 영춘이 말했다.

"나리께서 왜 열쇠를 가지고 오라느냐고 물으시더군요. 그래서 가죽 외투를 꺼내 다섯째 마님께 준다는 말은 하지 않고 그저 잘 모르겠다고만 말씀드렸어요. 그랬더니 큰마님께서도 아무 말씀도 하지 않으시더군요."

한편 서문경은 대청으로 나와 연회 준비를 살펴보니, 해염 극단의 장미[張美], 서순[徐順], 구자효[苟子孝]와 남녀 출연 배우들이 연극에 필요한 도구를 갖추고 와 있었다. 이명 등 배우 넷도 일찌감치 와서 대기하고 있다가 서문경을 보고 인사를 했다. 서문경은 밥을 내다 주었다. 이명 등 셋은 앞채에서 노래를 부르게 하고, 좌순은 뒤채에 가서 여자 손님들을 모시게 했다. 이날 왕륙아는 오지 않고 신이저

를 통해 선물 두 상자를 사서는 가마에 태워 자기 집 진재아[進財兒]를 딸려 보내 옥루의 생일을 축하해주었다. 왕경이 그들을 안채로 안내하고 가마는 돌려보냈다. 이날은 성 밖에 사는 한씨 큰이모, 맹대구부인도 오고, 부지배인 부인, 감지배인 부인, 최본의 부인, 단씨 아씨, 분사의 부인도 모두 와서 생일을 축하해주었다. 서문경은 대청에 앉아 있다가 한 오 척의 자그마한 키에 녹색 비단 저고리에 붉은 치마를 두르고 남색 금테 띠로 머리를 장식했으나 화장은 별로 하지 않은 자그마한 눈을 가진 여인이 좁은 길을 따라 대안의 안내를 받으며 안으로 들어가는 모습을 뚫어지게 바라보았다. 흡사 정애향과 비슷하여,

"누구지?"

하고 물으니 대안이,

"분사의 부인이에요."

하니, 이 말을 듣고 서문경은 더는 말하지 않았다. 안으로 들어가 월랑을 보니 월랑은 여자 손님들에게 차를 대접하고 있었다. 서문경은 안으로 들어가 죽을 먹고 열쇠를 월랑에게 건네주니 월랑이 물었다.

"그래, 문을 열어 무엇을 하셨어요?"

"다섯째가 내일 웅씨 집에 가는데 입을 가죽 외투가 없다며 병아가 입던 옷을 달라고 하더군."

이 말을 듣고 월랑은 눈을 찡그리면서 말했다.

"영감께서는 자기가 한 말을 지키지 않으시는군요. 여섯째가 죽어갈 적에 데리고 있던 하인 애들을 하나하나 다 부탁했는데 영감께서 이렇게 하시면 더는 할 말이 없잖아요. 다섯째도 그래, 집 안에 있는 것은 입지 않고 왜 꼭 그걸 입으려고 하는지… 다행히 여섯째가 일찍

죽어 이 가죽 옷을 넘보는 게지, 만약 여섯째가 죽지 않았다면 그저 바라보고만 있었을 테지요!"

이 몇 마디에 서문경은 입을 다물고 아무 말도 하지 않았다. 이때 유학관[劉學官]이 와서 은자를 갚으려 한다고 전갈을 해주어 때는 이때다 싶어 기다렸다는 듯이 서문경은 밖으로 나와 대청에서 유학관과 함께 말을 나누었다. 이때 대안이 들어와 명첩을 전하며 아뢰었다.

"왕초선부에서 선물을 보내왔습니다."

"무슨 선물이냐?"

"생일 축하 선물이라는데요. 천 한 필과 남주[南酒] 한 통, 안주 네 가지예요."

서문경이 명첩을 받아보니 '만생 왕채[王寀]가 고개 숙여 인사드립니다'라고 쓰여 있었다. 서문경은 바로 왕경을 불러 감사의 답장을 써서 주고 심부름꾼에게는 은자 닷 전을 주어 돌려보냈다.

이때 이계저가 대문 앞에서 가마에서 내리고 보아[保兒]가 네모진 선물 상자를 메고 있었다. 대안이 급히 앞으로 가서 선물 꾸러미를 받아들고,

"계저 누이, 복도를 통해서 안으로 들어가세요. 대청에는 유학관이 앉아 계세요."

하니, 이에 계저는 복도를 따라 안으로 들어갔다. 내안이 선물 더미를 대안한테 받아들고 월랑의 방으로 메고 들어갔다. 월랑이,

"나리는 뵈었는가?"

하자 대안이,

"손님하고 계셔서 아직 뵙지 못했습니다."

하니 월랑이 말했다.

"그럼 선물도 잠시 이곳에 두거라."

잠시 뒤에 손님이 돌아가자 서문경은 안으로 들어와 밥을 먹었다. 월랑이,

"이계저가 선물을 보내왔는데 여기 있어요."

하니 서문경이,

"나는 모르는데."

했다. 월랑이 소옥을 시켜 상자를 열어보니 생일 과자 한 상자, 여덟 가지 색 무늬 떡 한 상자, 구운 오리 두 마리, 돼지 족 하나였다. 이때 이계저가 방에서 나오는데 머리에는 진주와 비취로 장식하고 흰 비단 수건을 동여매고 붉은 저고리에 남색 치마를 받쳐 입고 서문경을 바라보며 절을 네 번 올렸다. 서문경이,

"됐다, 그런데 이런 선물은 왜 가져왔지?"

하니 월랑이 곁에서 말했다.

"방금 계저가 말해주었는데, 계저가 나리의 노여움을 샀더군요. 그런데 사실은 계저와는 무관하고 모두 어멈이 꾸민 일이라더군요. 그날도 계저가 머리가 아파서 집에 있는데 왕삼관이 한 무리를 이끌고 진옥지[秦玉芝] 집에 가서 진옥지를 부르려다가 잠시 들른 거래요. 그래서 잠시 차를 마시고 있는데 사람들이 들어와 잡으려고 하는 통에 혼비백산해서 흩어졌대요. 계저는 나와서 그 사람 얼굴도 보지 못했대요."

"지난번에도 나와서 보지 않았다고 하더니, 이번에도 또 나와서 보지 않았다니… 누가 그 말을 믿겠어? 하기야 내가 상관할 바는 아니지. 너희들 여춘원[麗春院]이야 애들이 호떡 사먹는 돈만 가지고 있어도 놀 수 있는 곳이잖아. 돈 몇 푼 벌려고 그러는데 내가 왜 화를

내겠어!"

이 말을 듣고 이계저는 땅바닥에 무릎을 꿇고 앉아서 일어서지 않으며,

"나리께서 화를 내시는 것은 당연합니다. 하지만 만약 왕삼관이 이 몸에 손을 대게 했다면 제 몸은 바로 썩어 문드러지고, 털구멍 하나하나에 고름 주머니가 생길 거예요! 이 모든 게 다 어멈이 헛늙은 탓이에요. 먹고살자고 하는 일이라 별다른 생각 없이 좋은 사람도 불러들이고 나쁜 사람도 불러들여 공연히 나리를 노여워하시게 만들었지요!"

하니 월랑이,

"자네가 이렇게 와서 말을 했으면 됐지, 또 무슨 화를 내시겠나?"

하자 서문경이,

"그만 일어나거라. 내가 너를 탓하지 않으면 되잖아."

했다. 이 말을 듣고 계저는 고의로 애교를 떨면서,

"나리께서 한번 웃어 보이셔야 제가 일어나겠어요. 웃지 않으시면 저는 일 년이 지나도 일어나지 않겠어요."

하니 이 말을 듣고 곁에 있던 금련이 나서며,

"계저 누이, 그만 일어나요. 그렇게 꿇어앉아 있어봐야 공연히 아무런 일도 아닌 걸 가지고 콧대만 세워주는 꼴이에요! 오늘은 아가씨가 이곳에 와서 무릎을 꿇었지만 내일은 영감께서 그곳에 가서 당신 앞에 무릎을 꿇을 거예요. 그러면 그때 아씨는 영감을 아는 척도 하지 말아요."

했다. 이 말을 듣고 서문경과 월랑이 모두 웃음을 터뜨리자 비로소 계저가 자리에서 일어났다. 그때 대안이 황급히 안으로 들어오며,

"송어사와 안랑중께서 오셨습니다."

하고 아뢰자, 서문경은 바로 옷을 내오라 일러 갈아입고 밖에 나가 영접했다. 계저가 월랑에게,

"다 마님 덕분으로 나리께서 화를 조금 푸셨어요! 오늘부터는 나리보다는 마님의 딸 노릇을 충실히 하겠어요."

하자 월랑이 말했다.

"그 양반은 다 말뿐이라 지나가면 그만이야. 지난번에도 두세 번 기생집에 가신 모양이던데 거기에는 가지 않았었나?"

"천만에요, 무슨 사람 잡을 소리를요! 나리께서는 저희 집에 오신 적이 없어요. 만약 저희 집에 오셔서 나리의 얼굴을 뵈었고 제 몸에 터럭 하나라도 닿았다면 저는 급살을 맞아 죽을 것이고 온몸이 고름 투성이가 될 거예요! 마님께서 잘못 들으신 걸 거예요. 아마 저희 집이 아니라 정애월 집으로 가셨을 거예요. 두어 차례 다 그 집에서 모셔간 게 틀림없어요. 이번 제 일도 모두 정애월이 중간에서 농간을 부린 수작이에요. 그렇지 않으면 나리께서 어찌 저한테 그토록 화를 내시겠어요?"

이에 금련이,

"사람들은 제각기 살아가는 방법이 다른데 애월이 공연히 아씨를 괴롭히겠어?"

하니 계저가,

"다섯째 마님, 마님께서는 저희들 세계를 잘 모르세요. 다른 사람을 골탕 먹여 죽여놓지 않으면 자기가 살기 힘든 곳으로, 한마디로 '너 죽고 나 살자'는 식이에요!"

하자, 이 말을 듣고 월랑이,

"그쪽 사람들 사는 것과 이쪽 사람들이 사는 게 다를 게 뭐가 있겠어? 다 똑같아. 서로 험담을 하지. 그러다가 주인의 사랑을 얻으면 기를 펴고 살지만 말이야."

하면서 차를 내와 계저에게 대접했다.

한편 서문경은 송어사와 안랑중을 맞이해 대청으로 모시고 인사를 나누었다. 두 사람이 서문경에게 각기 비단 한 필과 책 한 권씩을 승진 축하 선물로 주었다. 그런 뒤에 술좌석이 잘 준비된 걸 보고 대단히 만족하며 거듭 고맙다고 인사를 했다. 그러고는 주빈이 서로 자리에 앉은 뒤에 극단을 불러오게 했다. 극단이 오자,

"채영감께서 오시면 신경써서 잘 하거라."

하고 분부했다. 차를 마시고 나자 송어사가 말했다.

"사천께 부탁이 있는데, 순무[巡撫] 후석천[侯石泉] 선생이 새롭게 태상경[太常卿](정삼품[正三品]. 태상시[太常寺]의 장관으로 제사, 예악의 일을 관장하며 예부[禮部]의 명을 듣는다)이 되셨는데 저와 양사[兩司](포정사와 안찰사)가 주인이 되어 스무아흐렛날에 잠시 댁을 빌려 술좌석을 마련하고자 합니다. 초이튿날에 상경하시는데 사천의 의향은 어떠하신지요?"

"어사님께서 분부하시는데 제가 어찌 감히 따르지 않겠습니까? 자리를 몇 개쯤 준비하면 될까요?"

송어사가,

"여기 준비금을 가지고 왔습니다."

하며 바로 하인을 불러 보따리 안에서 양사의 사람들과 자기 몫까지 도합 열두 봉지를 끌러 한 사람이 한 냥씩 도합 은자 열두 냥을 꺼내 놓았다. 그러면서,

"큰 탁자는 하나면 되고, 나머지 여섯 개는 보통으로 하면 됩니다. 그리고 극단도 하나 부르고요."

하니, 서문경이 알겠노라고 하면서 돈을 거두자, 송어사는 자리에서 일어나 인사를 하며 고맙다고 했다.

말을 마치고 뜨락에 있는 취경당[聚景堂]에 나가 앉았다. 잠시 뒤에 세관에 있는 전주사[錢主事]도 도착했다. 관원들 셋은 같이 앉아 차를 마시며 바둑을 두었다. 송어사가 서문경 집을 둘러보니 집은 널찍하고 정원은 깊고 아득했으며 서화나 문물이 모두 화려하고 좋은 것들이었다. 가로로 고화[古畵]가 한 폭 걸려 있고, 정면에는 사개 병풍이 놓여 있고 그 병풍 앞에는 신선[神仙] 여덟(철괴이[鐵栁李], 한종리[漢鐘離], 장과로[張果老], 하선고[何仙姑], 남채화[藍采和], 여동빈[呂洞賓], 한상자[韓湘子], 조국구[曹國舅])이 장수 복숭아를 들고 있는 유금정[流金鼎](팔선정[八仙鼎])이 놓여 있었는데 높이가 수척이나 되었으며 그 조각이 매우 정교하게 만들어져 있고, 화로 안에서는 침단향[沉檀香]이 타고 있는데 거북이, 학, 사슴의 입으로 뿜어져 나오고 있었다. 송어사가 앞으로 다가서서 보고는 칭찬해 마지않았다. 그러면서 서문경에게,

"이 향로는 정말 잘 만들었군요."

하면서 안랑중과 전주사를 보며,

"저도 회안[淮安]에 있는 동기생인 유[劉]형에게 편지를 써서 이와 비슷한 화로를 하나 구해서 보내달라고 했지요. 그래서 채태사께 드리려고 하는데 아직 구하지 못한 모양이에요. 사천형은 이걸 어디에서 구하셨지요?"

하니 서문경이 말했다.

"회상[淮上]에 있는 사람이 저한테 보내준 것입니다."

말을 마치고 모두 바둑을 두었다. 서문경은 하인에게 일러 안채로 들어가서 안주할 만한 맛있는 것을 두어 가지 내오고 한편으로는 배우들을 불러 남곡을 부르게 했다. 송어사가,

"손님이 아직 도착하지 않았는데 주인이 먼저 술을 마시고 얼굴이 벌게져 있으면 말이 아닐 것 같은데요."

하니 안랑중이,

"날씨도 추운데 한두 잔 마시는 건 상관없겠지요."

했다. 원래 송어사는 배를 타고 오는 채지부를 마중하러 사람 하나를 보내놓고 있었다. 정오쯤에 마중을 나간 사람이 돌아와,

"도착하셔서 지금 벽돌 공장 황영감 댁에서 바둑을 두고 계신데 바로 오실 것입니다."

하니 송어사는 아랫사람들에게 밖에서 대령하라고 일렀다. 그러고는 바둑을 두며 술을 마셨다. 안랑중이 배우를 불러,

"너희들은 「봄에 이르러[宜春令]」(「서상기」의 한 장면)를 부르며 술을 올리거라."

하니 첩단[貼旦](중국 희곡에서 단[旦]이 여자 주인공이며, 첩단은 여자 조연임)이 노래하기를,

처음에는 놀란 마음 달래고
두 번째는 감사하는 마음이었네.
양을 잡고 상을 차려 일찌감치 준비를 했었네.
길 가는 사람도 끊기고, 일가친척도 아니 오니
그대와 앵앵이 서로 짝을 이루구려.

나 그대를 보니

너무나 기뻐하며 말대로 따르겠노라 하네.

第一來爲壓驚

第二來因謝誠

殺羊茶飯 來時早已安排定

斷行人 不會親鄰

請先生和俺鶯娘匹聘

我只見他歡天喜地 道謹依來命

〈오공양[五供養]〉

오가며 그림자를 비추어 보니

영락없는 가난하고 무능한 선비라오.

열심히 머리를 손질하다 보니

하마터면 파리가 미끄러질 뻔하고

번쩍번쩍 광이 나니 눈이 어지럽고

깨물면 입이 시릴 듯싶구나.

날 때부터 이렇게 잘생길 수가

날 때부터 이렇게 영준할 수가!

來回顧影 文魔秀士欠酸丁

下工夫將頭顱來整 遲和疾擦倒蒼蠅

光油油耀花人眼睛 酸溜溜蜜得牙根冷

天生這個後生 天生這個俊英

〈옥교앵[玉嬌鶯]〉
오늘같이 좋은 밤이
앵앵 아씨는 종래에 없었다니요.
그러니 부디 조심조심 안아서
등불 아래 나란히 베개를 베세요.
가만히 보니 밉기도 하네
누가 마음과 정성이 없겠어요.
여하튼 둘이서 이 밤을 잘 새워보세요.
고맙소이다, 아가씨
홍랑[紅娘]* 덕분에
마침내 우리 사랑이 이루어졌네.
今宵歡慶 我鶯娘何曾慣經
你須索要款款輕輕 燈兒下共交鴛頸
端詳可憎 誰無志誠 恁兩人今夜親折證
謝芳卿 感紅娘錯愛 成就了這姻親

〈해삼성[解三醒]〉
잔치를 여니
향로에서는 향이 향기를 뿜고
비단 발 아래로
바람이 한가로이 뜰을 쓸고 지나가네.
붉은 낙엽 땅에 떨어지니 연지는 차갑고
푸른 옥 난간에 꽃 그림자 어지러이 지네.

---

* 「서상기」에 나오는 앵앵의 시녀로 중간에서 장생과 앵앵을 맺어줌

원앙 위해 깊은 달밤에 비단 휘장 준비하고
동작 병풍에 춘풍[春風]이 감도네.
합환령[合歡令]*이 울리누나
피리, 상아 박자판, 비파, 쟁이 울려 퍼지누나.

玳筵開香焚寶鼎 繡簾外風掃閑庭
落紅滿地肥脂冷 碧玉欄杆花弄影
准備鴛鴦夜月銷金帳 孔雀春風軟玉屛
合歡令 更有那鳳蕭象板 錦瑟鸞笙

〈장생의 노래〉
가련하구나, 떠돌아다니며 아무도 없는 신세
이런 혼사가 이루어질 줄 생각이나 했던가.
신혼의 재미가 정말로 즐겁구려
반드시 과거에 급제하여 보답하리.
내가 마치도 봉황 타고 다니는 사람같이**
저녁에는 누워서 견우직녀의 별을 바라보네.
요행은 아니리
비취 장막에 싸인 즐거움도
많은 공부를 한 결과라오.

可憐我書劍飄零無厚聘
感不盡姻親事有成

---

* 혼례 때나 혼례 장소에서 쓰이는 악곡명
** 진[秦] 목공[穆公] 때 소사[蕭史]가 피리를 잘 불었는데 목공의 딸 농옥[弄玉]이 소사를 사랑하여 시집
을 가 함께 피리를 불며 즐겼다. 어느 날 그 피리 소리를 듣고 봉황이 오니 농옥은 봉황을 타고, 소사는 용을
타고 하늘로 날아갔다는 얘기(유향[劉向], 『열선전[列仙傳]』)

新婚燕爾安排定

除非是折桂手報答前程

我如今博得個跨鳳乘鸞客

到晚來臥看牽牛織女星

非僥幸 受用的珠圍翠繞

結果了黃卷靑燈

〈마지막 가락[尾聲]〉

노부인이 기다리십니다.

老夫人專意等

(장생이 노래하기를)

옛말에도 '말로만 존경하는 것보다 그의 말을 따르라.' 했소.

常言道 恭敬不如從命

(홍랑이 노래하기를)

홍랑을 다시는 부르지 마세요.

休使紅娘再來請

　노래를 마치자, 바로 그때 관원이 들어와,

"채영감과 황영감이 오셨습니다."

하고 아뢰었다. 송어사가 급히 술상을 치우라고 하고 옷을 갖추고 밖
으로 나가 영접했다. 채구지부[蔡九知府](채경의 아홉째 아들)가 하얀
옷에 금띠를 두르고 많은 관원을 거느리고 왔다. 먼저 하인을 시켜

'시생[侍生] 채수[蔡水]'라고 쓴 명첩을 서문경에게 건네주었다. 서문경은 이를 받고 먼저 대청으로 모셨다. 안랑중이,

"바로 이분이 주인 되시는 서문대인으로 이곳에서 천호의 직책을 갖고 있으며 동경에 계시는 채태사님의 문하생입니다."

하고 소개하니 채지부가,

"존함은 일찍부터 들었습니다!"

하고 인사를 했다. 이에 서문경도,

"먼저 찾아뵙고 인사를 올리지 못했습니다."

이렇게 인사를 나누고 옷을 벗고 좌우에 앉으려 하는데 하인들이 차를 내오자 사람들은 서로 자리를 양보하며 소란을 피웠다. 결국 채지부가 상석에 앉고 주인석에 서문경을 비롯한 넷이 앉았다. 자리에 앉자 서문경은 가수들에게 곁에서 노래를 부르게 했다. 때맞게 요리사가 국과 밥을 내왔고 배우들도 공연 목록을 올렸다. 채지부가 「쌍충기[雙忠記]」(명[明]대 요무량[姚茂良]의 전기[傳奇] 극본. 당 현종 안록산의 난 때 진원령[眞源令] 장순[張巡]과 휴양태수[睢陽太守] 허원견[許遠堅]이 휴양성[睢陽城]을 지키나 결국 성이 함락되고 순국[殉國]한다는 얘기) 중 두 부분을 고르니 배우들은 공연을 했고, 술도 몇 순배가 돌자 송어사는 남자 주인공과 여자 주인공을 위로 올라오라고 일러 술을 따라주었다. 가수들은 자리 앞에서 「신수령[新水令]」의 '옥총이 좋은 말을 타고 황성을 나간다[玉驄嬌馬出皇都]'를 불렀다. 이에 채지부가 웃으며 말했다.

"제가 어찌 그리 대단하겠습니까. 마땅히 어사청총마삼공[御史靑驄馬三公](후한[後漢] 때 환전[桓典]이 어사가 되자 언제나 검은 바탕에 흰 점이 있는 말을 타고 다님에서 연유)이라고 해야겠는데요. 그리고 '유랑

[劉郞]이 옛날과 같이 수염을 날리고 있구나'와 같잖아요."(당[唐] 두
보[杜甫]의 「송장삼군인정양시어[送張參軍因呈楊侍御]」 '어사신총마[御史
新驄馬], 참군구자염[參軍舊紫髥]'을 약간 고쳐 관장[官場]에서의 인사말로
쓰인 것)

이에 안랑중이 답했다.

"오늘은 '강주사마청삼습[江州司馬靑衫濕]'이라고 말해야 좋겠군
요."(당[唐] 백거이[白居易]의 「비파행[琵琶行]」 '좌중읍하수최다[座中泣下
誰最多], 강주사마청삼습[江州司馬靑衫濕]' 중 일부분. 채수가 구강[九江],
즉 강주[江州]의 지부였기에 안랑중이 이를 빌어 말한 것임)

말을 마치자 모두 웃었다. 서문경이 다시 춘홍을 시켜 「금문에서
오랑캐를 평정하고 보고하네[金門獻罷平胡表]」를 부르게 하니, 송어
사가 매우 즐거워했다. 그러면서 서문경에게 말했다.

"이 애는 참 귀엽군요!"

"이 애는 저희 집 하인으로 원래 양주 사람입니다."

송어사는 춘홍의 손을 어루만지며 술을 따르게 했다. 그러면서 춘
홍에게 은자 석 전을 상으로 주니 춘홍이 절을 하며 고맙다고 인사를
했다.

창으로 비치는 햇살은 어느덧 기울고
술자리에 비치던 꽃 그림자도 자리를 옮겼구나.
잔을 채 비우기 전에 노래가 바뀌네
섬돌 아래에서는 신시[申時]*가 되었다 아뢰네.
窗外日光彈指過 席前花影坐間移

---

* 오후 3시~5시

一杯未盡笙歌送 階下申牌又報時

어느덧 해가 서쪽으로 기울었다. 채지부는 날이 이미 저문 것을 보고 좌우에게 옷을 가져오라 하여 입은 뒤에 자리에서 일어나 작별을 고하니, 사람들이 만류했으나 더는 잡지 못하고 모두 대문까지 나와 전송했다. 그러고는 즉시 관원 둘을 보내 채지부가 앉았던 상의 음식들, 양고기와 술을 신하구[新河口]까지 보내주었음은 물론이다.

송어사도 자리에서 일어나 서문경에게 작별을 고하며,

"오늘은 잠시 고맙다는 말을 하지 않겠습니다. 조만간 다시 폐를 끼칠 테니까요."

하고는 가마를 타고 돌아갔다. 서문경은 관리 둘을 보내고 안으로 돌아와 배우들을 돌려보내면서 분부했다.

"모레 다시 한 번 와서 노래를 해줘야겠다. 노래를 잘하는 사람을 몇 명 불러서 말이다. 송어사께서 순무후 영감을 청했어."

"잘 알겠습니다."

서문경은 술상을 다시 차리라고 분부하고는 대안을 시켜,

"가서 온선생을 모시고 오거라."

하고는 내안에게는,

"너는 응씨 아저씨를 모셔오너라."

했다. 잠시 뒤에 온수재와 응백작이 차례로 도착해 서로 인사를 나누고 자리에 앉았다. 가수 셋이 곁에서 노래를 부르고 술도 따랐다. 응백작은 정금과 좌순이 보이지 않자 어디 갔느냐고 서문경에게 물었다. 서문경은,

"그 애들은 안채에서 여자 손님들을 모시고 있어."

그러면서 백작에게,

"내일 우리집 사람들이 모두 갈 텐데 노래 부르는 사람을 부를 겐가 아니면 극단을 부를 겐가?"

하고 물으니 백작이 답했다.

"형님도 무슨 말씀을 그리 하세요? 저희 집이 어디 그럴 능력이 있나요. 노래 잘하는 나이 어린 사람이나 두엇 불렀어요. 내일 아침 일찍 마님들을 건너오게 하세요."

앞 대청에서 사람들은 술을 마시고 노래를 들으며 하루 종일을 놀았다.

안채에서는 부인들도 즐겁게 놀다가 맹옥루의 누이와 맹이구의 아내가 먼저 돌아가고, 남아 있던 양고모도 자리에서 일어나 가려고 했다. 이에 월랑이 말했다.

"고모님, 하루만 더 있다가 가시면 안 돼요? 설비구니가 제자를 시켜 불경을 가져오게 했으니 오늘 밤에 설비구니의 경문을 듣자구요."

"저도 하루를 더 묵고 싶은데 집안에 일이 있어 그러지 못하겠군요. 외갓집 조카애 혼사가 있어 저를 불렀으니 가보지 않을 수가 없어요."

양고모는 인사를 하고 떠났다.

단지 부지배인의 부인, 감지배인의 부인, 분사의 아내, 단씨 아가씨와 월랑만이 남아서 오대구의 부인과 반씨 할머니를 모시고 있었는데 이계저, 신이저, 욱씨 아가씨가 곁에서 술도 따르고 노래도 불렀다. 안으로 들어와 있던 정금과 좌순은 다 바깥채로 내보내버렸다. 이렇게 먹고 마시다 등불을 켤 무렵 지배인 부인 셋은 모두 작별을 고하고 집으로 돌아갔다. 단지 단씨 아가씨만이 가지 않고 안채 손설아 방에서 머물렀다. 반노파는 금련의 방으로 돌아갔다.

　오대구 부인, 이계저, 신이저와 세 비구니, 욱씨 아가씨 그리고 이교아, 맹옥루, 반금련이 월랑의 방에 앉아 있었다. 앞채 서문경의 손님들도 흩어지자 하인들은 안으로 들어가 그릇을 거두어 치우려고 했다. 이때 금련은 급히 몸을 일으켜 앞채로 가서는 문 앞의 어두운 곳에 살그머니 몸을 감추고 서 있었다. 서문경이 내안의 부축을 받아 등불을 켜들고 비틀거리는 걸음으로 이병아 방으로 가고 있었다. 이를 보고 금련은 서문경의 손을 잡아 이끌어 자기 방으로 데리고 들어갔다. 이에 내안은 바로 안으로 가서 술잔과 젓가락을 달라고 했다. 월랑은 서문경이 안으로 들어온 줄 알고 신이저와 이계저, 욱씨 아가씨 등을 모두 이교아 방으로 보냈다. 그러고는 내안에게 물어보았다.

　"나리께서 들어오셨느냐? 앞채에서 무엇을 하고 계시냐?"

　"나리께서는 다섯째 마님의 방으로 건너가셨어요."

　월랑은 이 말을 듣고 마음속으로 울화가 치밀어 옥루에게,

　"이 양반이, 내가 오늘은 자네 방으로 들어가시라고 말씀드렸건만, 왜 또 그 방으로 건너가셨는지 모르겠군? 요 이삼 일 또 바람이 불었나봐. 다섯째한테만 가는 걸 보면⋯."

하니 이를 듣고 옥루가 말했다.

　"마님, 내버려두세요. 우리들이 이런 일을 가지고 질투하며 다투는 것 같잖아요! 스님들이 보면 얼마나 웃겠어요. 여섯 사람 가운데서 나리께서 마음 가는 대로 골라 가시잖아요. 나리께서 하고 싶은 대로 하시는 걸 마님이나 제가 어찌 관여하겠어요?"

　"그렇다고 말 한마디 없이? 방금 앞채 손님들이 흩어지는 소리가 들렸는데 그새를 못 참고 뭐가 그리 급해 달려갔는지, 나 원 참!"

그러면서 소옥에게,

"부엌에 사람이 없으면 중문을 닫아걸어라. 그리고 스님 세 분을 안으로 모셔 우리는 강론이나 들어야겠다."

그러면서 이계저, 신이저, 단씨 아가씨, 욱씨 아가씨 등을 모두 다시 불러오게 했다. 월랑은 오대구 부인에게,

"제가 아까 하인 애들을 보내 작은 스님들을 시켜 『황씨 딸 얘기[黃氏女卷]』를 가져오게 했는데, 아쉽게도 양고모님은 가셨어요."

라면서 옥소를 시켜 좋은 차를 준비했다.

옥루가 이교아에게,

"우리가 번갈아 차를 가져오지요. 공연히 큰마님 방에 있는 사람들에게 누를 끼치지 말고."

하고는 각자 방으로 돌아가 차를 준비하라고 일렀다. 잠시 뒤에 탁자를 내려놓고 세 비구니가 와서 온돌 위에 가부좌를 틀고 앉았다. 사람들이 모두 자리를 잡고 앉아 방에 모여서 설법을 들었다. 먼저 월랑이 손을 씻고 향을 피웠다. 설스님이 『황씨 딸 얘기』를 펼쳐놓고 높은 소리로 강연을 시작하는데,

듣건대 법[法]은 불멸[不滅]하는 것이기에 공[空]으로 돌아갔다. 도[道]는 본래 무[無]에서 생겼기에 생[生]이 있으되 쓰임이 없는 것이다. 법신[法身](청정자성[淸淨自性]을 깨우쳐 일체의 공덕지신[功德之身]을 이루는 것)으로부터 팔상[八相](여래[如來]가 중생을 제도하는 여덟 단계: 강두솔[降兜率], 입태[入胎], 주태[住胎], 출태[出胎], 출가[出家], 성도[成道], 전법륜[轉法輪], 입멸[入滅])을 가르치고, 팔상으로부터 법신이 드러난다. 밝은 등불은 세상을 비추고, 맑은 부처의 거울은 혼

미함을 깨우쳐준다. 백 년의 풍경이 찰나의 일이고, 사대환신[四大幻身](지[地], 수[水], 화[火], 풍[風])은 물거품과 그림자 같구나. 매일 바쁘게 세상일에 열심이고 조석으로 고생을 한다네. 어찌 알랴! 일성원명[一性圓明]이 다 육근[六根](눈, 귀, 입 등)의 탐욕을 불러일으킬 줄이야. 공명이 세상을 덮을 만치 크다 해도 한바탕 꿈인 것을. 부귀가 아무리 사람이 놀랄 정도라 하나 무상[無常] 두 글자를 피할 수 없는 것을… 바람과 불이 흩어질 적에는 노소[老少]가 없고, 계곡이 마르고 산이 무너지면 영웅이 어디 있겠는가! 나는 이제 열 방향에 법을 전하고 팔부[八部](천[天], 룡[龍], 야차[夜叉], 건달파[乾闥婆], 아수라[阿修羅], 가루라[迦樓羅], 긴나라[緊那羅], 마라장[摩羅場]의 제천[諸天] 귀신[鬼神]과 용[龍])에 도장을 만들어 우주에서의 고통을 구해주고 공문[空門](불교)의 열쇠를 건네줄까 하노라.

게[偈]에서 이르기를,

부귀빈곤은 각기 이유가 있으니
연분에 따라야지 억지로 구하지 말라.
일찍이 봄에 씨앗을 뿌리지 않고
빈손으로 메마른 밭에서 가을 오기를 기다리네.
富貴貧窮各有由 只緣分定不須求
未會下的春時種 空手荒田望有秋

여러 보살님들, 제가 방금 전에 불법을 강연했는데 이 네 구의 게[偈]는 바로 불교의 조사[祖師]께서 남기신 말씀입니다.

왜 '부귀 빈곤은 각기 이유가 있으니'라고 말씀하셨을까요?

지금 여러 보살님들은 관리들에게 시집을 와서 높은 벼슬에 봉록도 넉넉하며 좋은 집에서 살며 많은 하인들을 거느리고 머리는 금은으로 장식하고 있습니다. 또 비단 금침과 비단옷에 휘감겨서 자랐고, 옷이 생각나면 비단이 수천 상자에 먹고 싶은 것이 있으면 산해진미가 가득, 영화와 부귀를 이토록 누리니 이는 실로 다 전생의 인연이 있는 것입니다. 이것은 크나큰 연분으로 구하지 않아도 다 저절로 얻어지는 것입니다. 제가 이곳에서 경전을 읽고 염불을 해서 입에 맞는 좋은 음식과 차도 얻어먹고 또 많은 보시도 얻어가니 이 또한 크나큰 연분이 아닌가요? 이 모든 것이 용화일회[龍華一會](미륵불이 화림원[華林園] 중의 용화수[龍華樹] 밑에서 성도[成道]를 할 적에 법회[法會]를 세 번 열어 많은 중생이 모임)의 사람으로 다 전생에 공덕을 쌓은 덕분입니다. 당신이 전생에 공덕을 쌓지 않았다고 한다면 이것은 마치 봄에 씨앗을 뿌리지 않고 가을이 되었을 적에 황폐한 밭에서 잘 익은 열매를 기다리는 것과 다름이 없습니다. 바로,

깨끗한 마음은 좋은 결과가 있으리니
함부로 즐거워하지를 마소.
오탁육근[五濁六根]*을 깨끗이 씻고 나면
불교의 불법이 제대로 보이리.
淨埽靈臺好下工 得意歡喜不放鬆
五濁六根爭洗淨 參透玄門見家風

---

* 인간들이 지니고 있는 다섯 가지 번뇌와 오장육부

또,

백 년의 세월은 순식간에 흐르고
이 몸도 언젠가는 재로 변해 날아가리.
누가 살아생전에 깨우치리
깨우치면 이미 죽어 돌아가는 길.
百歲光陰瞬息回 此身必定化飛灰
誰人肯向生前悟 悟卻無生歸去來

또,

인명[人命]은 무상[無常]으로 호흡 중에 있고
서산으로 지는 붉은 해만 바라보네.
좋은 산도 다 돌아보고 뒤돌아보니
몸을 잃고 만겁[萬劫]이 어렵구나.
무릇 부귀영화라는 것은
마치 끓는 물을 눈[雪] 위에 올려놓는 것
자세히 생각을 하여보니
모든 것이 다 허황된 꿈이라오.
오늘날 내가 사람으로 태어나니
마음속엔 번뇌와 슬픔뿐.
죽은 뒤에는 육신이 흙으로 변하고
이 영혼이 또 어느 곳으로 가 고통을 받을지 모르네.
생사윤회[生死輪廻]란 두렵고 무서운 것이니

좀 더 자세히 말씀을 드리지요.

人命無常呼吸間 眼觀紅日墜西山

寶山歷盡空回首 一失人身萬劫難

想這富貴榮華 如湯潑雪

仔細算來 一件多做了虛花驚夢

我今得個人身 心中煩惱悲切

死後四大化作塵土

又不知這點靈魂往何處受苦去也

懼怕生死輪廻 往前再參一步

노래 부르기를,

〈일봉서[一封書]〉

생[生]과 사[死]는 두 가지 상극으로

부질없는 생이라 종일 바쁘다 한탄하네.

남자와 여자가 집 안에 가득하건만

죽을 때는 혼자만이 간다오.

삶은 춘몽[春夢]과 같이 짧고

명[命]은 바람 앞의 등불같이 오래가지 못하네.

가만히 생각을 해보니

가슴이 아리도록 아프고

남에게 얘기하자니 애간장이 타는 듯하구나!

生和死兩下相 嘆浮生終日忙

男和女滿堂 到無常祇自當

人如春夢終須短 命若風燈不久常
自思量 可悲傷 題起敎人欲斷腸

책을 펴보니 이르기를,

응신[應身](태어난 몸)은 길이 고통을 구제하고 본래 가거나 오지
도 않는다. 미타교주[彌陀敎主](아미타불에 대한 승려들의 경칭)의 큰
바람은 크고 넓어 마흔여덟 가지의 바람으로 중생을 제도하고 사람
들로 하여금 본성을 깨닫게 한다. 아미타불이 오직 깨끗한 마음으로
고해를 건너는 중생을 구제하는데, 고해는 거칠고 큰 파도가 있어 보
리[菩提]의 성불[成佛]이 있음을 증명한다. 이를 믿으면 죄가 사하[沙
河]에서 멸해지고 찬양하여 널리 알리는 자는 한없는 복을 누리게
될 것이다. 써서 외우는 자는 화장지천[華藏之天](불교의 극락세계)에
살게 될 것이다. 보고 듣고 믿어야만 죽어서 비로소 극락세계로 갈
것이다. 염불을 하는 자는 반드시 공이 있고 끝없는 자비로 일체의
불[佛], 법[法], 승[僧], 신[信]에 돌아가고 예[禮]가 삼보[三寶]의 법
륜[法輪]에 머물고 늘 중생을 윤도[輪度]하게 된다.

게에서 이르기를,

무상[無上]은 심히 깊은 묘법이라서
수천만 겁이 흘러도 만나기 어려워라.
내 오늘 그것을 보고 믿으며
석가여래의 참뜻을 알기를 원하네.

'황씨 딸 얘기'를 바야흐로 펼치니
여러 보살들이 내려오시네.
향로의 향기 하늘에 가득하고
부처의 명성과 이름이 온 천지를 진동하네.
無上甚深做妙法 百千萬劫難遭遇
我今見聞得受持 願解如來眞實意
黃氏寶卷纔展開 諸佛菩薩降臨來
爐香遍滿虛空界 佛號聲名動九垓

계속하여 설비구니가 말하기를,

일전에 한왕[漢王]이 나라를 다스렸는데 바람도 따스하고 비도 적당히 내려 나라가 안정되고 백성이 편안했습니다. 그것에 감동해 한 여인이 세상에 태어나게 되었습니다. 바로 조주[曹州] 남화현[南華縣]에 있는 황원외[黃員外]의 딸로 태어났는데 자태가 단정하고 예쁜 모습이었습니다. 나이가 막 일곱 살이 되었을 적에 야채로만 만든 음식을 먹고 또 금강경을 읽으며 부모의 깊은 은혜에 보답하고 감사하려는 마음으로 어느 하루도 거르지 않고 빌었습니다. 관음보살을 감동시켜 혼을 바꾸어놓았습니다. 부모는 딸이 하루 종일 불경을 읽는 것을 보고 그러지 말라고 타일렀으나 따르지 않았습니다. 어쩌지 못한 부모는 어느 날 중매쟁이를 찾아 길일을 택하고 딸을 한 남자에게 시집보내기로 했습니다. 이 사내는 성이 조[趙]이고 이름이 방[方]으로 가축을 잡는 백정[白丁]이었습니다. 부부가 된 지 십이 년 동안에 아들 하나와 딸 둘을 낳았습니다. 그러던 어느 날 황씨가 남편에게 '제가 당신과 부부가 되어 십이 년 동안 살면서 아들딸을 낳아 잘 길렀지요. 그렇게 단순하게 부부의 사랑에만 연연하게 되니 내세에서는 영원한 고통 속에 빠질 것 같아요. 그래서 제가 사[詞]를 한 수 지었으니 들어보세요.' 하며 천천히 읊기 시작하니,

전세의 인연으로 부부가 되어
비록 아들과 딸들을 두었으나
어느 누가 죽음에 대항할 수 있으리오.
엎드려 바라옵고 바라옵건대
함께 백년해로하기를 바란다면
나란히 불도를 닦아 영원토록 부귀[富貴] 누릴 수 있기를.
헛되게 명예와 이욕을 탐하지 말고
분수를 맞춰 때를 아껴 써야 합니다.
宿緣夫婦得成雙 雖有男和女
誰會抵無常 伏望我夫主
定念與雙同 共修行終年富貴也
須草草貪名與利 隨分度時光

하고 읊었으나 조씨는 부인 황씨의 말을 따르지 않았습니다. 그러던 어느 날 부인과 헤어져 산동으로 돼지를 사러 갔습니다. 황씨는 남편이 떠나간 것을 보고는 매일 방을 깨끗이 청소하고 목욕을 깨끗이 하고 향을 태우며 『금강경』을 읽었습니다.

남편은 산동으로 떠났으나 집에는 황씨를 비롯한 네 명이 남아 있었습니다. 황씨는 서쪽의 방에 있으면서 물에 향수를 풀어 목욕을 하

고 깨끗한 옷으로 갈아입었습니다. 귀고리 같은 장신구도 하지 않고 화장도 엷게 하고는 매일같이 서방[西方] 세계를 향해 향을 사르고 절을 하며 입으로는 끊임없이 『금강경』을 읽었습니다. 그러던 중에 경문을 다 읽지 않았는데 향이 여기저기 흩어지고 염불하는 음성도 낭랑해지며 하늘 끝까지 울려 퍼졌습니다. 지옥문과 천당에 밝은 빛이 비쳤습니다. 염라대왕이 이를 보고 얼굴 가득히 기쁜 미소를 지었습니다. 그러면서 묻기를,

"인간 세상에 부처가 태어난 것이 아닌가?"

하면서 판관들더러 자세히 알아보게 했습니다. 판관 귀신이 돌아와 대왕께 고하기를,

"자세히 알아보니 조주 남화현에 착한 사람이 있습니다. 황씨의 딸이 경문을 보는데 일찍부터 소식[素食](야채로만 음식을 먹음)을 하며 지극 정성으로 치성을 올리니 이에 천당을 감동시켰나이다."

『금강경』에 노래하기를,

염라대왕은 내심 애가 달아 급히 무상귀[無常鬼] 한 쌍을 보냈습니다. 한 쌍이 바로 조씨 집으로 갔습니다. 가서 보니 황씨가 경전을 보고 있는데 홀연히 선동[仙童]이 그 앞에 나타났습니다. 착한 사람은 동자가 모셔오고, 악한 사람은 야차랑[夜叉郎]을 보내 끌고 가지요. 황씨가 경전을 보다 묻기를,

"어느 집 동자인데 이곳에 오셨습니까?"

"마음이 고우신 분, 두려워하지 마세요. 저는 이 세상 사람이 아니라 저승에 있는 동자입니다. 오늘 부인께서 경전을 보시는 것을

보고 염라대왕께서 감동하셔 마음씨 좋은 부인을 모시고자 하는 것입니다."

황씨는 이 말을 듣고 걱정을 하며 조심스레 무상귀에게 하나하나 얘기를 해주며,

"동성동명[同姓同名]인 사람을 하나 데리고 가세요. 왜 저를 염라대왕께 끌고 가려고 하세요. 천만 번을 죽어도 달게 죽을 수가 있으나, 어찌 이 어여쁜 아이들을 저버릴 수가 있나요? 큰딸애 교고[嬌姑]는 이제 아홉 살이고 작은 애 반교[伴嬌]는 겨우 여섯 살인데 어찌 어미를 떠나 살 수 있겠어요? 아들애 장수[長壽]는 세 살인데 제 어미 품을 어찌 잊을 수 있겠어요? 그러니 제발 저를 살려만 주신다면 더욱더 공덕을 쌓아 당신의 은혜에 보답하겠어요."

하니 선동이 말했으니,

"그럼 어느 누가 부인처럼 『금강경』을 읽나요?"

선[善]과 악[惡] 동자 둘은 황씨 부인이 하도 애절하게 애원하며 자식들을 떼어놓고는 못 가겠다고 하자 실로 난감했지요. 그래서 다시 재촉하며,

"마음씨 좋은 부인, 저승에서 삼경에 부인의 목숨을 취하려 한다면 절대로 사경까지 시간을 끌지 않아요. 만약 시간을 끌어 제 시간에 부인을 데려가지 못하면 제가 벌을 받게 됩니다. 이유는 따지지도 않습니다."

이 말을 듣고 황씨 부인은 바로 하인을 시켜 목욕물을 데우고 향을 푼 뒤에 목욕을 깨끗이 하고는 불당 안으로 들어갔습니다. 그리고는 가부좌를 하고 앉아 참된 마음으로 염라대왕을 만나러 갔습니다.

노래 부르기를,

〈초강추[楚江秋]〉
인생은 꿈과 같고, 시간은 오래 머물지 않는다네.
죽음을 앞에 두니 모든 것이 바람 앞에 등불일세.
가서 염라대왕을 만나보려 하네.
급히 준비를 하여
망향대에 올라 고향을 바라보네.
자식들의 울음소리 처량도 하구나.
징을 치고 북을 두들기며 도장을 만드니
삼베옷에 소복을 두르고 무덤을 파묻는구나.
人生夢一場 光陰不久常
臨危個個是風燈樣
看看回步見閻王
急辨行粧 鄉臺上把家鄉望
兒啼女哭好恓惶
排鈸打鼓作道場 披麻帶孝安塋葬

말하기를,

처량한 말은 그만두고 황씨가 지옥에 간 일을 얘기하지요. 가서
내하[奈河](지옥에 있는 강 이름)의 맞은편 해안에 이르니 바로 금빛
다리가 놓여 있었지요. 그래서 물었습니다.
"이 다리는 어디에 쓰나요?"

"경을 염불하는 불자들이 쓰는 다리지요."

내하의 양편에는 핏물이 흐르고, 그 안에는 죄를 지은 많은 혼들이 빠져 허우적대고 있었습니다. 슬피 웃으며 서로 다투고, 사면에서는 독사들이 달려들어 물어뜯고 있었지요. 앞에는 파전산[跛錢山]이 있었어요. 그래서 황씨가 그 원인을 물으니,

"이것은 인간들이 쓰던 돈으로, 인간들이 소지[燒紙]를 하면서 태우다 만 지전, 태우다 말고 버린 것을 모아 이렇게 산을 만들어놓았지요."

다시 왕사성[枉死城](재앙이나 살해에 의해 억울하게 죽은 원혼들이 모여 있는 성)을 지나가니 많은 고혼[孤魂]들이 아직 환생하지 못하고 있었죠. 황씨는 그것을 보고 자비심이 동하여 바로 입을 열어『금강경』을 읽어주었습니다. 그러자 물 안에 있던 죄인들이 모두 눈을 뜨고 시산로[尸山爐]가 나무숲으로 변하고 수기름 가마 연못에 어느덧 연꽃이 피고 아수라 지옥에 상서로운 기운이 감돌았습니다. 이를 선동은 막지 못하고 급히 염라대왕께 달려가 이 사실을 알렸지요.

노래하기를,

〈산파양[山坡羊]〉
황씨가 삼라보전[森羅寶殿]에 이르니
동자가 먼저 가서 경을 읽던 사람을 모셔왔노라 아뢰네.
염라대왕이 조서를 내려 모시라 명하니
황씨는 황금 계단 아래서 인사를 올리며
자기도 모르게 그 앞에 무릎을 꿇네.

염왕이

'언제부터『금강경』을 읽었는가?

언제 관세음보살이 감동하여 나타났는가?' 하고 물으니

황씨 부인은 두 손을 잡고 앞으로 나와 공손히 아뢰길,

'일곱 살 때부터 소식[素食]하며 경전을 읽고

성현들을 공양했습니다.

또 제가 시집을 가서도

경을 읽는 마음이 조금도 변함이 없습니다.'

黃氏到了那森羅寶殿 有童子先奏說 請了看經人來見

閻羅王便傳召請 黃氏拜在金堦下 不由的跪在面前

有閻君問你

從幾年把金剛經念起 何年月日感得觀世音出現

這黃女乂手訴說前情來詞 自從七歲吃齋

供養聖賢 望上聖德言 從嫁了兒夫看經心不減

말하기를,

염왕께서 바로 성지를 내리셨지요.

"마음씨 좋은 부인은 듣거라. 네가『금강경』을 읽었다니 그것은 총 몇 자이며 점과 획은 몇 자인가? 처음 글자는 무엇이며 중간의 글자는 무엇인가? 만약에 그대가 정확하게 맞춘다면 그대의 혼백을 다시 인간 세상으로 돌려보내주겠다."

황씨는 계단 아래에 서서 말했으니,

"원컨대 왕께서는 제가 읽는『금강경』을 들어보세요. 글자는 모두

오천마흔아홉 자이고, 팔만사천 개의 점과 획으로 되어 있습니다. 처음 글자는 여[如]자이며 끝자는 행[行]이며 중간의 두 글자는 하담[荷擔]입니다."

황씨의 말이 채 끝나기도 전에 염왕의 전각 앞에 밝은 광채가 빛났다. 염왕은 얼굴 가득 기쁜 미소를 지으며 손을 들어,

"너의 혼백을 인간 세상으로 돌려보내노라."

하니, 이 말을 듣고 황씨 부인이 황급히 말하기를,

"염라대왕님, 제 말을 들어주세요. 첫째로 저는 조씨의 짐승 잡는 집에는 돌아가지 않을 것이며, 둘째로 물들인 화려한 옷은 입지 않겠습니다. 오로지 불문의 제자가 되어 선을 쌓고 염불을 외우며 시간을 보낼까 합니다."

하니, 이에 염왕은 붓을 들어 판관에게 명해 황씨 부인을 조주[曹州]의 장[張]씨 집에 남자로 태어나게 했습니다. 그 집은 재산도 있고 부유하나 뒤를 이를 자손이 없는 집안이었지요. 원외 부부가 모두 열심히 수행하여 그 이름이 사해에 널리 퍼져 있었습니다. 미혼탕[迷魂湯]을 한 잔 마시고 장씨의 부인은 태기가 있었어요. 열 달을 채워 한 사내아이를 낳으니 좌측 갈비에 붉은 글자 두 줄로 '이 아이는 경전을 보던 황씨의 딸로 일찍이 조방에게 시집을 갔다. 경을 열심히 읽은 결과로 남자로 다시 태어나며 그 목숨을 길게 연장해준다'라고 쓰여 있었지요. 장원외가 보고 귀중한 보배를 다루듯 했으며 매우 기뻐했습니다.

노래 부르기를,

〈조라포[皂羅袍]〉

황씨가 장씨 집에 다시 남자로 태어났네

조금도 이상함이 없으니 조원외 보고 즐거워한다.

삼 년이 지나니 어른인 듯 컸네

일곱 살이 되니 총명함이 더욱 두드러진다.

글공부를 열심히 하니

이름을 준달[俊達]이라 했지.

나이 열여덟에 과거에 급제를 했네.

黃氏在張家托化轉男身

相湊無差 員外見了喜添花

三年就養成人

大年方七歲 聰明秀發

攻書習字 取名俊達

十八歲科學登黃甲

준달은 열여덟 살에 과거에 급제하고 조주 남화현의 지현이 되어 부임했습니다. 홀연 자신의 옛 고향 생각이 났습니다. 부임을 한 뒤에 국가의 세금을 징수하고 공적인 일들을 처리했습니다. 그런 뒤에 관원 둘을 보내,

"가서 조령방을 모셔오거라. 내 할말이 있다."

하니, 두 사람은 즉시 조령방을 데리고 왔습니다.

말하기를,

조령방은 집에서 불경을 읽고 있었습니다. 관리 둘이 찾아온 것을 보고 급히 인사를 하며 무슨 일인지 그 이유를 물었습니다. 말을 듣고 바로 옷을 갖추고 현청으로 달려왔습니다. 현청에 이르러 무릎을 꿇고 인사를 하며 집안의 일을 아뢰었습니다. 장지현은 자리에서 일어나서는 조씨를 일으키며 자리를 권했어요. 서로 인사를 나눈 뒤에 주인과 손님이 서로 자리를 잡고 앉으니 차가 나왔습니다. 그러면서 장지현이 말하기를 '그대는 내 전생의 남편으로 성은 조[曹]이고 이름은 영방[令方]이라오. 저는 바로 당신의 전처였던 황씨랍니다. 당신이 믿지 못하겠다면 침실로 가서 옷을 벗고 살펴보면 왼쪽 갈비뼈 아래에 붉은 주사[硃砂]로 그 이유를 적어놓은 것을 볼 수 있지요.' 하니 이 말을 듣고 조령방은 깜짝 놀랐으나 이것이 사실임을 확인하고는 '큰딸 교고아는 시집을 갔고, 둘째 반교는 조진[曹眞]에게 시집을 갔고, 남자아이 장수는 잘 커서 당신 무덤을 지키고 있소. 우리 말을 타고 무덤에 가봅시다'라고 하자 지현이 영방과 딸들과 함께 황씨 묘로 가서 관을 꺼내 열고 시신을 바라보니 안색이 조금도 변함없이 살아 있는 듯한 모습이었습니다. 무덤에서 돌아와 이레 동안 도장[道場]을 열고 조령방이 『금강경』을 보았지요. 그랬더니 상서로운 눈이 분분히 내리면서 남녀 다섯 명이 모두 상서로운 구름을 타고 하늘로 올라갔답니다.

「임강선[臨江仙]」이라는 시가 있어 이를 증명하기를,

황씨가 불경을 보아 깨우침을 얻으니
같은 날에 극락세계로 가는구나.
다섯 사람이 모두 함께 승천하니

착한 사람들이 전하며 하는 말
'관음보살이여, 저도 구제하여 주소서!'
黃氏看經成正果 同日登極樂
五口盡昇天 道善人傳
觀音菩薩未度我

　애기가 끝을 맺고 부처께서도 이미 알고 계신다. 법계[法界]에 정이 있고 같이 태어나 만나는 즐거움이 있도다. 남무일승자무량진공[南無一乘字無量眞空](일체의 색상의식[色相意識]의 한계를 초월한 것)한 여러 보살이 해회[海會](성대한 불교의 집회)를 열어, 그들이 바다의 모래를 정토로 만들도다. 삼가 바라노니 염불 소리가 위로는 천당까지 뻗치고 아래로는 지옥까지 이르게 하소서. 염불을 하는 사람은 고해에서 벗어나고 죄를 지은 사람은 영원한 고통의 늪에 빠지리. 깨달음을 얻은 자는 여러 부처가 인도하여 사방을 밝은 광명으로 밝게 비춘다. 동서로 비추다가 반사되어 돌아와 비춘다. 남북에 이르러서는 마치 고향에 이른 듯하구나. 무생표주[無生漂舟](불생불멸[不生不滅]의 운명의 배)에 올라 영원한 피안[彼岸]에 오른다. 올라서 어린아이가 친어머니를 만난다. 어머니 태 안에서 평안하게 살아가듯이 영원토록 행복을 누리소서.

　게에 이르기를,

　중생이 쌓아놓은 여러 가지 죄업
　처음부터 시작이 없이 지금까지 이르렀네.

영산[靈山]*에서 흩어져 진성[眞性]이 미혹되고
한 점 영적인 빛이 사생[四生]**을 꿰뚫는다.
첫째 천지에 태어난 은혜에 보답하고
둘째 일월이 비추는 은혜에 보답하고
셋째 상제께서 물과 흙 준 은혜에 보답하고
넷째 부모가 양육해준 은혜에 보답하고
다섯째 불교의 조사가 불법을 전한 은혜에 보답하고
여섯째 십류고혼[十類孤魂]***이 승천한 은혜에 보답한다.
마하반야바라밀
衆等所造諸惡業 自始無始至如今
靈山失散迷眞性 一點靈光串四生
一報天地蓋載恩 二報日月照臨恩
三報皇天水土恩 四報爹娘養育恩
五報祖師親傳法 六報十類孤魂早超身
摩訶般若波羅密

설비구니가 말을 다 마치자 시간이 어느덧 이경이 넘어 있었다.
먼저 이교아 방의 원소[元宵]가 차를 내와 여럿이 마셨다. 그런 뒤에
맹옥루 방에 있는 난향이 잘 만든 과자 몇 가지에 술 한 주전자와 차
한 주전자를 내와 오대구 부인과 단대저, 이계저 등 모두가 마셨다.
월랑도 자기 방의 옥소한테 차, 떡, 과자, 사탕 네 상자를 내오라 하여

---

* 인도 불교 성지 영취산[靈鷲山]의 약칭
** 불교에서 중생을 네 가지로 나누는 것. 태생[胎生](사람, 가축), 난생[卵生](짐승, 새, 물고기), 습생[濕生]
(곤충류), 화생[化生](의탁할 곳이 없이 업력[業力]을 빌어 하늘이나 지옥에서 갑자기 나타나는 중생)
*** 병들어 죽거나, 억울하게 죽거나, 불에 타 죽거나 물에 빠져 죽는 등 열 가지 종류의 죽음

스님들에게 차와 함께 권했다. 이계저가,

"스님 세 분께서 지금까지 얘기를 하셨으니 이번에는 제가 노래를 불러드릴게요."

하자 월랑이,

"계저가 또 노래를 해야겠군."

하니, 이에 욱씨 아가씨가,

"제가 먼저 부를게요."

하자 월랑이,

"그럼 욱씨 아가씨가 먼저 부르면 되겠군."

하니 신이저도,

"언니들이 부른 다음에 저도 노래를 불러드릴게요."

했다. 이계저가 월랑에게,

"무슨 노래가 듣고 싶으세요?"

하니 월랑이,

"「밤은 깊어 조용한데[更深夜深靜悄]」를 불러줘요."

하자, 이에 계저는 여러 사람들에게 술을 따라 권한 뒤에 비파를 가져오게 해 옥 같은 손으로 줄을 고르고 목청을 가다듬은 다음에 붉은 입술에 하얀 이를 드러내며 노래를 불렀다.

밤은 깊어 조용한데
이불에 향기는 가득하구나.
달이 꽃가지 위에 오를 때를 기다리니
조용하며 고요해 소식은 없구나.
북소리가 멎을 때 비로소 그대가 왔네.

얼굴 돌려 쳐다보지 않으니
내 앞에 무릎을 꿇고 애원을 하네.
내가 토라진 듯한 표정을 지으니
그대 몰래 나를 쳐다보네.
이를 악물고 참다가 참지 못해
결국은 웃고 말았다오.

更深靜悄 把被兒熏了
看看等到月上花稍 靜悄悄全無消耗
敲殘了更鼓你便纏來到
見我這臉兒不瞧 來跪在奴身邊告
我做意兒焦 他偸眼兒瞧
甫能咬定牙 其實忍不住笑

또 부르기를,

바람둥이 끈질기게 치근대는 것이
불나비가 불에 다가서는 듯하구나.
그대가 아무리 그럴듯하게 나를 속이려 해도
나는 이미 그대의 속셈을 즉시 알아차렸다오.
요즈음 뜻대로 되지 않으니
특별히 부드럽게 마음을 맞추는 것이
마치도 새콤하고 단 과일 같구려.
어찌되었건 내가 아니고
철로 만든 사람이라 할지라도

실로 참기 어려울 거예요.

勤兒推磨 好似飛蛾投火

他將我做啞謎兒包籠 我手裡登時猜破

近新來把不住船兒舵 特故里搬弄心腸軟

一似酥蜜果者麼是誰 休道是我

便做鐵打人 其實强不過

다시 부르기를,

너무 광분한 것인가요 아니면 박정한 것인가요?

이삼 일간 보이지 않다가 돌아왔기에

어찌된 거냐고 물어보니

뺀질거리며 제대로 대답해주지 않으니

사람이 참지 못해 화를 내노라면

그는 웃으며 오히려 비단 금침 펴고서

향기로운 비단으로 반쯤 가리고 나를 기다리네.

비단 신을 매만지며 아는 체를 하지 않았으니

당신이 만약 화를 낸다면

나도 그 화풀이를 당하겠지.

疏狂忒煞 薄情無奈 兩三夜不見你回來

問着他使撒頤不睬 不由人轉尋思權寧耐

他笑吟吟將錦被兒伸開 半掩過香羅待

我推繡鞋 不去睬

你若是惱的人慌 只敎氣得你害

또 부르기를,

기생집에서 당신은 여인들을 좇고 있네.
나는 이곳에서 깨끗한 몸으로 있건만
당신은 그곳에서 좋은 맛을 보는구려.
돌아와서는 술을 마시지도 않고 취한 듯
풀을 헤쳐 뱀을 찾듯이
내 몸에서 풍류의 흔적을 찾아내려고 하네.
내 당신의 얼굴을 때려주고 싶지만
비위를 상하게 할까 두렵구려.
당신 하는 대로 따르자니
그 기분을 다 맞출 수가 없구려.
花街柳市 你戀著蜂蝶探
使我這里玉潔冰清 你那里瓜甛蜜柿
恰回來無酒半裝醉 只顧里打草驚蛇
到尋找毕風流罪 我欲待搣了你面皮
又恐傷了就里待 要隨順了他
其實受不的你氣

계저가 노래를 다 부르고 욱씨 아가씨가 비파를 건네받으려고 하
자 신이저가 먼저 가로채 팔에 걸치고,
"제가 「십이월아[十二月兒] 괘진아[掛眞兒]」(명 만력 중엽부터 유행
하기 시작한 소곡[小曲])를 오대구 부인과 마님들께 불러드릴게요."
하면서, '정월 대보름이라 시끌벅적하고, 온 천지에 향기가 가득하구

나.' 하고 부르기 시작했다. 노래가 끝나자 월랑이 웃으며,

"천천히들 얘기해요. 밤이 기니 밤새 얘기하면서 놀아요."

했다. 이때 오대구 부인이 밤이 깊어 너무 피곤해하기에 욱씨 아가씨의 노래가 채 끝나기도 전에 차를 마시고는 각자의 방으로 잠을 자러 돌아갔다. 이계저는 이교아 방으로, 단씨 아가씨는 맹옥루 방으로, 세 스님은 바로 손설아의 뒷방으로 돌아갔다. 욱씨 아가씨와 신이저는 옥소, 소옥과 함께 다른 편의 온돌방으로 건너가 같이 잤다. 월랑은 올케인 오대구 부인과 안방에서 같이 잠을 잤다.

삼경[三更] 후라 북두칠성도 돌아가고
초승달이 비단 창가에 드리운다.

參橫斗轉三更後 一鉤斜月到紗窓

달 속 미인 항아가 밖으로 나왔건만

춘매는 신이저에게 욕을 해대고,
옥소는 반금련에게 고자질하다

만 리에 뻗은 새 무덤도 십 년이면 다하리니
수행하는 것은 나이 먹기를 기다리지 마라.
생사[生死]는 큰일이니 반드시 깨달아야 하고
지옥 갈 때가 있으리니 등한하지 말라.
도업[道業]*을 이루지 않고 무엇에 의지하랴.
사람이 한번 가면 언제 다시 돌아오나
앞길은 어둡고 길은 험난하니
하루를 스스로 잘 헤아려 말과 행동을 해야 하네.
萬里新墳盡十年 修行莫待鬢毛斑
死生事大宜須覺 地徹時常非等閑
道業未成何所賴 人身一失幾時還
前程暗黑路途險 十二時中自着研

이 여덟 구는 바로 '착한 일을 하면 착한 보답이 있고, 악한 일을
하면 악한 보답이 따른다[善有善報 惡有惡報]'는 것을 말하고 있다.

---

* 도화[道化]와 사업[事業]

'그림자가 형체를 따르는 것과 같고, 계곡에서 메아리가 울려오는 것과 같다[如影隨形 如谷應聲]'는 의미와 흡사 일맥상통한다. 도를 닦거나 앉아서 참선을 하면 누구나 도를 이룰 수 있다는 것이다.

그렇다면 여기에 있는 어리석은 남자나 어리석은 부인처럼 집 안에 앉아서 수행을 하면 도를 이루지 못한단 말인가? 예불을 하면 보살의 덕을 얻을 수 있고, 염불을 하는 사람은 보살의 은혜를 느낄 수 있다. 경전[經典]을 보는 사람은 불교의 이치에 밝아질 수 있고, 좌선[坐禪]을 하는 사람은 부처의 경계[境界]에 올라설 수 있으며, 깨달음을 얻는 자는 부처의 도를 바르게 한다. 그러나 이러한 것은 쉬운 일이 아니며 어떠한 사람은 먼저 부처를 믿고 그런 뒤에 수행을 하고, 어떤 사람들은 먼저 수행을 하고 그런 다음에 부처를 알게 된다.

오월랑 같은 사람은 이러한 은혜를 입기 위해 평소에 착한 일을 많이 하고 경전을 많이 보며 예불을 하고 보시[布施]를 많이 했다. 그러나 임신을 하고 있는 중에는 이러한 경문을 듣는 것이 좋지 않다. 인생의 부귀, 장수요절[長壽夭折], 현명함과 우둔함이 비록 부모의 태중[胎中]에서 이루어진다고 하나 여인이 임신을 하고 있을 적에는 마땅히 주의해야 한다. 예부터 부인이 아기를 가지면 돌아앉지도 말고, 엎드리지도 말고, 음란한 말도 듣지 말고, 추잡한 것도 보지 말라 했다. 이러한 것을 삼가고 언제나 시서[詩書]를 보거나 금옥[金玉]이나 기이한 물건[異物]을 가지고 놀며 항시 장님에게 옛 노래를 읊게 하여 들려준다. 이렇게 하여 나중에 자식을 낳으면 필히 용모가 단정하고 영준하며 커서는 총명하고 똑똑해진다. 이것이 바로 주[周] 문왕[文王]의 태교[胎敎] 법이다.

오월랑은 임신을 한 상태니 마땅히 이러한 비구니들의 경문과 생사윤회[生死輪廻]의 설을 듣지 말았어야 했다. 결국 나중에 가서 보살 한 명이 월랑의 배를 빌려 인간 세상에 태어났으나, 현화[顯化](불법[佛法]을 드러내고 불문에 귀의하는 것)하여 가버려 서문경 집안의 대를 이어받지 못하게 되니 참으로 애석하구나!

앞길은 어둡고 험난하니, 하루를 스스로 잘 헤아려 말과 행동을 해야 하네.

아무튼 이 일은 훗날의 이야기니 여기서는 더 언급하지 않겠다.

이날 안채에서는 여인네들이 '황씨 딸 얘기'를 듣고 각자 방으로 돌아가 쉬었다.

한편 반금련은 혼자서 방문 밖에서 오랫동안 서서 기다리고 있다가 서문경이 나타나자 잡아끌고 방 안으로 들어갔다. 그러나 서문경은 침상에 걸터앉아 있기만 했다.

"왜 옷을 벗지 않으세요?"

반금련이 물으니 서문경은 금련을 끌어안고 웃으며 말하기를,

"실은 내가 너한테 할 말이 있어서 왔는데, 오늘은 저쪽에 건너가서 자야 돼. 그러니 음기구[淫器具]를 넣은 주머니를 가져와."

하니, 이 말을 듣고 금련이 화를 발칵 내며,

"악당 같으니라구! 제 앞에서 어찌 거짓말을 하시는 거죠? 없는 말을 가지고 저를 속이려 하시다니. 방금 제가 문 앞에 서 있지 않았다면 아마도 그냥 모른 척하고 지나갔을 거예요! 그런데도 저한테 알려주러 오셨다고요? 아침나절에 일찌감치 그년하고 둘이서 약속을 해놓으셨지요! 오늘 밤에 그년과 잠자리를 같이하기로 말이에요. 어쩐지 아까 하녀를 시켜 가죽 외투를 보내지 않고 그년이 직접 가지

고 와서 사과를 하더라니. 고 싸가지 없는 년이 도대체 나를 뭘로 보는 거야? 나를 가지고 놀려고 하고 있어! 이병아가 살아 있을 때는 이병아가 당신을 믿고 나를 우습게 알더니 지금은 그년이 우습게 보고 있어. 그년의 주인도 죽었는데 무엇을 겁내겠어?"

했다. 이 말을 듣고 서문경이 껄껄 웃으며,

"무슨 수작을 부리겠어? 여의아가 직접 와서 절을 하고 사과하지 않으면 네가 또 트집을 잡았겠지!"

하니 금련은 한참을 생각하다가 말했다.

"나리를 붙잡지는 않겠어요. 하지만 그 물건들은 가져갈 수 없어요. 그 물건을 써서 그년과 실컷 놀고 다시 가지고 와서 다음 날 다시 나한테 써먹을 게 아닌가요. 아이, 더러워!"

"그것 없이 나보고 어떻게 놀란 말이냐?"

서문경이 한참을 달라고 사정하자 금련은 물건들 중에서 은탁자만을 꺼내 서문경에게 주면서 말했다.

"정히 그렇다면 이것만 가져가세요."

"할 수 없지, 이것만이라도 가져가는 수밖에."

서문경이 은탁자를 받아 소맷자락에 넣고는 비틀거리는 걸음으로 밖으로 나가려 했다. 금련은 다시 서문경을 잡아끌며 말했다.

"잠시 와보세요. 설마 그년과 밤새 한 이불 속에서 자려는 건 아니겠지요? 한 이불 속에서 자면 두 하인 계집애들이 봐도 창피하잖아요. 그러니 일만 치르고 나서 여의아는 다른 방으로 건너가 자게 하세요."

"누가 같이 밤을 지샌대?"

서문경이 말을 마치고 바로 나가려 하자 금련은 다시 불러 세웠다.

"와보세요, 아직 할말이 있는데 어째 이렇게 서두르시는 거예요?"

"또 무슨 할말이 있어?"

"나리께서 여의아와 자는 것은 허락했지만, 당신이 여의아한테 쓸데없는 말을 해서 우리들 앞에서 뽐내게 해서는 절대 안 돼요. 제가 내일 그런 말을 듣게 된다면 다시는 이 방에 들어올 꿈도 꾸지 마세요. 그리고 내 나리의 물건을 물어뜯을 거예요!"

서문경은,

"이 음탕한 계집이, 콱 죽여버릴까보다!"

그러고는 바로 이병아 방으로 건너갔다. 춘매가 금련에게,

"마님은 상관하지 마시고 나리께서 하시는 대로 내버려두세요. 시어머니의 잔소리가 며느리 귀에는 전혀 들리지 않는 법이잖아요. 공연히 많은 일에 마음 쓰지 마시고 저랑 둘이서 바둑이나 둬요."

하며 추국을 불러 쪽문을 걸어 잠그게 하고 탁자를 깐 뒤에 바둑판을 내놓았다. 이때 금련이,

"할머니께서는 주무시니?"

하니 춘매가 답했다.

"안채에서 돌아오셔서 방에 들어와 바로 잠이 드셨어요."

방 안에서 춘매와 금련이 바둑을 둔 얘기는 여기에서 접어두자.

한편 서문경이 이병아 방으로 건너가 발을 헤치고 들어가니 여의아가 마침 영춘, 수춘과 함께 온돌 위에 앉아 밥을 먹고 있었다. 서문경이 들어오는 걸 보고 황급히들 일어서자 서문경이 말하기를,

"괜찮아, 천천히들 먹으렴!"

하고는 이병아의 영정이 걸린 객실로 나와 등받이 의자에 앉아 있었

다. 잠시 뒤에 여의아가 웃으며 밖으로 나오면서,

"나리, 이곳은 추우니 안채로 들어가서 앉으세요."

하자, 서문경은 한 손으로 여의아의 가슴을 더듬다가 와락 끌어당겨 입술을 맞추고는 바로 방으로 들어가 침상 정면에 앉았다. 화롯불 위에서는 한창 찻물이 끓고 있으니 영춘이 급히 차를 따라 올렸다. 여의아는 온돌 옆에 있는 화롯불 곁에 서서 불을 쪼이면서 말했다.

"나리, 오늘은 어째 술을 많이 안 드셨어요? 밖에서는 일찍 끝나셨고요?"

"내일 아침 일찍 배를 타고 채지부한테 인사를 가야 해. 그렇지 않았으면 더 앉아 있었을 게야."

"그럼 술을 더 드시겠어요? 제가 따라 올릴게요. 아까 안채에서 마님께 공양을 하려고 안주 한 접시와 금화주 한 병을 가져다놓은 게 있어요. 국과 밥은 저희들이 먹었으나 술과 안주는 아직 건드리지 않았는데 나리께서도 좀 드시겠어요?"

"너희들이나 먹거라. 밥은 필요 없고 몇 가지 먹음직한 음식만 좀 내오거라. 술은 안 마실 테야."

서문경은 다시 수춘에게,

"등불을 들고 화원 장춘오 서재에 가면 포도주가 한 병 있을 테니 왕경더러 달래 가져오거라. 나는 포도주를 마셔야겠다."

하니, 이에 수춘은 대답을 하고 등불을 켜 들고 갔다. 그사이 영춘은 급히 탁자를 깔고 음식을 내왔다. 여의아가,

"아가씨, 상자를 좀 열어봐요. 몇 가지 골라 나리께 안주로 올려야겠어요."

하며 등불 아래에서 오리고기 한 접시, 비둘기고기 한 접시, 생선 한

접시, 녹두나물 볶음 한 접시, 콩나물과 해파리 무침 한 접시, 내장 볶음 한 접시, 은어 튀김 한 접시, 죽순 볶음 한 접시를 골라 탁자 위에 올려놓고 잔과 젓가락을 깨끗하게 닦아서는 서문경 앞에 놓았다. 잠시 뒤에 수춘이 앞채에 나가서 술을 가지고 와 뚜껑을 따서 데워오니 여의아는 서문경이 맛을 보도록 잔에 따라 올렸다. 받아서 맛을 보니 기가 막히게 좋았으며 색도 불그스레한 것이 더더욱 보기 좋았다. 여의아는 탁자 옆으로 다가가 곁에 서서 술을 따르고 또 직접 밤 껍질을 까서는 서문경에게 안주로 주었다. 영춘은 사정을 아는지라 눈치 빠르게 안채 주방으로 수춘과 함께 건너갔다. 서문경은 주위에 사람들이 없는 것을 보고는 여의아를 무릎에 앉히고 껴안으며 술을 한 잔씩 마셨다. 여의아는 과일 껍질을 벗겨 서문경의 입에 넣어주었다. 서문경은 술을 마시면서 한편으로 여의아의 옥색 저고리 단추를 풀고 가슴 가리개를 벗겨 내렸다. 여의아의 탐스러우면서도 뽀얀 젖가슴이 드러나자 서문경은 손으로 여의아의 가슴을 주무르면서,

"귀여운 것아! 나는 다른 걸 좋아하는 게 아니라 이 뽀얀 살결을 좋아한단다. 네 죽은 마님과 똑같구나! 너를 껴안고 있으면 마치 여섯째를 껴안고 있는 것 같단 말이야!"

이 말을 듣고 여의아가 미소를 지으며,

"무슨 말씀을 그리 하세요. 돌아가신 마님이 가장 하얗고, 다섯째 마님은 보기는 좋은데 살결은 그저 그래요. 약간 붉은빛이 있어서 안채 큰마님이나 셋째 마님같이 하얗지가 않아요. 셋째 마님은 희기는 한데 주근깨가 조금 있잖아요. 차라리 설아 마님이 생김도 예쁘고 살결도 뽀얗고 몸집도 적당하지요."

그러면서 다시 말했다.

"나리께 드릴 말씀이 있는데 영춘 아가씨가 머리에 다는 선녀 모양 장식이 있어 저한테 주겠대요. 영춘 아가씨는 나리께 말씀을 드려 마님께서 달고 다니던 금 호랑이 장식을 얻어 정월에 달고 싶대요. 그러니 나리께서 주세요, 네?"

"네가 머리 장식이 없었던가? 내 은 세공장이를 불러 금붙이로 하나 만들어주지. 네 죽은 마님이 사용하던 머리 장식을 넣은 상자는 큰사람이 모두 안채로 가져다놓았으니 어떻게 달랠 수 있겠어?"

"됐어요, 그럼 저한테 다른 걸로 하나 만들어주세요."

여의아는 일어나 바로 절을 하고, 둘은 한참을 더 술을 마셨다. 여의아가,

"나리께서 영춘 아가씨를 불러 술을 한 잔 주세요. 그래야 토라지지 않을 것 아니에요?"

해서 서문경이 영춘을 불렀으나 대답이 없었다. 이에 유모가 직접 부엌으로 가서 영춘에게,

"나리께서 부르셔."

하자, 영춘이 급히 서문경이 있는 곳으로 왔다. 서문경은 여의아에게 술 한 잔을 따라 영춘에게 주고 또 안주를 두 젓가락 골라 작은 접시에 놓아 영춘에게 주었다. 이에 영춘은 곁에 서서 술을 받아 마셨다. 여의아가,

"가서 수춘 아가씨도 와서 한 잔 들라 하세요."

하니 영춘이 갔다가 다시 와서는,

"안 먹겠대요."

하고는 돌아가 영춘은 온돌 위에서 이부자리를 안고 안채로 들어가 자려고 하면서 말했다.

"제가 안채로 가지 않으면 의자 위에서 쭈그리고 자야 되잖아요? 차라리 저와 수춘은 부엌 온돌 위에서 잠을 잘게요. 차는 화로 위에 올려놓았으니 나리께서 드시겠다면 유모가 가져다 드리세요!"

"아가씨, 나갈 때 쪽문을 닫아줘요. 잠시 뒤에 문은 내가 잠글 테니까요."

이에 영춘은 바로 이부자리를 끌어안고 안채로 들어갔다. 유모는 서문경과 함께 술을 더 마시다가 그릇들을 치우고 차를 내와 서문경에게 주었다. 뒷문을 잠그고 다시 돌아와 잠자리를 보았다. 원래 여의아는 이부자리 한 벌을 준비해두었다가 서문경과 잠자리할 때 사용하곤 했는데 모두가 비단으로 만든 것이었다. 이것을 깔고 꽃무늬 베개를 내놓고 침상머리에 훈훈하게 향을 피워놓았다.

"온돌 위에서 주무시겠어요? 아니면 침대에서 주무시겠어요?"

"침대 위에서 자지."

여의아는 바로 다시 이부자리를 침대 위에 펴놓고 서문경이 옷을 벗는 것을 도와주고 신발과 버선을 벗겨주었다. 그러고는 물을 떠다가 객실에 들어가 여인의 은밀한 곳을 깨끗하게 씻고 방문을 걸어 잠그고 등불을 침대 머리맡의 작은 탁자 위로 옮겨놓았다. 그런 뒤에 여의아도 옷을 벗고 이불 속으로 들어가 서문경과 껴안고 베개를 나란히 베고 자리에 누웠다. 여의아는 손으로 서문경의 물건을 만지작거렸는데 위에 이미 은탁자를 묶어놓았기에 흉폭하게 성이 나서 꿈틀거리니 기쁘기도 하고 두렵기도 하여 서로 입을 빨면서 꼭 껴안고 한몸이 되었다. 서문경은 여의아가 알몸으로 이불 속에 누워 있는 것을 보고 여의아가 추위를 탈까봐 걱정이 되어 가슴 가리개를 집어다 가슴 부근을 덮어주었다. 그러고는 두 손으로 두 다리를 꽉 잡고 힘을 주어 넣었다 뺐다 했다. 여의아는 숨을 헐떡거리니, 그곳이 불을 지펴놓은 것처럼 화끈거리는 느낌이 들었다. 이렇게 일을 치르면서 말을 했다.

"이 가슴 띠도 마님이 살아생전에 저한테 주신 거예요."

"나의 보배야, 걱정하지 마라. 내일 가게에 나가 붉은 비단을 반 필 내다가 옷을 한 벌 지어주고, 또 빨간 비단 잠신을 지어 네가 신고 나를 모시게 해주마."

"그렇게 하면 좋지요! 나리께서 저한테 주시기만 한다면 제가 짬을 내 만들게요."

"내가 잊었는데, 올해 나이가 몇 살인고? 이름이 무엇이지? 또 집안에서 몇 째야? 단지 자네 남편의 성이 웅[熊]이라는 것만 기억하고 있을 뿐이야."

"성이 웅이고 웅왕아[熊旺兒]라고 해요. 제 성은 장[章]이고 집안에서의 항렬은 넷째로 금년에 서른둘이에요."

"내가 자네보다 한 살이 많구만."

그러면서도 한편으로 일을 치르면서,

"장사아[章四兒], 귀여운 것아! 나를 잘 모시고 훗날 큰사람이 애를 낳거든 네가 젖을 주어 잘 키우거라. 네가 복이 있어 애를 낳는다면 내 너를 아내로 맞이해 부인으로 삼아 죽은 사람을 대신하려고 하는데 네 생각은 어떠하냐?"

"저는 남편도 죽고 친정에도 사람이 없으니 오로지 한마음으로 나리를 받들어 모실게요. 그런데 어찌 딴마음을 먹겠어요. 죽어도 이 집에서 나가지 않겠어요! 만약 나리께서 그렇게만 해주신다면 더 바랄 나위가 없지요!"

서문경이 여의아의 말을 듣고 보니 말을 시원스럽게 하는지라 더욱 기특한 생각이 들었다. 그래서 눈같이 하얀 두 다리를 잡아 끌어당겨 보니 녹색 비단 잠신을 신고 있었는데 그 사이로 물건을 밀어집어넣으며 둘은 쉴 새 없이 방아를 쪘다. 밑에 누워 방아를 찧는 여인은 그저 묘한 신음 소리를 내며 정신은 몽롱해져 좋아 어쩔 줄 모르고 있었다. 그렇게 하다가 밑으로 말처럼 엎드리게 하고는 비단 이불을 뒤집어쓰고 여의아의 몸에 걸터앉아 물건을 여의아의 은밀한 곳으로 깊숙이 밀어 넣었다. 등불 아래에서 서문경은 두 손으로 여의아의 하얀 엉덩이를 부여잡고 매만지며,

"장사아야! '사랑하는 님이여' 하고 쉬지 말고 부르거라. 내 네가 달라는 것을 다 줄 테니…."

하고 외쳤다. 여인도 밑에서 엉덩이를 흔들면서 입으로는 코맹맹이의 야릇한 목소리로 계속하여 소리를 질러댔다. 그렇게 한 시진쯤 놀다가 서문경은 비로소 사정을 했다. 그런 뒤에 여의아의 은밀한 곳에서 물건을 꺼내니 여의아는 손수건을 꺼내 서문경의 물건을 잘 닦아주고는 서로 껴안고 오경쯤 닭이 울 때까지 잠을 잤다. 눈을 뜨자 여의아는 다시 서문경의 물건을 입으로 빠니 서문경은 여의아에게 말했다.

"다섯째도 밤새 그렇게 빨았어. 그러다가 내가 추울까봐 밖으로 나가 오줌을 누게 하지 않고 자기 입에 싸게 하고는 다 받아 삼켰어."

"별거 아니에요. 저도 오줌을 다 받아 마실게요."

이 말을 듣고 서문경은 정말로 여의아의 입에 오줌을 싸니 여의아는 오줌을 받아 삼켰고 다시 흥분이 되어 서로 껴안고 다시 그 짓을 하면서 밤을 지새웠다.

제75화 달 속 미인 항아가 밖으로 나왔건만

다음 날 여의아가 먼저 일어나 문을 열고 세숫물을 떠와 서문경이 세수를 하게 하고 옷을 입고 머리를 손질한 뒤에 밖으로 나가게 했다. 서문경은 앞채로 나가,

　"사병 둘을 불러 대청 정면에 있는 신선[神仙] 여덟이 조각되어 있는 팔선정[八仙鼎] 화로를 편지를 써서 송어사의 찰원[察院]에 가져다드리고 답장을 받아오라고 하거라."

하고 진경제한테는,

　"금단자 한 필, 색동 한 필을 금동의 꾸러미에 넣어 가져오고 말을 준비하거라. 내 청하구에 있는 채지부한테 인사를 갔다 와야겠다."

라고 이르고 월랑의 방으로 건너가 죽을 먹으니 월랑이 말했다.

　"응씨 집에 갈 적에 우리 모두가 갈 수는 없잖아요? 한 사람이 남아서 집을 보고 또 올케의 말벗도 되어줘야 하잖아요."

　"다섯 사람분의 선물을 준비하라고 일러두었는데 당신 몫으로는 배에 두르는 띠 하나, 금 귀고리 한 쌍, 은자 닷 냥이야. 그리고 나머지들은 각 사람이 은자 두 냥씩에 수건 하나씩 준비해놓았으니, 모두 건너가 봐야지. 집에는 큰딸애가 남아서 오대구 부인의 말벗을 해드리면 되잖아. 내 이미 응씨 동생한테도 모두 건너간다고 말해두었어."

　월랑이 듣고는 아무 말도 하지 않았다. 이계저가 돌아가겠다고 인사를 하며 말했다.

　"마님, 저는 오늘 돌아가겠어요."

　"왜 그리 급히 돌아가려고 그래? 이삼 일 더 있다가 가지?"

　"솔직히 말씀드려 어멈이 안달이 나 있을 거예요. 집에 언니도 없고 사람도 없잖아요. 다음 날 정월 때 다시 와 이삼 일 있다 갈게요."

　계저는 서문경에게도 인사를 했다. 월랑은 상자 두 개에 과자를

담아서 은자 한 냥과 함께 계저에게 주면서 차를 마시게 한 뒤에 보냈다.

서문경이 옷을 입고 앞채로 나오는데 평안이 와서,

"형도감께서 인사를 오셨어요."

하고 아뢰었다. 서문경이 급히 나가 영접해 대청으로 모신 뒤에 인사를 했다. 형도감은 관복을 입고 귀덮개를 하고 허리에는 금띠를 두르고 인사를 했다.

"영전을 하셨다는데 이렇게 늦게서야 인사를 드려 죄송합니다."

"무슨 말씀을요, 제가 오히려 후한 선물을 받고도 제대로 인사를 올리지 못했습니다."

서로 근황을 묻고는 자리를 잡고 앉았다. 하인들이 차를 올리니 형도감이 말했다.

"밖에 말을 대령해놓았던데 어디 가시려고 하십니까?"

"동경 채태사의 아홉째 아드님이 구강[九江]의 지부로 오셨습니다. 어제 순안의 송어사와 공부[工部]의 안봉산[安鳳山], 전운야[錢雲野], 황태우[黃泰宇] 등이 저의 집을 빌려 그분을 모셔 식사를 했습니다. 죄송스럽게도 저에게 명첩을 주셨는데 어찌 찾아뵙고 답례 인사를 드리지 않을 수가 있나요. 떠나지 않으셨는지 모르겠군요."

"마침 잘됐군요. 저도 부탁이 있어 찾아왔습니다. 실은 송어사께서 정월이 되면 임기가 만료가 되고, 또 연말에는 지방 관리들을 탄핵하거나 추천을 한다는데 사천선생께서 송어사께 한 말씀 잘 해주십사 하고 부탁을 드리는 것입니다. 어제 댁에서 연회를 열었다는 말을 들었기에 실례를 무릅쓰고 찾아온 것입니다. 승진을 할 수 있다면 절대로 그 은혜는 잊지 않겠습니다."

"이것은 좋은 일인 데다 교분도 두터우니 마땅히 도와드려야지요. 서류를 한 통 써서 주시면 다행히도 모레 저희 집에서 연회를 또 열기로 했으니 그때 적당한 때를 보아 잘 말씀드리지요."

이 말을 듣고 형도감은 급히 자리에서 일어나 서문경에게 허리를 굽혀 크게 인사를 하며,

"베풀어주신 은혜는 절대로 잊지 않겠습니다!"

그러면서,

"제가 필요한 서류는 이미 써 가지고 왔습니다."

하면서 아전을 불러 서류를 가져오게 하여 형도감이 직접 서문경에게 건네주었다. 받아 보니 위에,

> 산동등의 병마도감 청하좌위[淸河左衛] 지휘첨사[指揮僉事](정사품의 명대 무관명) 형충[荊忠], 금년 삼십이 세. 산후단주인[山後檀州人](지금의 북경시[北京市] 밀운현[密雲縣] 일대). 조부의 군공[軍功]으로 벼슬길에 올라 본 위 정천호가 됨. 모년에 무과에 급제하여 현직에 이르러 제주[濟州] 병마[兵馬]를 다년간 다스림.

라고 쓰여 있고 그 밑에는 자세한 경력이 적혀 있었다. 서문경이 다 읽어보자 형도감은 소맷자락에서 예물을 꺼내 서문경에게 주면서,

"별것 아니니 받아주시기 바랍니다."

하여 받아보니 위에 '백미 이백 석'이라고 쓰여 있었다. 이를 보고 서문경이,

"어찌 이럴 수가 있나요! 절대로 받을 수가 없습니다. 사람을 이렇게 보시면 앞으로 어떻게 사귈 수가 있겠습니까?"

하니 형도감은,

"그렇지 않습니다. 사천은 받지 않는다 하더라도 송어사께는 드려야 하질 않습니까? 그러니 다 마찬가지지요. 어찌 그리 거절하십니까? 받지 않으시면 저도 더는 부탁을 드리지 못하겠습니다."

서문경은 두세 번 거절하다가 어쩔 수 없이 받아 넣으며,

"그럼 제가 잠시 받아두지요. 내일 제가 송어사께 말씀을 드린 후에 사람을 시켜 소식을 알려드리겠습니다."

하니, 차와 국을 마시고 형도감은 인사를 하고 떠나갔다. 형도감이 떠나자 서문경은 평안을 불러,

"내가 없을 때 사람들이 찾아오거든 명첩을 받아두거라. 다른 데 가지 말고 군졸 넷을 보내 문 앞을 지키게 하거라."

하고 분부한 다음에 바로 말을 타고 출발하니 금동이 그 뒤를 따라서 채지부에게 인사하기 위해 떠났다.

옥소는 아침 일찍 서문경이 떠나자 바로 반금련의 방으로 건너와 말했다.

"다섯째 마님, 어제 어째서 안방으로 건너오지 않으셨어요? 저녁에 여러 사람이 앉아서 설비구니의 '황씨 딸 얘기'를 듣다가 밤이 늦어서야 헤어졌어요. 나중에 둘째 마님이 차를 가져오고 셋째 마님이 방에서 술과 안주를 내와서 함께 마시면서 계저와 신이저가 노래를 부르며 내기하는 걸 들으며 놀았어요. 그렇게 삼경까지 놀다가 겨우 잠자리에 들었어요. 큰마님께서 다섯째 마님을 많이 나무라셨어요. 다섯째 마님께서 앞채에서 술좌석이 끝나기 무섭게 나리를 낚아채갔다고 말이에요. 어제가 셋째 마님 생일인데 나리께서 그 방에 못 들어가게 가로챘다고 말이에요. 그러자 셋째 마님도 '부끄러움도 모

르는 게 짧고 까불고 야단인데 누가 공연히 싸움을 하겠어요? 주위에 여러 여자가 있으니 나리 마음대로 골라서 들어가게 내버려두세요' 하더군요."

"내가 입이 더러워질까봐 말하지 않으려고 했는데, 그 짓에 눈이 멀었나 보다! 어제도 나리께서 내 방에서 주무신 줄 아는 모양이지?"

"이곳에서 안 주무셨다면, 여섯째 마님은 돌아가셨는데 나리께서는 도대체 어디서 주무셨단 말인가요?"

"뭘 안다고 그래? 닭이 오줌을 싸지 않더라도 다 살아가는 방법이 있는 게야. 하나가 죽었으니 다른 하나가 그 자리를 물려받는 게지."

"참, 그리고 우리 마님께서 다섯째 마님께 어찌나 역정을 내시는지 몰라요. 나리께 가죽 외투를 달라고 하면서 마님께는 한마디 말씀도 없으시다구요. 그래서 나중에 나리께서 열쇠를 가지러 사람을 들여보내자 마님께서 '여섯째가 죽으며 남아 있는 하인들을 잘 돌봐달라고 부탁했는데, 죽은 지 얼마나 되었다고 벌써 여섯째가 살아생전에 그토록 애지중지하며 입던 가죽 외투를 다른 사람이 입게 주면서 어떻게 한마디 말씀도 없으세요?' 하자, 나리께서 '다섯째가 입을 가죽 옷이 없다잖아' 하니 마님께서 '다섯째가 어찌 가죽 외투가 없어요. 모셔두고 입지 않고 그저 죽은 사람의 가죽 옷에만 눈독을 들이는 게지요. 여섯째가 일찍 죽었으니 다섯째 뜻대로 됐지, 만약에 죽지 않았다면 감히 꿈이나 꾸겠어요' 하시더군요."

"헛소리는! 남자가 주인 노릇이나 제대로 하면 되지, 자기가 뭐 내 시어머니라도 된다고 내 일을 다 상관한대? 내가 나리를 가로챘다고 하니, 내가 밧줄을 가지고 나리의 다리라도 잡아매었단 말인가? 끌어다 겨우 얼굴을 한 번 봤을 뿐인데 뒤에서 말 같지 않은 소리를 하고 있어!"

"제가 마님께 드린 말은 마님만 알고 계시고 절대로 저한테 들었다고 하지 마세요. 지금 계저 아가씨도 집으로 돌아가셨고, 여러 마님은 한창 머리치장을 하고 계세요. 그리고 설아 마님을 집에 남게 해 오대구 마나님의 말벗이 되게 하려고 하는데 나리께서 그렇게 하지 말고 가지고 갈 선물을 준비해뒀으니 다섯 마님들을 모두 가시라고 하셨어요. 그러니 마님께서도 빨리 준비를 하세요!"

말을 마치고 옥소는 안채로 들어갔다. 옥소가 가자 금련은 바로 화장대 앞에 앉아 분을 바르고 치장을 하며 머리에 꽃을 달고 비녀를 꽂았다. 또 춘매를 시켜 옥루에게 가서,

"오늘은 어떤 색 옷을 입으실 거예요?"

하고 알아보게 했다. 이에 옥루는,

"나리께서 상복을 입지 않으면 화를 내실 테니 모두들 연한 색을 입기로 했어."

하니, 이렇게 해서 다섯 부인은 모두 흰 비단 진주 띠를 두르고, 남색 비단 수건을 걸치고 머리에는 진주와 비취 장식을 했다. 그리고 연붉은 비단 저고리에 남색 비단 치마를 입었다. 오직 월랑만은 흰 주름이 잡힌 하얀 천에 잔주름이 있는 금량관을 쓰고 해달 가죽 목도리에 진주 머리띠, 호박[琥珀] 귀고리를 하고, 꽃무늬를 수놓은 침향색 비단 저고리와 녹색 편지금 치마를 입고 있었다. 큰 가마 하나에는 월랑이 타고 작은 가마 네 채에는 나머지 부인들이 타고 포졸들이 소리를 치며 길을 열었다. 가마 안에는 동화답[銅火踏](작은 구리 화로)을 두어 발을 쬐었다. 왕경과 기동, 내안이 뒤를 따랐다. 그네들이 오대구 부인과 세 비구니, 반씨 할멈에게 갔다 오마고 인사를 하고

바로 응백작의 백일잔치에 참가하기 위해 떠난 이야기는 여기서 접어두자.

한편 앞채에 있던 여의아와 영춘은 서문경이 간밤에 먹다 남긴 탁자가 그대로 있었기에 새로 안주를 준비하고 금화주 한 병과 또 포도주도 한 병 꺼내어 점심나절에 반씨 할멈과 춘매를 청했다. 또 욱씨 아가씨를 불러 노래를 부르게 하며 방 안에 네댓이 모여 함께 마시고 놀았다. 이때 일이 공교롭게 되려는지 춘매가,

"신이저가 「괘진아[挂眞兒]」를 잘 부른다고 하니, 안채로 가지 말고 신이저를 이리로 오게 해 「괘진아」를 들어보지요."

하니, 이 말을 듣고 영춘은 수춘을 시켜 부르려고 하는데 이때 춘홍이 들어와 불을 쬐려고 했다. 이를 보고 춘매가,

"요 삔지르르한 놈이, 오늘 가마를 따라가지 않았구나?"

하니 춘홍은,

"나리께서 왕경을 따라가게 하시고 저한테는 남아서 집을 보라고 하셨어요."

하자 춘매는 다시,

"요놈이, 얼어죽을 것도 아닌데 어째 집 안에 들어와서 불 쬘 생각을 하느냐!"

그러면서 영춘더러,

"기왕에 들어왔으니 술이나 반 병 마시게 갖다 줘요."

하고는 춘홍에게,

"먹고 나서 우리 대신 안채에 들어가 신이저 좀 불러줘. 가서 우리와 반할머니를 위해 노래 좀 불러달란다고 전해줘."

했다. 이 말을 듣고 춘홍은 급히 술을 마시고 안채로 들어갔다. 가서 보니 신이저는 오대구 부인과 서문경의 큰딸, 세 비구니와 옥소 등과 안방에 앉아서 향채[香菜]와 깨를 갈아 만든 원유지마차[芫荽芝蔴茶]를 마시고 있었다. 춘홍이 발을 걷고 안으로 들어서면서 말했다.

"신이저 좀 와봐요. 우리 큰아씨가 바깥채에서 노래를 한 곡 불러달랍니다."

"네 큰아씨는 이곳에 있는데 또 무슨 큰아씨가 생겨 나를 찾는단 말이냐?"

"바깥채에서 춘매 아가씨가 당신을 불러오래요."

"춘매 아가씨가 뭐길래 나를 오라 가라 해? 욱씨 아가씨가 그곳에 있으니 매한가지잖아. 나는 여기에서 오대구 부인과 다른 분들께 노래를 불러드려야 해."

이를 듣고 오대구 부인이,

"여기는 괜찮으니 한번 건너갔다 오지."

했으나 신이저는 앉아서 조금도 움직이지 않았다. 이를 보고 춘홍은 바로 바깥채로 나가 춘매에게 말했다.

"가서 신이저를 불렀는데 들은 척도 하지 않아요. 모두들 안방에 앉아 있어요."

"내가 부른다고 말을 했으면 올 텐데…"

"제가 '바깥채에 있는 큰아씨가 당신을 불러요'라고 말을 했지요. 그런데도 꿈쩍도 하지 않고 도리어 '큰아씨가 이곳에 있는데 또 어디에서 큰아씨가 생겨났단 말이냐?' 그래서 제가 바로 '춘매 아가씨예요' 하자, 대뜸 '춘매 아가씨가 뭔데 나를 오라 가라 부르고 있어? 나는 그럴 틈이 없어. 이곳에서 오대구 부인과 다른 분들한테 노래를 불러드려야 해' 하더군요. 이를 듣고 오대구 부인께서 '갔다가 다시 오게나' 하셨는데도 전혀 들은 체를 하지 않더군요."

춘흥이 전하는 말을 춘매가 듣지 않았으면 몰라도 듣고 나니 화가 머리끝까지 나고 오장육부가 뒤집히는 것 같고 귀뿌리까지 벌겋게 달아오르더니 금세 얼굴도 자주색으로 변했다. 사람들이 춘매를 막으려고 했으나 이를 뿌리치고 쏜살같이 달려 바로 안방으로 가서는 신이저를 손가락으로 가리키며 언성을 높였다.

"네가 감히 하인들 앞에서 내가 어디서 생겨먹은 큰아씨냐고 말을 해? 내가 뭔데 너를 부르냐고? 그래 네가 지금 총병관[總兵官](명대 무관직 중의 최고위직)의 부인이라도 되었기에 감히 네년을 부를 수 없다는 게냐! 네년이 언제부터 그리 콧대가 세졌지? 이 집 저 집 오가는 더러운 개 같은 눈먼 음탕한 계집이! 네년이 이 집에 드나든지 도대체 얼마나 되었다고 감히 나를 우습게 본단 말이냐? 네깐 년이 도대체 노래를 알면 얼마나 안다고 지랄이야? 고작 해봐야 동쪽에 울타리 서쪽에 기슭 등 저속하며 유치한 글로 적기도 뭐한 몇 가지 구절을 가지고 크게 대단한 것이나 되는 양 유세를 떨고 있어! 솔직히 말해 우리 집에는 본사삼원[本司三院](본사는 바로 교장사[敎場司]로 관기[官妓]를 총괄하는 기관이며 삼원은 당시 기원[妓院]의 악[樂], 무[舞], 극[劇])에 가서 노래를 부르는 사람들이 얼마나 와서 노래를 불렀는지 모를 지경이야. 그런데 네년이 뭐 대단하다고, 한도국의 그 음탕한 마누라가 네년을 알아준다고 해서 우리들도 모두 너를 알아줄 줄 아는 모양인데 천만의 말씀이야! 네년이 그 음탕한 년의 흉내를 낸다고 해도, 나는 겁 안 나. 썩 꺼져버려! 꾸물거리지 말고 이 집에서 빨리 꺼지란 말이야!"

이에 오대구 부인이 중간에 나서 가로막으며,

"그렇게 말을 막 하지 말아요."

하니, 신이저는 화가 나서 눈을 크게 치켜뜨고 씩씩거리기는 했으나 감히 제대로 말하지는 못하고 단지,

"맙소사! 이 아가씨께서 왜 이리 성질이 급하시지요? 내가 방금 그 애한테 무슨 몹쓸 말이라도 했다고 이렇게 화를 내시나요? 그렇다고 말을 그렇게 하면서 사람 욕을 하시다니! 잡지 않고 가라니 가겠어요. 여기 아니면 갈 데가 없는 줄 아는 모양이지요."

했다. 이 말을 듣고 춘매는 더욱 노발대발하며,

"밑구멍을 벌리고 거리를 휩쓸고 다니는 눈먼 음탕한 년이! 네년 집에 나와 같은 좋은 아가씨가 있고 또 네년도 그런 성깔이 있다면 밖으로 쏘다니며 밥벌이를 하느라 구차하게 노래를 부르러 다니지 말아야지! 내 눈앞에서 꺼지고 두 번 다시 나타나지 마!"

하니 신이저도 지지 않고 대들었다.

"누가 이 집에 눌러붙어 있겠대?"

"또 우리 집에서 얼쩡거린다면 내 하인들을 시켜 네년의 머리칼을 다 뽑아버릴 테야!"

이에 오대구 부인이 나서며,

"얘야, 오늘 왜 이리 성질을 부리는 게냐? 어서 바깥채로 나가지 않고서."

했으나 춘매는 들은 체도 않고 꿈쩍도 하지 않았다. 신이저는 울면서 온돌 위에서 내려와 오대구 부인한테 인사를 하고 옷 보따리를 꾸려서 가마도 기다리지 않고, 오대구 부인한테 평안을 시켜 맞은편에 있는 화동을 불러달라고 부탁해 화동이 오자 화동을 따라서 한도국의

집으로 돌아갔다. 남아 있는 춘매는 다시 욕을 한바탕 퍼붓고는 그제
서야 바깥채로 나갔다. 이들이 떠나자 오대구 부인은 서문경의 큰딸
과 옥소에게,

"쟤가 바깥채에서 술을 먹고 들어온 모양이지? 그렇지 않으면 어
찌 말을 그렇게 되는대로 하겠어. 얼마나 욕을 해대던지 나도 민망해
서 혼이 났네. 천천히 짐을 챙겨 떠나라고 하면 될 것을 저렇게 윽박
질러 떠나게 만들고 하인을 시켜 데려다주지도 못하게 야단을 부리
고 있으니! 물이 깊으면 사람이 건너지 못하는 것을 뻔히 알면서 왜
그렇게 사람을 못살게 구는지 몰라!"
하자 옥소가,

"설마 바깥채에서 술을 마시고 들어왔을라구요?"
했다. 한편 바깥채로 나온 춘매는 그때까지도 화가 풀리지 않아 씩씩
대면서 여러 사람에게,

"내가 방금 눈이 먼 그 음탕한 계집년을 한차례 욕을 하고는 내쫓
아버렸어요. 오대구 부인께서 옆에서 뜯어말리지만 않았다면 내 그
눈먼 계집애의 귀싸대기를 몇 대 걷어올렸을 거예요! 그년이 내가
누군지 모르고 자기를 불렀다고 골이 나서는 공연히 무게를 잡고 대
들잖아요!"
하니 이를 듣고 영춘이,

"아이구! 공연히 한 사람 일을 가지고 다른 사람이 다치지 않게 말
을 좀 가려서 해요! 욱씨 아가씨도 여기에 있는데 눈먼 음탕한 년이
라고 욕을 하다니…."
하자 춘매가,

"그런 뜻이 아니에요. 욱씨 아가씨야 수년간 우리 집에 출입하셨

으니 집안의 모든 일을 잘 아시잖아요? 이분이 언제 남을 헐뜯거나 욕을 했나요? 노래를 좀 해달라면 노래를 불러주었지, 어디 그 눈먼 음탕한 계집년처럼 대담하게 한 적이 있나요? 얼마나 노래를 알고 있는지 모르겠어요! 별로 시덥지도 않은 노래를 몇 개 안다고 얼마나 뻐기고 설치는지 모르겠어요! 기껏 해봐야 그 몇 마디 「언덕 위의 양[山坡羊]」, 「남쪽 가지 묶어놓고[鎖南枝]」 등 유치하면서도 저질스러운 것들이고 어디 고급스러운 게 있나요! 제가 들어봐도 다 그게 그거예요! 제가 보기에 그년은 마음속으로 욱씨 아가씨 자리를 넘보려고 하는 것 같아요!"

했다. 이에 욱씨 아가씨가,

"그거야 알 수 없지요! 어젯밤에도 큰마님께서 저더러 소곡[小曲]을 한 곡 불러보라고 하셨는데 신이저가 급히 비파를 빼앗아가더니 먼저 노래를 부르려 하더군요. 그랬더니 큰마님께서도 '욱씨 아가씨, 신이저보고 먼저 부르라 하고 자네가 나중에 부르지' 하시잖아요. 춘매 아가씨, 신이저를 탓하지 마세요. 그 사람이야 이 집에 출입한 지 얼마 되지 않아 이 집 사정을 잘 모르잖아요. 그러니 춘매 아가씨를 우습게 본 모양이지요!"

하니, 이를 듣고 춘매가,

"그러길래 좀 전에 실컷 욕을 해주었어요. '네년이 한도국 그 음탕한 마누라를 믿고 까불고 또 고자질을 할 모양인데 나는 전혀 무섭지가 않아' 하고 말이에요."

하자 반노파가,

"아이구 아가씨, 별것도 아닌데 왜 이리 화를 내고 그래요!"

했다. 여의아도,

"제가 기분 전환하라고 술을 한 잔 따라줄게요."

하니, 이를 보고 영춘이,

"얘는 속에 열이 나는 일이 있으면 바로 폭발을 한다니깐!"

하면서,

"욱언니, 좋은 노래를 하나 골라 불러줘요."

했다. 이 말을 듣고 욱씨 아가씨는 비파를 가져다 안으며,

"반할머니와 아씨께 '앵앵이 침실에서 논다[鶯鶯鬧臥房]'라는 「언덕 위의 양[山坡羊]」을 불러드릴게요."

하니 여의아가,

"신경써서 잘 불러보세요. 제가 술 한 잔 따라 올릴 테니."

했다. 이때 영춘이 술잔을 들고 춘매를 바라보며,

"됐어요, 아가씨야, 속에 열불이 날 적에는 이 어미가 주는 술을 한 잔 쭉 들이마시면 열이 가실 게다."

하자 춘매도 더는 웃음을 참지 못하고 영춘을 보고,

"요 쬐끄만 음탕한 것아, 네가 언제 내 어멈이 되었지? 욱언니, 「언덕 위의 양」을 부르지 말고, 「강가의 물[江兒水]」이나 들려주세요!"

하니, 이에 욱씨 아가씨는 곁에서 비파를 타며 노래를 불렀다.

꽃 같은 자태, 달 같은 얼굴
이 모든 것도 다하고 중문[重門]도 항시 잠겨 있구나.
바람 솔솔 불고 이슬비 부슬부슬 내릴 때
낙엽은 붉게 수천 점이 되어 떨어지누나.
향불은 다해도 다시 붙이기 귀찮고
바느질도 하기가 귀찮구나.

야위어서 남은 것은 뼈와 가죽뿐이고
병마가 지겹도록 붙어 있구나.
옛 정분을 다시 한 번 돌이켜본다.
수심에 양미간은 더욱더 골이 깊어지고
공연히 님이 야속해지누나.
이때에 꾀꼬리 울고 꽃은 피나
발[簾] 걷고 님은 오지를 않는구나.
花容月艶 減盡了花容月艶 重門常是掩
正東風料峭 細雨連纖 落紅千萬點
香串懶重添 針兒怕待拈
瘦損嶄嶄 鬼病懕懕 俺將這舊恩情重檢點
愁壓損 兩眉翠尖
空惹的張郎憎厭
這些時對鶯花不捲簾

정원의 회화나무는 그림자를 드리우고
그림자는 조용하기만 하고
파초[芭蕉]가 새롭게 활짝 피누나.
꾀꼬리와 나비 한 쌍이 짝지어 날고 있는데
내 님은 하늘 저 끝 먼 곳에 있구나.
버드나무 가지 위에선 매미 처량히 울고
맑은 연못 위에선 화려한 원앙이 놀고 있다.
난간을 거쳐 가까이 가서 앉으니
누군가 연꽃을 따며 부르는 노랫소리가 들려오고

마음이 심란하여 천 갈래 만 갈래 찢어지누나.
향기 나는 비단 부채를 펼쳐드니
원랑귀[阮郞歸]*라고 쓰여 있네.
槐陰庭院 靜悄悄槐陰庭院 芭蕉新乍展
見鶯黃對對 蝶粉翩翩 情人天樣遠
高柳噪新蟬 淸波戲彩鴛
行過闌前 坐近他邊 則聽得是誰家唱採蓮
急攘攘 愁懷萬千
拈起柄香羅約扇 上寫阮郞歸詞半篇

무더운 한더위가 지나가니
차가운 바람이 휘장 안을 감돈다.
등잔을 꽃에 비춰 보니 달빛도 따라나선다.
이 마음을 누구에게 하소연할까
기러기 남쪽을 향해 날아간다.
기러기는 돌아가는데 님은 돌아오지 않네.
허리 굵기를 알아야 겨울옷을 지으련만
그가 지금 어디에서 사랑에 빠져 있는지 모르겠네.
다른 사람에게 편지를 부탁하려고 해도
길이 머니 가면 늦을까 두렵구나.
炎蒸天氣 挨過了炎蒸天氣 新凉入繡幃
怪燈花相照 月色相隨 影伶仃訴與誰
征雁間南飛 雁歸人未歸

---

* 유신[劉晨]과 원조[阮肇]의 고사

想象腰圍 做就寒衣 又不知他在那里貪戀着

抖無個 眞實信息

倩一行人稍寄 只恐怕路迢遙衣到遲

매화꽃에게 몇 번이나 물어보네

그동안 얼마나 시들었냐고.

향기 나는 웃음과 어여쁜 용모는 사라지고

정신까지도 다 사라지고

꽃이 가지보다 먼저 시드누나.

비취빛 이불 데우기도 귀찮고 무거운데

향로에선 밤새 향이 타고 있네.

마음을 달래보나

꿈도 깨지고 마음도 어지러우니

요즈음은 잠도 오지 않고 불안하기만 하네.

베개는 차갑고 등잔불은 희미하구나

이 적적함을 누구에게 얘기할거나?

여하튼 잊을 수 없는 내 사랑하는 님이여.

梅花相問 幾遍把梅花相問 新來瘦幾個

笑香消容貌 玉減精神 比花枝先瘦損

翠被懶重溫 爐香夜夜薰

着意溫存 斷夢勞魂 這些時睡不安眠不穩

枕兒冷 燈兒又昏

獨自個向誰評論 百般的放不下心上的人

여기서 노래를 부르고 술을 마신 일은 더 말하지 않겠다.

한편 서문경은 신하구[新河口]로 가서 채지부를 만나고 집으로 돌아와 말에서 내렸다. 평안이 와서 아뢰기를,

"오늘 현청의 하대인이 사람을 보내, 나리께서 내일 아침 일찍 관아에 나오셔서 함께 강도 사건을 심문하자고 말씀하셨습니다. 또 본부의 호대인께서 새 달력 백 부를 보내주셨고, 형도감께서 하인을 시켜 돼지 한 마리와 술 한 동이 그리고 은자 네 봉지를 보내셨습니다. 이를 진서방님이 받아놓았는데, 아직 회답은 보내지 않고 나리께서 돌아오시면 보내겠다고 했습니다. 저녁에 그 댁에서 또 사람을 보내 나리께 드릴 말씀이 있다고 합니다. 호대인 댁에는 답장을 보냈고 심부름 온 사람에게 은자 한 전을 수고비로 주었습니다. 또 교대호 댁에서도 초청장을 보내 내일 나리께서 연회에 참석해주십사 합니다."

하였다. 이때 내안이 송어사가 보낸 답장을 가지고 들어오면서 아뢰었다.

"제가 송어사가 계신 찰원까지 그 물건들을 가져다 드렸더니 송어사께서 내일 돈을 가져다 드리겠다고 말씀하셨습니다. 그러시면서 저와 짐꾼들에게 은자 닷 전을 내려주셨습니다. 그리고 새 달력 백 부도 주셨습니다."

서문경은 진경제를 불러 은자 네 봉지를 어찌했느냐고 묻자 이미 안채에 가져다놓았다고 대답했다. 이를 듣고 서문경은 대청으로 나갔으니, 춘홍은 급히 춘매 등에게 달려가,

"나리께서 돌아오셨는데 아직까지 술을 마시다니!"

했다.

이 말을 듣고 춘매는,

"요 꼬마 자식아! 나리께서 돌아오셨으면 돌아오셨지, 우리와 무슨 상관이 있다는 게야! 마님이 안 계시니 이곳에 오실 리가 없어."

하면서 다시 여러 사람과 술을 마시며 떠들고 놀며 움직일 생각을 하지 않았다. 서문경이 안방으로 들어가니, 오대구 부인과 세 비구니가 그곳에 앉아 있다가 모두 다른 방으로 건너갔다. 옥소가 앞으로 나와 월랑을 대신해 옷을 받아 걸고 탁자를 깔고 음식을 차려 식사를 준비해왔다.

서문경은 다시 내흥을 불러 술좌석 준비를 얘기하고,

"그믐에 송어사가 후순무의 송별연을 우리 집을 빌려 열 예정이야. 초하룻날은 돼지와 양을 잡아 집안의 제사를 지내며 소원을 빌어야 돼. 그리고 초사흗날에는 유내상과 설내상, 수비부의 주수비 등 몇 명을 초청해 승진 턱을 내기로 했어. 그러니 잘 준비하거라!"

하고 분부했다. 곁에서 다시 옥소가 말했다.

"나리, 술을 좀 드시겠어요?"

"안주가 있으면 좀 내오거라. 방금 형도감이 두주[豆酒](녹두로 만든 술로 녹색임)를 보내왔으니 맛을 보는 것도 괜찮겠지!"

이때 내안이 들어와 소식을 전했다. 옥소는 급히 동이를 내와 마개를 싼 진흙을 떼어내고 잔에 따라 서문경이 맛을 보게 건네주었다. 서문경이 받아 맛을 보는데 맑고 푸른 게 맛도 아주 깊고 그윽하여 좋았다. 이에 서문경이 말했다.

"술을 더 따라보거라."

잠시 뒤에 안주가 올라오니 서문경은 방 안에서 내내 술을 마셨다.

한편 내안은 군졸과 함께 등불 두 개를 가지고 가서 월랑 등을 맞이해 집으로 돌아왔다. 월랑은 은백색 수달피 가죽 옷에 금빛 비단 저고리를 받쳐 입고 남색 치마를, 이교아 등의 부인네들도 담비 가죽 옷에 흰 비단 저고리에 자색 비단 치마를 입고 있었다. 원래 월랑은 금련이 이병아의 가죽 옷을 가져다 입으려 하자 금련이 입던 낡은 것은 손설아에게 주었다. 모두들 안방으로 들어와 또 서문경에게 인사를 했다. 오로지 손설아만 서문경에게 절을 올리고 또 월랑에게도 절을 했다. 그런 뒤에 모두 다른 방으로 건너가 오대구 부인과 세 비구니에게도 인사를 했다. 월랑은 서문경과 앉아서 말했다.

"우리들이 모두 건너가자 응씨 아주머니가 여간 기뻐하는 게 아니었어요! 술좌석에는 그 옆집에 있는 마씨 아주머니와 응씨네 큰며느리 그리고 두이랑[杜二娘] 등 여자 손님이 십여 명 있었고, 가수 둘을 불러 노래도 시켰어요. 아기는 인물이 훤한 게 보기 좋더군요. 그 애 어미인 춘화[春花]는 예전보다 좀 수척해 보이고 얼굴만 당나귀처럼 길쭉해졌더군요. 어디가 별로 안 좋은 모양이에요. 집안이 분주하고 어수선한 걸 보니 일할 사람이 별로 없는 것 같더군요. 저희가 떠나올 때 응씨께서 우리한테 절을 하며 수차례나 고맙다고 하시더군요. 그리고 또 당신께서 그렇게 후한 물건들을 보내주셔서 더욱 감사하다고 하더군요."

"그 춘화 계집은 화장을 하고 나왔던가?"

"뭐가 볼 게 있겠어요? 귀신같은데 나와 보이기나 하겠어요?"

"그 계집애는 까만 콩이나 던져주어 돼지와 함께 놀게 해야 돼!"

"그런 소리 마세요. 자기 집 것만 좋아 뵈고 다른 것은 다 별 볼일 없어 보이는 모양이죠!"

이때 왕경이 옆에 서 있다가,

"우리 마님들이 응씨 아저씨 집에 갔을 적에 나리께서는 처음에는 감히 나와 보지도 못하고 아랫방에서 몸을 숨기고 문틈으로 몰래 내다보았지요. 그러던 것을 소인이 보고서 '나리께서는 채신머리없게 이게 무슨 짓이에요' 하자 응씨 아저씨가 저를 때리려고 하더군요."

하니 서문경은 이 말을 듣고 웃으며 눈을 가늘게 뜨면서,

"그 거지 발싸개는! 나중에 우리 집에 오면 얼굴에 분을 처발라줘야지!"

했다. 이 말을 듣고 왕경은 웃으며,

"잘 알겠습니다!"

하자 월랑이 이를 듣고,

"요놈의 자식이 허튼소리를 하고 있네! 응백작이 언제 우리를 훔쳐보았다고 그래? 공연히 거짓말을 하면 혀를 뽑아버릴 테다! 하루 종일 보이지 않다가 우리가 떠나올 즈음에 비로소 나와서 우리들한테 인사를 했잖아."

하니, 이 말을 듣고 왕경은 아무 말 못하고 잠시 서 있다가 밖으로 나갔다. 월랑도 몸을 일으켜 다른 방으로 건너가 오대구 부인과 세 비구니에게 인사를 했다. 서문경의 큰딸과 옥소 등 하인 애들이 모두 나와 월랑에게 절을 올렸다. 월랑이,

"그런데 어째 신이저가 안 보이지?"

하고 물었다. 여러 사람이 아무도 대답을 못하고 있다가 옥소가 말했다.

"집으로 돌아갔어요."

"내가 오는 걸 기다리지 않고 먼저 집으로 돌아갔단 말이야?"

월랑이 재차 묻자, 오대구 부인이 더는 감추지 못하고 춘매가 신이저에게 욕을 퍼부은 일을 낱낱이 알려주었다. 이를 듣고 월랑은 은근히 부아가 일어,

"신이저가 노래를 하지 않는다면 그만이지, 이 춘매 계집애를 버릇없이 굴더라도 그냥 내버려두었더니 공연히 남한테 욕을 하고 야단이야! 그러니 우리 집에 주인은 있으나 올바른 주인은 없다고들 하지. 종년까지 버릇없이 제멋대로 까부니 어디 주인인들 말발이 서겠어!"

그러면서 금련을 쳐다보며,

"자네가 잘 다스려봐요. 내버려두면 더 버릇없이 굴 테니!"

하니 이를 듣고 금련은 미소를 지으며,

"이런 싹수머리 없는 눈먼 계집애를 보았나! 모든 게 제년이 일을 벌여놓고는. 이 집 저 집 오가며 노래를 부르는 게 업인데, 사람이 불러 노래를 해달라고 하면 고분고분하게 불러줄 것이지, 제년이 뭔데 공연히 콧대를 세우는 거예요? 욕을 먹어도 싸요!"

하자 이 말을 듣고 월랑이 말했다.

"자네는 말을 그럴듯하게 하는군! 이렇게 억지를 쓰니 좋은 사람이나 나쁜 사람이나 모두 춘매한테 욕을 먹을 텐데, 그래도 혼을 내주지 않을 모양이지?"

"그 눈먼 계집애 때문에 애꿎은 춘매를 때려야 해요?"

월랑은 이 말을 듣고 화가 나서 얼굴이 벌겋게 되면서,

"정히 그렇다면 춘매더러 온 동네를 다 쏘다니며 욕을 하라고 해!"

하고는 서문경이 있는 곳으로 건너갔다. 서문경은 월랑이 화를 내며 건너오자,

"무슨 일이야?"

하니 월랑은,

"누가 알겠어요! 당신이 데리고 있는 말 잘 듣는 큰아씨가 여차여

차하여 신이저한테 욕을 퍼부어 쫓아버렸대요!"

하고 사실을 알려주었다. 이 말을 듣고 서문경은 웃으며,

"누가 신이저한테 노래를 부르지 말라고 했나? 별일 아니야, 내일 하인을 시켜 은자 한 냥을 보내주고 잘 달래면 될 거야."

하니 이때 옥소가,

"신이저의 옷상자가 아직 여기에 있어요. 가지고 가지 않았어요!"

했다. 월랑은 서문경이 자기 말을 심각하게 듣지 않고 그저 웃는 것을 보고 말했다.

"춘매를 불러 몇 마디 따끔하게 말씀을 하지 않고 입을 벌리고 웃고만 계시니, 도대체 뭐가 그리 우스운지 모르겠군요!"

옥루와 이교아는 월랑이 화가 난 것을 보고 모두들 먼저 자기 방으로 돌아갔다. 서문경은 단지 술잔만 기울이고 있을 뿐이었다. 한참 뒤에 월랑은 방 안에 들어가 옷을 벗고, 머리 장식을 풀고 옥소에게,

"이 은자 네 봉지는 어디서 가져온 게냐?"

하고 물으니 서문경이,

"형도감이 일을 부탁하면서 보내온 은자 이백 냥이야. 내일 송어사에게 좋은 자리로 승진해 갈 수 있도록 부탁할 때 쓰려는 거야."

하자 옥소가 말했다.

"방금 진서방님이 가져오신 것은 제가 상자 위에 올려두었는데 깜박 잊고 말씀을 못 드렸어요."

"다른 사람 것인데 왜 장 안에 넣어놓지 않았지?"

이에 옥소는 바로 그것을 장 안에 넣어두었다.

금련은 저쪽 방 안에 앉아서 서문경이 나오면 자기 방으로 데리고 건너갈 생각을 하고 있었다. 오늘이 마침 임자[壬子]일이니 설비구

니가 준 부적 약을 먹고 서문경과 잠자리를 함께해 아들을 얻고자 하는 바람에서였다. 그렇게 한참을 기다려도 서문경이 나오려는 기척이 없자 안으로 들어가 발을 걷어 올리며,

"앞채로 안 나가실래요? 저 먼저 나갈게요!"

하고 소리치니 이를 듣고 서문경이 말했다.

"귀여운 것아, 먼저 건너가 있거라. 나는 이 술을 마저 먹고 건너갈 테니."

이 말을 듣고 금련은 바로 앞채로 건너갔다. 월랑이,

"당신이 건너가지 못하게 하겠어요. 아직도 할말이 있어요! 당신네 둘은 한 바지를 입고 있는 것과 같이 함께 붙어 꼭 그런 일만 하려고 하니 어찌된 일이에요? 제까짓 게 좀 잘났다고 배짱 좋게 감히 내 방 앞까지 건너와서 당신을 불러내려고 하다니! 정말로 염치도 모르는 사람이에요! 자기만 당신 부인이고 다른 사람은 부인이 아닌 줄 아는 모양이지요?"

그러고는 다시 말했다.

"당신도 똑같아요, 그러니 누구를 탓하겠어요. 다 같은 부인이니 똑같이 대해줘야지, 한 사람에게만 눈길을 주고 붙어 있으면서 앞채에서만 살잖아요! 당신이 동경에서 돌아오신 이후에 그림자조차도 안채로 들어와 쉬지 않으니 남들이 어떻게 당신께 불만을 갖지 않겠어요? 너무 드러내놓고 편애하지 말아주세요. 저는 상관이 없어요. 하지만 다른 사람은 저하고 달리 모두 다 양보할 순 없잖아요? 입으로는 비록 말을 다 하지 못하지만 마음속으로는 얼마나 속을 끓이고 있겠어요! 오늘도 맹셋째는 응씨 댁에서 온종일 속이 별로 좋지가 않다며 아무것도 먹지 않았어요. 추위에 너무 떨었는지 속이 쓰리고

메스껍다면서 말이에요! 응씨 아주머니가 술을 두어 잔 주어 마셨는데 모두 토해버렸어요. 그러니 어서 그 방으로 건너가 어떤지 살펴보셔야 하지 않겠어요?"

서문경은 이 말을 듣고,

"정말로 속이 안 좋대? 술좌석을 거두어라. 내 그만 마시겠다."

하고는 바로 옥루의 방으로 건너가 보니 옥루는 옷을 벗고 머리 장식을 풀고 속옷을 입은 채 온돌 위에 누워서 한참 몸을 옆으로 돌려 토하고 있었다. 난향이 뜨거운 재를 떠다가 그 위에 덮고 있었다. 서문경은 맹옥루가 신음을 그치지 않는 것을 보고 걱정스레,

"여보, 속이 어때? 나한테 말을 해줘야 내일 의사를 불러올 수 있지."

했으나 옥루는 이 말을 듣고도 아무 말도 하지 않고 계속 토하기만 할 뿐이었다. 서문경은 옥루를 부축해 앉히면서 자기도 그 옆에 걸터앉았다. 옥루가 두 손으로 계속 가슴을 쓸어내리는 것을 보고는 말했다.

"속이 어때서 그래? 나한테 말을 해봐."

"가슴이 쓰리고 답답해서 그래요. 그런데 저 같은 것이 나리와 무슨 상관이 있다고 묻고 그러세요? 가서 나리 일이나 보세요!"

"나는 몰랐어. 방금 말을 해줘 비로소 알았어."

"그러시겠지요! 우리는 나리의 부인도 아니니 좋아하는 사람한테나 가보시지요."

이 말을 듣고 서문경은 옥루의 분 바른 목덜미를 끌어안으며 입을 맞추었다. 그러면서,

"입은 살아서 나를 놀려먹으려 하다니!"

하며 난향을 불러서,

"빨리 가서 차를 진하게 한 잔 끓여와 마님께 드리거라."

하고 분부하자 난향이,

"끓여놓은 차가 있어요."

하면서 차를 내왔다. 서문경은 친히 들어 옥루의 입에 대면서 먹여주려 하니 옥루가 말했다.

"이리 주세요, 제가 마실게요. 그렇게 맘에도 없는 행동 하지 마세요. 다 헛수고예요. 누가 여기에서 당신을 기다린대요! 오늘은 해가 서쪽에서 떠서 나리께서 이 방에 건너오신 모양이지요? 아니면 큰마님께서 나리께 말씀드리니 할 수 없이 건너오신 게지요."

"당신은 몰라, 내 요사이 며칠 동안 바빠서 마음에 도무지 여유가 없다는 것을 말이야."

"당연히 마음에 여유가 없으시겠지요. 가장 사랑하는 사람이 당신을 붙들고 늘어지니 다른 데 신경쓸 여유가 어디 있겠어요! 우리같이 한물 간 물건들이야 모두 쓸어서 다락방에 처박아두면 되잖아요. 그러다가 십 년쯤 지나 혹 생각이 날지 모르겠어요!"

서문경은 옥루의 목덜미를 끌어안고 입을 맞추었다. 그러자 옥루가 말했다.

"어디서 이런 냄새나는 술을 마셨어요? 저리 가세요! 남은 하루 종일 국물 한 점도 제대로 먹지 못했는데, 누구한테 와서 이렇게 자꾸 치근대세요! 어디 누가 무슨 정신이 있어 나리와 장난을 하겠어요?"

"아무것도 먹지 못했다고? 그럼 하인 애들한테 먹을 것을 가져오라고 해서 같이 먹자. 나도 아직 밥을 안 먹었어."

"쓸데없는 말 좀 그만하세요. 남은 속이 쓰리고 아파 죽겠는데 어찌 밥을 먹을 수가 있다고 그러세요? 잡수시겠으면 나리나 가서 드세요."

"당신이 안 먹으면 나도 먹지 않을 테야. 그럼 같이 잠이나 자자, 내일 아침 일찍 하인 애를 시켜 임의관을 오래서 당신이 어떤지 보라고 할 테니."

"그만두세요, 임의관이고 이의관이고 다 그만두세요. 유노파더러 오라고 해서 약이나 지어 먹으면 좋아질 거예요."

"그럼 잠이나 자도록 해요. 내가 당신의 가슴을 살살 문질러주면 바로 좋아질 거야. 당신은 모르겠지만 내 손이 약손이라 손이 닿기만 해도 병이 바로 낫지."

"허튼소리 좀 그만하세요. 당신이 골격을 만져보고 그 사람 병을 알아낼 수 있다구요?"

서문경은 갑자기 어제 유학관이 보내온 우황청심환[牛黃淸心丸] 열 개가 생각이 났는데 술과 같이 먹으면 더욱 좋다고 했다. 즉시 난향을 불러,

"큰마님께 말씀드려 안방 자기병에서 두 알만 꺼내 달라고 해서 가져오너라. 그리고 올 때 술도 조금 가져오거라."

하고 분부하니 옥루가 듣고 말했다.

"술은 여기에도 있으니 가져올 필요 없어요."

잠시 뒤에 난향이 안채로 들어가 두 알을 가지고 나왔다. 서문경은 술을 데우게 하고 겉을 싼 초땜을 벗겨내니 그 안에 황금색 알약이 들어 있었다. 알약을 꺼내 옥루에게 먹였다. 서문경은 다시 난향에게,

"술이 있을 때 다시 한 잔 데워오거라. 나도 약을 먹어야겠다."

이 말을 듣고 옥루가 새치름히 눈을 치켜뜨면서,

"또 무슨 짓을 하려고 약을 잡수세요? 약을 드시려거든 다른 방에 건너가 드세요. 저는 지금 몸도 좋지 않은데 무엇을 하려고 그러세요! 왜 그리 짓궂으세요. 내가 죽지 않은 것을 보고 아주 죽여버릴 심산인 모양이지요. 이렇게 아파서 꿈쩍도 못하는 사람을 붙잡고 그 짓을 하려고 야단이지요! 제가 무슨 힘이 있어 당신을 붙잡고 그 짓을 할 수 있겠어요!"

하니 서문경은 이 말을 듣고,

"알았어, 내 약을 먹지 않을 테니 그냥 잠이나 잡시다."

했다. 맹옥루는 약을 먹고 둘은 함께 옷을 벗고 침대 위에 올라 잠자리에 들었다. 서문경은 이불 속에서 손으로 옥루의 가슴을 쓸어주거나 문질러주다가 젖가슴을 어루만지고 목덜미에 입을 맞추면서 물었다.

"약을 먹고 나니 속이 좀 어때?"

"속의 통증은 좀 멎은 것 같은데 아직도 조금 답답해요."

"조금만 지나면 좋아질 거야."

그러면서 말했다.

"당신이 집에 없을 때 오늘 내흥에게 은자 쉰 냥을 줬어. 모레는 송어사가 후순무를 위해 송별연을 열 것이고, 초하룻날에는 집에서 소지[燒紙]를 태워 제사를 지내며 소원을 빌 거야. 그리고 초사흗날 이삼 일은 틈을 내어 사람들을 모두 초대해야 할 게야. 남들한테 승진했다고 축하 선물만 받고서 가만히 있을 수만은 없잖아."

"당신이 그들을 청하든 말든 저하고 무슨 상관이 있어요? 내일 그믐에 하인을 시켜 가계부 장부를 당신께 보내드릴 테니 당신께서 반동생한테 주어 잘 맡아 해보라고 하세요. 이제 다섯째도 맡을 때가 되었잖아요. 게다가 어제 다섯째가 부처님 눈을 그려 넣는 것이 제일 어렵지 집안일쯤이야 아무것도 아니라고 하더군요."

"당신이 그 음탕한 계집의 말을 다 곧이듣다니, 입으로만 나불대지 실제 부딪치면 당황해서 아무것도 할 줄을 몰라. 정히 당신이 그렇게 하려 한다면 이번 잔치나 치른 다음에 넘겨주면 되잖아."

"아이구, 오라버니! 누가 이렇게 당신을 귀엽게 키웠지요? 이러면서도 다섯째를 싸고도는 게 아니라고 말씀을 하세요? 여기서 바로 당신의 속마음이 다 드러나잖아요. 이번 잔치나 끝내고 다섯째에게 넘겨주라면 우리들은 그 전에 다 죽으라는 얘기인가요? 아침에 새벽같이 일어나 부리나케 머리를 빗고 하인들을 오라 가라 부르고 또 은자를 저울로 달고 돈을 바꾸면서 속은 속대로 썩을 테지요! 그렇게 고생해도 누구 하나 고생한다고 말해주는 사람이 있나요?"

"귀여운 것아, 그러길래 속담에도 '집안 살림을 삼 년만 맡아서 하면 개들도 싫어한다!'고 하잖아."

그렇게 말하면서 슬며시 옥루의 다리를 들어 팔 위에 올려놓고 가슴으로 껴안으며 하얗디하얀 종아리를 어루만졌는데 발에는 붉은 비단 신을 신고 있었다. 그렇게 어루만지면서,

"귀여운 것아, 나는 너의 다른 걸 좋아하는 게 아니라 바로 이 하얀 다리를 좋아한단다. 천하의 어떤 여자도 네 다리처럼 이렇게 하야면서 부드럽지는 못할 게야."

"입에 침이나 바르고 말씀하세요! 누가 그같이 듣기 좋은 말을 믿을 줄 아세요? 그렇다면 천하의 여인 다리를 다 만져보셨나요? 그래, 제 피부가 꺼칠하고 까무잡잡하다고 공연히 말을 돌려 하시는 게죠!"

"나의 보배야! 만약에 내가 허튼소리를 했다면 벼락에 맞아 죽을

거야!"

옥루는 이 말을 듣고,

"괘씸한 양반 같으니라구, 별것도 아닌 일을 가지고 그런 맹세를
하고 있어요!"

하니 옥루의 기분이 좀 누그러진 것을 눈치 챈 서문경은 자기의 물건
에 은탁자를 두르고 바로 옥루의 은밀한 곳으로 집어넣었다. 이에 옥
루는,

"조금 괜찮다 싶으니 당신은 바로 또 그 짓을 하는군요."

그러면서,

"잠깐만 기다리세요, 아랫것들이 이런 때 필요한 물건들을 챙겨놓
았는지 모르겠군요."

하면서 손을 뻗어 침상의 요 밑을 더듬어 비단 수건을 찾아내 물건을
닦으려고 하다가 은탁자가 더듬어 만져지는 것을 보고는 말했다.

"당신이 언제부터 이런 물건을 두르고 있었는지 모르겠군요. 어서
풀어버리세요."

그러나 서문경은 들은 척도 하지 않고 맹옥루의 다리 한쪽을 가슴
에 꼭 껴안고 자기 물건을 옥루의 은밀한 곳에 깊숙이 넣었다 뺐다
하니 바로 음수가 흘러나왔다. 그러면서도 물건을 가지고 왕복운동
을 하니 그 소리가 마치도 개가 죽을 먹을 때 나는 걸쭉한 소리와도
같았다. 옥루가 비단 수건으로 흘러나오는 음수를 닦았으나 닦으면
닦을수록 더 흘러나오고 입으로는 끊임없이 야릇한 신음소리를 내
지르며,

"여보, 제발 천천히 해주세요. 제가 요 며칠 동안 허리가 쑤시고 또
하혈이 있어요!"

하니 서문경은,

"내일 임의원을 데려와 약을 따스하게 지어먹으면 바로 좋아질 게야."

하고는 둘은 침상 위에서 온갖 재미있는 짓을 다 펼치며 놀았다.

한편 월랑은 안방에서 오대구 부인과 세 비구니와 앉아 밤까지 얘기를 하다 보니 자연히 춘매가 어떻게 신이저에게 욕을 했으며 또 어떻게 울렸으며, 가마도 타고 가지 못해서 어쩌지를 못한 신이저가 오대구 부인한테 부탁해 화동을 불러 화동이 데리고 한도국의 집으로 돌아갔는지를 얘기하기에 이르렀다. 오대구 부인이,

"제가 보기에 춘매 아가씨가 한 말이 너무 심하고 거칠었어요. 제가 보다 못해 곁에서 나서서 그러지 말라고 했는데도 가로막고 욕을 해대는데 왜 그랬는지 모르겠어요. 춘매 아가씨가 평소에는 그렇게 되는대로 욕을 하지 않잖아요. 제가 보기에 술을 마신 것 같아요!"

하니 소옥이 곁에 있다가,

"그날 바깥채에서 다섯 사람이 술을 마시다가 들어왔어요."

했다. 월랑이,

"도대체 아무것도 모르는 물건들하구는! 괜히 잘 있는 애가 공연히 술을 먹고 어른도 애도 몰라보고 소란을 피우고, 사람한테 욕까지 퍼붓다니! 지금 잘 다스려놓지 않으면 모든 사람들이 춘매한테 욕을 먹겠어요! 그렇게 되면 사람들한테 우리가 도대체 무엇이 되겠어요? 신이저가 이 집 저 집 다니면서 우리 집의 이러한 속얘기를 하고 다니면 무슨 망신이에요. 사람들은 '서문경의 큰마님은 도대체 무엇을 하고 있는 게야? 아무리 세상이 어지럽다고 해도 누가 주인이고

누가 하인인지 모르겠네?' 하고 말들을 할 게 아닌가요. 춘매를 데리고 있는 사람이 그처럼 버릇없이 버려둔 것은 말하지 않고 내가 제대로 다스리지 못했다고 할 텐데 도대체 이게 무슨 도리예요!"

하자 오대구 부인이,

"그냥 내버려두세요. 바깥어른께서 아무런 말씀을 하지 않으시는데 공연히 일을 만들 필요는 없잖아요?"

그러고는 이날 밤에는 아무 말도 없이 방으로 돌아갔다. 다음 날 서문경은 아침 일찍 현청으로 나갔다.

그날 반금련은 월랑이 중간에 나서서 가로막고 서문경을 놓아주지 않아 서문경과 잠자리를 하여 아기를 가질 수 있는 임자[壬子]일을 놓치게 되자 마음속으로 여간 속이 끓어오르는 게 아니었다. 그래서 다음 날 일찍 내안을 시켜 가마를 부르게 해서는 친정어머니인 반노파를 태워 집으로 돌려보냈다. 오월랑도 아침 일찍 일어나니 세 비구니도 작별을 고하고 암자로 돌아가려고 했다. 월랑은 비구니들에게 과자 한 상자씩과 은자 닷 전씩을 주었다. 그리고 설비구니에게는 정월 안으로 암자에 가서 제를 올릴 테니 그때 쓸 향초, 지전들을 사게 따로 은자 한 냥을 주었다. 또 구정 때 가서 향과 기름, 국수, 쌀 등을 보내 공양을 올리는 데 쓰게 하겠노라고 했다. 그런 뒤에 차를 내와 안방에서 먼저 올케인 오대구 부인과 차를 마시며 이교아, 맹옥루, 서문경의 큰딸도 불러 자리를 함께했다. 차를 마시며 오월랑이 옥루에게 물었다.

"그래, 셋째는 청심환을 먹고 속이 좀 어때?"

"오늘 아침 두어 모금 신물을 토하더니 좋아졌어요."

그러면서 소옥을 불러,

"바깥채로 가서 반할머니와 다섯째 마님께 이리로 건너오셔 과자나 드시라고 하거라."

하자 옥소가,

"소옥은 지금 안채에서 과자를 굽고 있어요. 제가 가서 모셔올게요."

그러고는 바로 바깥채 금련의 방으로 나가 말했다.

"할머니가 어째 보이지 않으세요? 안채에서 할머니와 다섯째 마님께 오셔서 차나 드시자고 하는데요."

"어머니는 오늘 아침 일찍 내가 집으로 보내드렸어."

"왜 아무런 말씀도 없이 돌려보내셨어요?"

"잡는 사람도 없는데 있어서 무얼 하겠어? 며칠 묵었으니 됐어. 집에 아기도 두고 왔는데 돌봐줄 사람도 없고 해서 돌아가시라고 했어."

"할머니께 드리려고 절인 고기 한 덩이와 장에 절인 오이 네 개를 가져왔는데 그냥 가실 줄 누가 알았겠어요? 마님께서 대신 받아두셨다가 다음에 드리세요."

하면서 옥소가 가져온 물건을 추국에게 건네주니, 추국은 받아서 서랍 안에 넣어두었다. 그런 다음에 옥소는 금련에게,

"어제 저녁 다섯째 마님이 돌아가신 뒤에 우리 마님께서 이러저러하다며 나리께 마님의 흉을 실컷 봤어요. 다섯째 마님이 너무 지독하다느니, 나리와 한통속이 되어 놀아난다느니, 염치가 없다느니 하구요. 또 어떻게 나리를 바깥채에서만 잡아두고 안채에는 들어가지 못하게 훼방을 놓고 있는지를 말씀하셨어요. 그러더니 결국은 나리를 이곳으로 나오지 못하게 하시고 셋째 마님 방으로 건너가 쉬게 하셨어요. 그리고 오대구 부인과 세 비구니한테는 다섯째 마님이 춘매를 다스리지 못해 춘매가 버르장머리 없이 신이저한테 욕을 하며 설쳐

댔다고 하셨어요. 그래서 나리께서 다음 날 은자 한 냥을 신이저한테 보내 오늘 창피당한 걸 달래주겠다고 하셨어요."

라고 모든 일을 미주알고주알 일러바쳤다. 옥소의 이러한 말을 금련은 가슴에 다 새겨두었다. 이렇게 모든 일을 금련에게 일러바친 옥소는 월랑에게 돌아와,

"할머니는 아침 일찍 돌아가셨고, 다섯째 마님께서는 바로 건너오신대요."

하니 이 말을 듣고 월랑은 오대구 부인에게 말했다.

"이것 좀 보세요, 제가 어제 저녁에 몇 마디 했다고 발끈 성이 나서는 들어와서 우리한테 한마디 말도 없이 자기 친정어머니를 아침 일찍 집으로 돌려보냈잖아요. 내 가만 보면 다섯째는 모르기는 몰라도 무슨 꿍꿍이속이 있어 일을 한번 내고야 말 거예요!"

이렇게 월랑이 오대구 부인에게 방에서 무심코 한 말을 금련이 들어오다가 방 앞의 발에 와서 다 들어버렸다. 그러고는 발끈하여,

"큰마님이 말씀하셨잖아요. 제가 어머니를 돌려보낸 것도 다 나리를 제 방으로 끌어들이기 위한 것이라고 말이에요."

하니 월랑이 말했다.

"그래, 내가 그렇게 말을 했지. 그렇다고 자네가 어찌하자는 게야? 하나뿐인 영감이 동경에서 돌아온 뒤에 하루 종일 자네가 있는 곳에 틀어박혀 있고, 안채에는 그림자도 한 번 비치지 않았잖아! 그렇다면 자네만 그 사람의 부인이고, 나머지는 부인이 아니란 말인가? 자네가 어찌하는지 다른 사람은 몰라도 나는 죄다 알고 있어. 어제도 이계저가 돌아갈 적에 올케인 오대구 부인께서 '계저는 있은 지 하루밖에 안 되었는데 왜 바로 집으로 돌아가지요? 나리께서 계저한테

무슨 화난 일이 있었나 보죠?' 그래서 내가 '무슨 일인지 누가 알겠어요' 했지. 그때 바로 자네가 고개를 바짝 치켜들고 '다른 사람은 몰라도 저는 알아요' 했지. 하기야 자네는 하루 종일 나리 곁에 붙어 있으니 무엇인들 모르겠어?"

"제 방에 오지 않으려는 나리를 돼지털 올가미를 써서 제 방으로 끌어당긴 것도 아니잖아요? 누가 그 짓에 미쳐서 환장한 줄 아세요!"

"자네가 그 짓에 환장하지 않았다고? 그런 사람이 어째서 나리께서 내 방에 앉아 있을 적에 흡사 모든 것이 제 세상인 양 발을 쳐들고 빨리 바깥채로 나가서 잠을 자자고 불러냈지, 이건 어찌된 일인가? 남자가 온갖 고생을 하며 먹여주고 입혀주는데 무슨 죄를 지었기에 돼지 잡는 올가미로 나리를 끌어당기네 뭐네 하고 있어? 도대체 하늘 높은 줄을 모르고 설치고 있다니깐! 우리도 제대로 말을 못하고 있는데 자기 몫만 챙기려고 기를 쓰다니! 그 가죽 옷을 자네가 나리께 몰래 달라고 해 몸에 걸치고도 언제 한번 안채로 와서 말 한마디 한 적이 있나! 모든 게 이런 식이니 우리들은 이 집에서 아무것도 아니잖아? 아무리 양로원이라 할지라도 어른은 있는 법이야! 부리는 종년이 주인과 함께 놀아나고 있는데 버릇이 있을 턱이 있나! 눈에 뵈는 게 없으니 사람들에게 욕을 하지. 곁에서 다른 사람이 그러지 말라 해도 들어처먹지도 않고!"

"제 하인 애가 어때서요? 때려주면 되잖아요? 제가 여기에 있는 것도 시덥지 않죠! 가죽 옷은 제가 나리께 부탁하여 입었으나, 그 옷만 꺼내기 위해 옷장 문을 연 것은 아니잖아요? 다른 옷을 몇 벌 꺼내 다른 사람한테 주었는데, 그 일은 어째서 말씀하지 않으세요? 하인은 제가 그렇게 길을 들였어요. 다 나리를 즐겁게 해드리기 위해서

예요. 이렇게 하라고 먼저 바람을 일으킨 게 누구지요?”

오월랑은 금련의 이 말을 듣고 마음에 찔리는 바가 있었다. 그래서 두 뺨이 바로 자주색으로 변하면서,

“그래, 내가 바람을 넣었다 하자! 자네 말을 들어보더라도 나는 처음부터 나리께 처녀[處女]의 몸으로 시집을 정식으로 왔고, 되는대로 들어온 마누라가 아니란 말일세! 그렇게 염치도 없이 남자를 후려내지는 않는단 말일세. 나와는 근본이 다르단 말이야!”

하니, 이 말을 듣고 오대구 부인이 나서서 가로막으며,

“시누이, 왜 그래요? 이젠 그만둬요.”

하고 만류했으나 월랑은 줄줄 쏟아 뱉기를,

“하나를 죽이더니, 이제는 나를 없애버리려고 하는군!”

하자 맹옥루가,

“아야, 아야! 큰마님, 오늘 어찌 이리 크게 화를 내세요? 저희들까지 한꺼번에 다 후려치시는군요! 반동생, 자네가 잘못했다고 하면 될 것을 왜 자꾸 말대꾸를 하고 있어!”

하니 오대구 부인도,

“속담에도 ‘못난 사람들이나 싸움질을 하고 욕지거리를 한다’고 하잖아요. 자매들이 서로 싸우니 친척인 나도 이곳에 있기가 민망스럽군요. 정히 그렇게 제 말을 듣지 않으신다면 저도 가겠어요! 가마를 불러 집으로 가겠어요!”

하며 자리에서 일어나자, 이교아가 오대구 부인을 잡아 앉혔다.

반금련은 월랑이 여러 사람 앞에서 자기를 이처럼 막 몰아세우며 말하자 땅바닥에 주저앉아 이리저리 구르면서 제 손으로 자기의 주둥이를 몇 대 쥐어박고 야단법석을 떠니 그 바람에 머리에 꽂았던 비

녀도 모두 바닥에 떨어져 뒹굴었다. 그러면서 대성통곡을 하면서,

"내가 죽어야 해요, 이런 년이 살아서 무엇을 하겠어요! 이 집 영
감이 꼬드겨 내가 이 집에 따라 들어왔지, 내가 언제 내 발로 들어왔
나? 피차 서로 어려운 건 피할 수가 없으니, 나리가 돌아오면 이혼장
을 써 달래서 내가 나가버리면 그만이잖아요! 그렇게 억지를 쓰는
게 아니에요!"

하니, 이 말을 듣고 월랑은,

"좀 봐요, 이렇다니깐요. 악독하기 짝이 없어요. 다른 사람은 한마
디도 못하는데 저 사람의 입은 홍수가 난 양 흉폭하기 그지없잖아요.
또 땅바닥에 나뒹굴면 다인 줄 아는 모양이지요! 나리가 집에 돌아
올 때까지 기다려서 나를 어떻게 해볼 모양이지! 네가 그런 잔수작
을 부린다고 내가 겁낼 줄 알아?"

했다. 이에 질세라 금련은,

"당신은 우리와 근본이 다른 진정한 부인이라고 하는데 누가 당신
을 어찌하겠어요?"

하니 월랑은 이 말을 듣고 더욱더 노발대발하며 소리를 질렀다.

"그래, 내가 진정한 부인이라고 하면서 감히 내 집 안에서 남자를
꼬여내려고 해?"

"당신이 남자를 꼬여낸 것이 아니라면 누가 남자를 꼬여냈겠어
요? 그럴 바엔 차라리 주인을 나한테 넘기시지요!"

옥루는 싸움이 더욱더 심해지는지라 금련을 잡아 이끌고 앞채로
나가라고 하면서,

"왜 그리 성질을 부리고, 이렇게 난리를 치다니… 두 분 모두 좀 참
으세요. 똑같은 말만 되풀이하고 있으니 세 스님이 보고 웃으시겠어

요. 자네, 어서 일어나요. 내가 앞채로 바래다줄 테니!"

했으나 금련은 조금도 움직이지 않고 있었다. 이에 옥루와 옥소가 함께 붙잡아 일으켜 앞채로 바래다주었다. 금련이 나가자 오대구 부인도 바로 월랑을 달래며 말했다.

"올케, 몸도 성치 않은데 왜 그리 화를 내고 그래요? 별일도 아닌 걸 가지고 그래요. 여러 자매가 화목하고 재미있게 지내야 저희가 이곳에 와도 재미가 있고 마음이 편하지 않겠어요? 이렇게 싸움을 하고 말려도 듣지 않으니 도대체 어쩌려고 그래요?"

세 비구니도 싸움이 벌어진 것을 보고 제자들에게 과자를 빨리 먹게 하고 상자를 싸게 한 뒤에 월랑과 여러 사람에게 작별 인사를 하고는 돌아가려고 했다. 월랑이,

"세 분 스님, 비웃지 마세요."

하자 설비구니가,

"마님, 무슨 말씀을! 어느 집 굴뚝엔들 연기가 나지 않겠어요? 마음속에 무명화[無明火](치망지념[痴妄之念], 욕화[欲火])는 조금만 건드려도 바로 연기가 납니다. 서로 참으셔야지요! 부처님 말씀에 '싸늘한 마음은 조각배 하나를 움직이지 못하니, 마음을 깨끗이 씻고 바르게 닦을지어다. 만약에 밧줄이 풀리고 자물쇠가 열리면 수만의 금강[金剛]이 내려와도 누를 수 없다네'라고 하셨지요. 사람들의 심원의마[心猿意馬](원숭이나 말이 날뛰듯이 마음이 집중되지 못하고 들떠 있는 것)만은 바로잡아놓아야 비로소 부처가 될 수 있는 것으로, 이것도 다 여기에서 시작된 것이지요. 빈승들은 돌아가겠습니다. 여러 가지로 보살님께 폐를 끼쳤습니다. 부디 평안하십시오. 저는 이만 돌아가겠습니다. 나무아미타불!"

하면서 두 번이나 인사를 거듭했다. 월랑도 급히 일어나 답례를 하면서,

"스님들께서 공연한 걸음을 하셨군요. 조심해 가세요. 다음에 사람을 시켜 공양할 제물들을 보낼게요."

하고는 서문경의 큰딸을 불러 일렀다.

"둘째와 함께 세 분 스님들을 문 앞까지 바래다드려라. 개를 조심하고."

이렇게 세 스님을 떠나보내고 월랑은 오대구 부인과 여러 부인네들과 앉아서 말하기를,

"방금 그렇게 화를 냈더니 두 팔목에 힘이 없고 손이 얼음처럼 차갑군요. 아침나절에 마신 차가 가슴에 고여 있는 것 같아요!"

하니, 이를 듣고 오대구 부인이 말했다.

"그래서 내가 그렇게나 화를 내지 말라고 권했잖아요. 그런데도 내 말을 듣지 않더니만⋯ 산달도 가까워지는데 특별히 조심해야죠!"

"제가 다섯째와 어떻게 싸웠는지 형님이 잘 보셨겠지요? 도적이 오히려 포졸을 잡는다는 식으로 나는 다섯째를 용서해주려고 하는데 다섯째가 도리어 나를 용서하지 않는 거예요. 남자 하나를 독차지하고도 부족해 자기가 데리고 있는 하녀와 한통속이 되어 못된 짓을 다 해요. 방금 일만 봐도 못하는 일이 없잖아요. 사람들이 생각지도 못하는 일들을 그 사람들은 해내요. 여자의 몸이 되어 통 부끄러운 게 뭔지도 몰라요! 자기 허물은 못 보고 자기만 잘났다고 야단을 떨고 있어요. 여섯째가 살아 있을 적에는 온종일 여섯째와 싸움질을 했지요. 우리한테는 하나에서 열까지 모두 여섯째가 잘못했다는 거예요. 그러면서 자기는 깨끗한 비구니와 같다나요! 그렇지만 양쪽을 오가며 이간질이나 하고, 속이 비뚤어진 인면수심[人面獸心]을 지닌

인물이에요. 좀 전에 자기가 했던 말을 하지 않았다고 잡아떼잖아요. 내 기필코 맹세컨대 두 눈을 깨끗이 씻고 그년이 어떻게 죽는지 두고 볼 거예요! 방금 일도 모두들 보아서 아시겠지만 저는 차를 끓여 놓고 좋은 마음으로 어머니를 모시고 차나 한잔 하러 오라고 청했잖아요. 그런데 무슨 일인지 우리에게는 한마디 간다 온다 인사도 없이 자기 어머니를 돌려보내고 무슨 마음으로 이곳으로 와서 살그머니 엿듣고 있는지… 누가 엿듣는 것을 무서워한다고 했나요? 나리가 돌아오면 일을 크게 부풀려서 고자질을 할 테니 내가 가버리면 그만이지요!"

이때 소옥이,

"저희들은 모두 화롯가에 서 있느라 다섯째 마님이 언제 들어오셨는지 몰랐어요. 발자국 소리도 듣지 못했어요."

하니 손설아도,

"다섯째는 다닐 때 귀신처럼 소리를 내지 않고 다녀요. 전저혜[氈底鞋](모전으로 만든 바닥이 낮은 신)를 신고 다니니 누가 다섯째의 발자국 소리를 들을 수 있겠어요? 처음 왔을 때에는 저와 매일 싸웠잖아요. 뒤에서 나를 헐뜯고 그것도 부족해 나리께 고자질해 두어 차례 얻어맞게도 했잖아요. 그런데도 그때 마님께서 저와 다섯째는 원래 싸움질을 좋아한다고 하셨지요!"

하자 월랑이 말했다.

"다섯째는 사람을 산 채로 묻어버리는 데 이골이 났는데 지금에 와서는 나를 산 채로 묻어버리려고 해요! 조금 전에도 자기 머리를 쥐어박으며 땅바닥에 나뒹구는 걸 봤잖아요. 그렇게 나뒹굴어 나리께서 돌아오시면 알게 해 나를 걷어차게 하려고 발버둥이잖아요!"

이교아가 웃으며,

"무슨 말씀을 그리 하세요. 그랬다가는 세상이 뒤집히게요!"

하니 월랑이 말했다.

"자네는 몰라서 그래, 그 사람은 꼬리가 아홉 개 달린 여우야! 멀쩡하게 살아 있는 사람도 잡아먹는 판인데, 나같이 뼈밖에 없는 사람들을 잡아먹는 건 식은 죽 먹기겠지. 자네가 우리 집에 몇 년을 있었고 기녀 출신이라고 하지만 언제 다섯째처럼 버릇없이, 싹수머리 없이 행동한 적 있나! 자네도 봤을 거야, 어제 다섯째가 기세등등하고 뻔뻔스럽게 내 방으로 와서 나리를 부르며 '당신이 앞채로 나가지 않겠다면 기다리지 않고 저 먼저 가겠어요' 하면서 흡사 나리가 자기 남자인 양 말을 하고 혼자만 차지하려고 하잖아. 그러니 내가 울화통이 안 터지겠어? 영감이 동경에서 돌아오신 뒤에 하룻밤도 안채로 들어오게는 하지 않고 자기 혼자 나리를 모셨잖아. 남의 생일날에도 그 방으로 가지 못하게 하니 어디 말이 돼? 열 손가락을 모두 자기 아가리에 쑤셔 넣어야 만족하겠다는 거잖아!"

오대구 부인이,

"시누이가 좀 참아요. 그렇지 않아도 항상 이곳이 아프네 저곳이 쑤시네 하는데 이런 일에 신경쓰지 말고 내버려둬요! 비록 남을 위해 그렇게는 하지만 공연히 남과 원수를 지진 말아야지요."

그렇게 월랑을 달래고 있는데 옥소가 밥을 차려 들어왔으나 먹지 않고,

"머리도 아프고 속도 메스껍고 거북한 게 토할 것만 같아요."

라면서 옥소를 시켜,

"저쪽 온돌 위에 이부자리를 좀 깔거라. 잠시 누워야겠다."

하면서 이교아에게는,

"자네가 우리 오대구 부인을 모시고 함께 식사해요."

하고 부탁했다. 이날 욱씨 아가씨도 집으로 돌아가려고 하자 월랑이 과자 한 상자와 은자 닷 전을 주었다.

한편 서문경은 관아에 등청해 강도 사건을 심문하고 오후 점심때쯤 집으로 돌아오니, 때마침 형도감의 심부름꾼이 회답을 가지러 왔다. 서문경은,

"형대감의 선물은 너무나 과분하니 내가 어찌 받을 수가 있겠는가? 자네가 다시 물건들을 메고 갔다가 내일 일이 잘 이루어지면 그때 다시 집으로 가져오게나."

하자 심부름꾼은,

"대감마님께서 그런 분부를 하시지 않았는데 제가 어찌 감히 다시 가지고 갈 수 있겠습니까? 이곳 나리 댁에 놓아둬도 마찬가지잖아요."

하니 서문경은 더는 어쩌지 못하고,

"그렇게 말을 하니 나도 어쩔 수 없구나. 돌아가서 나리께 고맙다고 말씀드리거라."

하고는 답장을 써주고 은자 한 냥을 수고비로 주었다. 그런 뒤에 안방으로 들어가 보니 월랑은 온돌 위에 누워서는 한참을 불러도 대답이 없었다. 하인들에게 물어도 아무도 감히 말들을 하지 못했다. 앞채 금련의 방으로 건너가니 금련은 머리가 흐트러진 채 베개를 베고자고 있어 무슨 일이 있었냐고 물어도 대답이 없었다. 그래서 일단은자 한 봉지를 달아 형대감 집 심부름꾼을 돌려보냈다. 그러고는 맹옥루 방으로 건너가 도대체 자기가 없는 사이에 무슨 일이 있었냐고

물으니, 맹옥루도 더는 숨기지 못하고 월랑과 금련이 이른 아침나절에 한바탕 싸운 것을 다 얘기해주었다. 이 말을 들은 서문경은 놀라서 바로 안방으로 건너가 한 손으로 월랑을 잡아일으켜 앉히면서 말했다.

"당신, 왜 그랬어? 홀몸도 아니면서! 그런 음탕한 계집하고 무슨 싸울 일이 있다고 공연히 다섯째와 싸우는 게야!"

"알고나 말씀을 하세요! 제가 다섯째와 싸웠다고요? 제가 가서 싸움을 건 줄 아세요? 다섯째가 와서 싸움을 건 거예요! 여러 사람한테 물어보시면 알 거 아녜요? 아침에 차를 준비해놓고 그 사람보고 들어와 차나 같이 마시자고 했지요. 그런데 다섯째는 뭐가 심술이 났는지 자기 친정어머니를 집으로 돌려보냈어요. 그러고는 안채로 들어와 대가리를 바짝 쳐들고 저한테 싸움을 걸잖아요. 그러다가는 제 분을 못 이겨 자기 머리를 자기가 쥐어박고 머리를 풀어헤치고 땅바닥에 나뒹굴며 하느님 아버지를 찾고 야단을 떨잖아요. 나를 때리지 않은 게 다행이에요! 사람들이 뜯어말리지 않았다면 아마 한 덩어리가 되어 싸움을 했을 거예요! 평소에도 남을 깔보고 우습게 여기더니 이제는 나까지 짓밟으려고 마음을 먹은 것 같아요! 독이 올라 말하기를 '이 집 남자가 나를 꼬여서 내가 이곳으로 왔으니 쫓아내든지 맘대로 해라. 내가 나가면 될 거 아니야'라며, 내가 한 마디 하면 열 마디를 하며 조금도 지지를 않는 거예요! 줄줄이 하는 말이 마치도 홍수가 난 듯 쏟아부으니 이 말라깽이 몸으로 어찌 개기름이 반지르르 흐르는 뚱뚱한 년을 당할 수가 있겠어요? 얼마나 울화가 나던지 온몸에 열이 올라 죽는 줄 알았어요! 애가 살구이건 태자[太子]이건 다 그른 것 같아요! 지금 와서 죽을 수도 없고 살 수도 없고 가슴속은 부어오른 것 같고, 배는 아래로 내려앉아 통증이 있고 머리도 아프고 두 손은 다 마비가 되었어요! 좀 전에도 변기통에 앉았는데 제대로 나오지가 않아요. 만약 유산이라도 되었다면 몸은 차라리 시원하겠어요! 그러면 내가 죽을 때 뱃속에 아이를 배고 있지는 않을 거잖아요! 밤에 밧줄을 구해 내가 목을 매어 죽은 뒤에 나리께서는 다섯째와 함께 잘 사세요. 그래야지 이병아처럼 다섯째한테 해코지를 당해 죽지 않지요! 저는 나리께서 부인이 삼 년 안에 죽지 않으면 크게 화가 나는 것을 잘 알고 있어요."

못 들었으면 몰라도 듣고 나니 서문경은 더욱 마음이 조급했다. 그래서 월랑을 꼭 껴안으며 달랬다.

"아이구, 나의 누님! 그런 음탕한 계집과 같이 놀지 말아요. 그년은 높고 낮은 것도 뭐가 뭔지도 모르는 년이야! 무슨 화를 낼 가치가 있다고 그년하고 싸우고 있어! 내 앞채로 가서 이 음탕한 년한테 욕을 해줄게!"

"나리께서 그년한테 욕을 해요? 그년이 오히려 돼지 잡는 밧줄로 당신을 끌고 갈 걸요!"

"그년이 나를 화나게 만들면 발로 걸어차버릴 테야! 지금은 속이 좀 어때? 뭣 좀 먹었나?"

"누가 뭘 먹었다고 그러세요? 아침 일찍 일어나 차를 내와 다섯째 어머니와 함께 마시려고 기다리고 있는데 다섯째가 쪼르르 나와서 저와 한바탕 난리를 피웠지요. 그래서 지금 속도 거북하고 배도 뭐가 내리누르는 것처럼 아프고 머리도 아프고 두 손도 다 마비되는 것 같아요. 못 믿으시겠다면 제 손을 만져보세요. 한참을 주물렀는데 아직 풀리지 않잖아요!"

서문경은 이 말을 듣고 발을 동동 구르며 말했다.

"어찌하면 좋담! 빨리 하인 애를 보내 임의원을 모셔와 약을 짓도록 해야겠군. 조금 있으면 날이 저물어 성문이 닫혀 임의원이 들어올 수 없잖아!"

"손이 저려 제대로 움직이지 않는데 임의원을 불러 무엇하겠어요? 내버려두세요. 명[命]이 길면 살 것이고 그렇지 않으면 죽겠지요. 그러면 사람들 마음이 가벼워지지 않겠어요! 무슨 좋은 마누라라고 그러세요? 담장의 진흙이 떨어져나가면 새로 한 겹을 입히면 되듯이, 마누라도 하나가 없어지면 하나를 구하면 되잖아요. 제가 죽거든 다섯째를 데려다 정부인 자리에 앉히세요! 다섯째는 똑똑하고 총명하니 집안 살림을 못하겠어요?"

"무슨 그런 쓸데없는 소리를 해! 그런 음탕한 계집은 한 줌의 더러운 똥 덩어리라고 생각해! 그런 것을 상대해서 뭐해? 지금 임의원을 불러 좀 보이지 그래? 일순간의 화기가 가슴에 맺혀 이 태기가 올라가지도 않고 내려가지도 않으면 어쩌려고 그래?"

"이런 것은 차라리 유노파를 불러 보이고 약을 먹든지 머리에 침을 두어 대 맞든지 하면 바로 좋아질 거예요."

"무슨 말을! 유노파 그 엉터리 늙은이가 무슨 임산부의 병을 볼 줄 안다고 그래? 당장 하인을 시켜 말을 타고 가서 임의원을 데려와 봐야겠어."

"왜 임의원을 부르려고 하세요? 당신이 불러와도 제가 진찰을 받지 않겠어요."

그러나 서문경은 월랑의 말을 듣지 않고 바깥으로 나가 즉시 금동을 불러,

"빨리 말을 타고 성 밖에 있는 임의원을 모셔오거라. 기다렸다가 함께 오거라!"

하고 분부하니 금동이 대답을 하고 말을 타고 나는 듯이 달려갔다.

서문경은 방 안에서 월랑을 지키고 앉아서 돌보며 하인 애들을 재촉해 급히 죽을 쒀오게 해 먹이려 했으나 월랑은 먹지 않았다. 저녁 무렵이 되어 금동이 혼자 돌아와 말했다.

"임의원께서는 현청에 나가셨는데 아직 돌아오지 않으셨어요. 그래서 제가 저희 집에 급한 환자가 있어 모시러 왔다고 말씀을 드려놨기에 내일은 그 댁에 다시 모시러 가지 않더라도 임의원께서 아침 일찍 오실 거예요."

월랑은 교대호 집에서 두어 차례 사람을 보내 서문경을 청했기에 서문경에게 말했다.

"의원도 내일 온다고 하니, 영감께서는 교씨 댁에나 건너가보시지요. 날이 늦었는데도 건너가지 않으면 교씨 댁에서 이상하게 여기실 거예요."

"내가 가면 누가 당신을 돌보나?"

이 말을 듣고 월랑은 웃으며,

"공연히 맘에도 없는 말 그만하시고 가셔도 전 괜찮아요. 조금 나아지면 천천히 억지로라도 일어나 오대구 부인과 앉아서 밥을 먹을게요. 그러니 무엇을 걱정하세요?"

하니 서문경은 옥소에게 말했다.

"빨리 가서 오대구 부인을 모셔와 마님과 함께 계시게 하거라. 욱씨 아가씨는 어디에 있나? 마님께 노래나 불러드리지."

"욱씨 아가씨는 집으로 돌아가셨어요. 여기 있으면 공연히 폐를 끼치는 것 같다면서요.”

“누가 보냈어? 이삼 일 더 있으면서 노래나 하게 하면 좋잖아.”

서문경은 그러면서 옥소를 발로 두어 대 걷어찼다. 월랑이,

“집에서 난리가 벌어져 돌아갔는데 어떻게 잡아둘 수 있겠어요?”

하니 옥소도,

“정작 신이저를 욕한 사람은 차지도 못하면서….”

했으나 서문경은 이를 못 들은 체하고 옷을 갈아입고 교대호 집으로 술을 마시러 갔다. 갔다가 채 이경(저녁 열 시 무렵)이 안 되어 돌아와 바로 안방으로 들어와 보니 월랑이 오대구 부인, 옥루, 이교아와 앉아서 얘기를 나누고 있었다. 오대구 부인은 서문경이 들어오는 걸 보고 황급히 뒤채로 들어갔다. 서문경은 월랑에게 물어보았다.

“좀 어때?”

“오대구 부인이 죽을 두어 술 뜨게 해서 먹었어요. 속이 부은 건 좀 가라앉은 것 같은데 아직도 머리가 아프고 허리가 쑤셔요.”

“괜찮아질 거야. 내일 임의원이 와서 진찰을 하고 약을 두어 첩 먹어 화기를 풀어주면 태아[胎兒]도 안정되고 모든 것이 좋아질 거야.”

“제가 그렇게 임의원을 부르지 말라고 하는데도 당신은 왜 또 고집스럽게 부르세요! 흰 눈썹에 빨간 눈을 한 사내를 불러 도대체 무얼 어쩌려고 하세요? 내일 제가 진찰을 받나 안 받나 두고 보세요.”

월랑은 그러면서도 다시,

“그래 교씨 댁에서는 왜 당신을 청했어요?”

하고 물었다. 서문경이,

“내가 동경에서 돌아왔으니 그냥 자리나 함께해 얘기나 나누자고 부른 거야. 오늘 돈을 꽤 들여 맛있는 음식을 장만하고 또 노래 부르

는 애들도 둘씩이나 불렀어. 나를 청해서 무슨 할말이 있는 듯싶더
군. 그러다 나중에 주대관[朱臺官]이 와서 함께 자리를 했지. 그런데
집에 드러누워 있을 당신을 생각하니 도무지 마음이 놓이지 않아서
술을 두어 잔 마시고 일찌감치 돌아왔지."

하니 월랑은,

"입에 침이나 바르고 거짓말을 하세요. 그저 입만 뻔지르르 살아
서는! 저는 당신의 입에 발린 소리는 더는 안 들어요. 언제부터 당신
이 저를 그토록 생각하셨어요? 설사 제가 살아 있는 보살이라고 할
지라도 마음에 두지 않을 것이고, 더더군다나 죽으면 깨진 한 조각
그릇처럼 쓸어 내버리겠지요!"

그러면서 다시,

"그래, 교씨 댁에서 영감께 또 다른 말씀은 없으셨구요?"

하고 물으니 서문경은 비로소 말했다.

"실은 새로운 제도가 생겼을 때 위에다 은자 서른 냥을 바치고 의
관[儀官](혹은 의관[義官]으로, 예의[禮儀]를 관장하는 관원)을 했으면 싶
다면서 은자까지 다 준비해놓고 나더러 호부윤에게 잘 말해달라고
하더군. 그래서 내가 '걱정 말아요. 호부윤이 어제 새 달력 이백 부를
보내주었는데 아직 고맙다고 인사를 못 했어요. 인사를 하러 갈 적에
편지를 써서 의관사령장을 한 부 얻어다 드릴게요' 했지. 그랬더니
교씨는 듣지 않고 은자를 갖다 주는 게 더 낫다고 하더군. 그렇게 해
도 아는 사람을 통해 부탁하는 게 이 사람 저 사람을 통해 하는 것보
다 은자 열 냥은 적게 드는 거라더군."

"기왕에 그 댁에서 당신께 부탁했으니 잘 해주세요. 그래 은자는
가져왔어요?"

"은자는 내일 보내준다고 하더군. 또 그 길에 예물도 사서 보낸다기에 내 절대 그렇게 하지 말라고 말렸지. 우리가 내일 돼지 한 마리와 술 한 동이를 준비해 호부윤에게 보내주면 되잖아."

말을 마치고 서문경은 그날 밤 월랑의 방에서 잠을 잤다.

다음 날 송순안이 연회를 열었는데 뒤에 있는 대청에 술자리를 마련하여 탁자를 준비하고 과일 등을 깔끔히 갖추어놓았다. 이른 아침에 현청에서 보내온 관청 소속 악대 서른 명 정도와 인솔 관원 둘, 가수 우두머리 넷이 서문경 집으로 와서 대기했다. 서문경은 앞 대청의 동쪽 사랑채에서 대령하라 이르고 서쪽 사랑채를 해염 극단 단원들의 대기 장소로 사용하게 했다.

또 임의원이 아침 일찍 말을 타고 왔다. 서문경은 급히 나가 임의원을 영접해 대청으로 안내하고는 그간의 인사를 나누었다. 임의원이 말했다.

"어제 심부름꾼을 보내 부르셨는데 제가 마침 현청의 당번이라서 집으로 늦게 돌아와 편지를 보는 바람에 이렇게 아침 일찍 데리러 오는 것을 기다리지 않고 부랴부랴 달려왔습니다. 그래 어느 분이 몸이 안 좋으신지요?"

"첫째 부인이 좀 안 좋은 것 같은데 한번 봐주시기 바랍니다."

그러는 사이에 차가 나오자 차를 마시면서 임의원이 말했다.

"어제 명천[明川]한테 영감님께서 승진하셨다는 말을 들었습니다. 정말로 축하드립니다."

"재주도 없는 사람이 과분한 일을 맡게 되었을 뿐입니다. 그러니 어찌 축하받을 일이라 하겠습니까?"

차를 마시자 금동이 찻잔을 거두어 나갔다. 서문경이,

"안채로 들어가서 임의원이 오셔서 잠시 뒤에 들어갈 테니 진찰받을 준비를 하고 계시라고 전하거라."

하고 분부했다. 금동이 안채로 들어갔다. 안채에는 오대구 부인, 이교아, 맹옥루가 함께 자리에 앉아 있는데 금동이 월랑에게,

"임의원이 오셨으니, 진찰받을 준비를 하고 계시랍니다."

하고 전달했다. 그러나 월랑은 앉아서 들은 체도 하지 않으며,

"내가 부르지 말라고 수차 얘기했건만 기필코 사람을 불러오다니… 외간 남자한테 눈을 벌겋게 뜨고 어떻게 손을 잡고 진맥을 하게 하겠어요? 유노파를 불러다가 약이나 두어 첩 지어 먹으면 바로 좋아질 텐데, 공연히 동네방네 떠들고 다니시니! 외간 남자한테 눈요기를 시켜주는 꼴이잖아요!"

하니 옥루가,

"큰마님, 기왕에 불러왔는데 마님께서 진찰을 안 받으시면 어쩌시겠어요? 온 사람을 그냥 돌려보낼 수는 없잖아요."

하자 오대구 부인도 곁에서 거들기를,

"시누이, 그 사람한테 한번 진맥을 해보게 하세요. 그렇게 하면 왜 병이 생겼고 왜 기[氣]가 일어 화가 치솟았는지 또 무엇이 경[經]을 범했는지 알 수 있잖아요? 그러한 것을 알고 나서 임의원이 지어주는 약을 먹으면 기혈이 오르는 것을 진정시킬 수 있고 태아를 안정시킬 수 있잖아요. 임의원한테 진찰을 받지 않고 유노파를 청한다 한들 유노파가 무슨 병이나 경을 알겠어요! 그러다가 혹시라도 병이 더 도지면 어쩌려고 그래요?"

했다. 월랑은 이 말을 듣고 비로소 자리에서 일어나 머리를 빗고 덧모자를 썼다. 옥소가 거울을 가져오고 맹옥루가 온돌 위로 올라가 빗

으로 흩어진 뒷머리를 잘 빗어주었다. 이교아는 비녀를 꽂아주고, 손 설아는 옷을 내왔다. 월랑은 머리에 금비녀 여섯 개를 꽂고, 머리띠를 두르고 화장은 하지 않고, 단지 입술에 연지를 엷게 바르고 눈썹도 엷게 그렸다. 그런 뒤에 금 귀고리를 달고 이마에는 금개구리 장식을 붙였다. 위에는 흰 비단 저고리를 걸치고 수놓은 노란 치마를 입고, 비단 버선에 코가 뾰족한 작은 신을 신고 허리춤에는 자색 비단 향주머니를 차고, 황금색 열쇠고리를 비단 허리띠에 매달았다.

나부[羅浮]의 선녀가 인간 세상에 내려오고
달 속 미인 항아가 밖으로 나오누나.
羅浮仙子臨凡世 月殿嬋娟出畵堂

제76화 자고로 사람은 오랫동안 좋을 수 없는 법

맹옥루가 오월랑의 마음을 풀어주고,
서문경은 온규헌을 쫓아내다

일을 도모함에 반드시 세 번 생각하고
번뇌를 스스로 부르지 말라.
세상사 인간사에는 풍파가 험난하니
하루에도 풍파가 열두 번은 인다네.
動靜謀爲要三思 莫將煩惱自招之
人生世上風波險 一日風波十二時

한편 서문경은 밖에서 한참을 기다려도 월랑이 나오지 않자 직접 안으로 들어가 빨리 준비를 해 나오라고 재촉했다. 월랑이 옷을 입는 걸 보고 비로소 임의원을 안으로 청해 안방으로 안내하고 잠시 자리에 앉아 있게 했다. 정면에는 금 병풍이 둘러쳐져 있었고 양편에는 안락의자, 햇볕이 비치는 땅바닥에는 털 양탄자가 깔려 있고, 화로가 놓여 있었다. 잠시 뒤에 월랑이 안방에서 나오는데 다섯 척의 아담한 키에 피부가 희고 얼굴은 동그랬다. 살찌지도 마르지도 않은 몸매에 키는 그리 크지도 작지도 않았다. 봄 산에 밝은 달이 걸린 듯한 눈썹에 봉황 같은 눈, 봄날의 죽순 같고 견비[甄妃]의 옥[玉](견비는 위문제[魏文帝] 조비[曹丕]의 부인 견씨로 고대에서 가늘고 하얀 여인의 손을 지칭함)과 같은 손을 가지고 있었다. 붉은 입술에는 이슬을 머금고 향기를 머금은 듯 임의원을 바라보고 인사를 했다. 당황한 임의원은 급히 자리에서 일어나 허리를 깊숙이 굽혀 인사를 했다. 그런 뒤에 월랑은 맞은편에 있는 의자에 가서 앉았다. 금동이 탁자 위에 면 방석을 가져다 깐 뒤에 월랑이 소매를 걷고 방석 위에 올려놓으니 옥 같은 팔과 가늘고 긴 손이 드러났다. 임의관은 조심스레 다가가 진맥을 했다. 잠시 뒤에 진맥이 끝나자 월랑은 소매를 내리고 바로 안방으로 돌아갔다. 방으로 하인들이 차를 내오니 임의원은 차를 마시며 말했다.

"큰마님께서는 원래 빈혈기가 있습니다. 그래서 맥이 불규칙합니다. 비록 태기가 있다고 하나 혈기가 제대로 돌지 못하고 쉬이 화를 내실 것이며 간에 혈이 모여 있습니다. 그래서 지금 머리도 묵직하고 가슴께 중완[中腕](명치와 배꼽의 중간)은 뭔가가 막혀 있는 듯 답답할 겁니다. 또 사지에 피가 부족하고 온몸이 묵직합니다."

이렇게 임의원이 월랑의 상태를 얘기하고 있을 적에 월랑이 금동을 보내,

"지금 마님께서는 머리가 아프고, 맥박도 빠르고 사지가 마비되는 듯하며, 아랫배도 몹시 아프고 허리는 쑤시고 음식을 먹어도 맛을 모르겠다고 하십니다."

하고 알려주니 임의원이 다시 말했다.

"잘 알고 있소, 나도 바로 그런 증세를 지금 나리께 말씀드리던 참이었소."

"선생께 솔직히 말씀드리자면 집사람 산달이 거의 다 되었지요.

그런데 갑자기 화를 내는 통에 기가 제대로 돌지 않고 가슴 부근에 뭉쳐 있는 듯하온데, 선생께서 특별히 신경을 쓰셔서 잘 낫게 해주시면 후히 사례하겠습니다."

"말씀 안 하셔도 제가 잘 알아서 치료해드리겠습니다. 우선 약을 몇 제 지어 태아를 보호하고 기를 안정시키며, 마음을 편하게 하고 영양 보충을 하며, 아픔을 가라앉히게 하려 합니다. 그러니 마님께서 약을 드시면서 우선 화를 내지 마시고 맛있는 음식도 조금 적게 드시도록 하십시오."

"선생께서는 우선 이 태아가 아무 이상이 없게 잘 해주십시오."

"이미 태아를 진정시키고 혈기를 제대로 다스릴 수 있도록 처방했으니 크게 걱정하지 않으셔도 됩니다."

"제 셋째 집사람도 배가 차다고 하는데, 난궁환[暖宮丸](생유황[生硫黃], 적석지[赤石脂], 오적골[烏賊骨], 포부자[炮附子], 우여량[禹余糧] 등의 약재를 섞어 만든 것으로 자궁의 허[虛]함과 냉함을 치료하고 월경불순 등을 치료하는 데 씀)을 좀 주시기 바랍니다."

"잘 알겠습니다. 바로 가져다 드리겠습니다."

임의원이 말을 마치고 앞으로 나가보니 많은 악공이 모여 대기하고 있는 것을 보고서 물어보았다.

"오늘 영감 댁에서 무슨 연회가 있습니까?"

"순안 송공과 양사의 관원들이 순무 후석천을 초대하여 제 집을 빌려서 연회를 베풀려고 합니다."

임의원은 이를 듣고 속으로 서문경을 존경하는 마음이 더욱더 커져 더욱 공손하게 대했다. 문 앞에서 인사를 한 뒤 말을 타고 떠났는데 전보다 더욱 공손하게 인사를 하고 떠났다. 서문경은 임의원을 보내고 바로 방에 돌아와 봉지 두 개에 은자 두 냥과 손수건 두 개를 잘 싼 뒤에 즉시 금동을 시켜 상자를 가지고 말을 타고 가서 약을 지어 오라고 분부했다.

이교아, 맹옥루 등 여러 사람들은 월랑의 방에서 그릇에 과자를 담고 연회에 필요한 은 식기류를 닦으면서,

"큰마님, 아까 나가보지 않으셨으면 가슴속에 이런 병이 있는지 어찌 알 수 있었겠어요? 나가서 진맥하시기를 잘하셨어요."

하자 월랑은,

"별 볼일 없는 마누란데 죽어버리면 그만이지! 그 음탕한 년이 왜 우리들까지도 잡아먹으려고 달려드는지 모르겠어. 그리고 나한테는 내가 자기 시어머니라도 되느냐고 달려들잖아? 도무지 아래위를 몰라! 게다가 나는 자기보다 여덟 달이나 빠르잖아! 나리께서 자기를 좋아하고 귀여워해주면 그냥 보고만 있지 상관을 말라는 게야! 다섯째가 누구한테 무슨 말을 듣지 않았다면 어찌 내게 큰소리로 난리를 피우며 대들겠어? 만약 자네들이 그렇게 밖으로 떠밀지 않았다면 나는 십 년이 지나도 나가지 않았을 게야. 죽어 없어지면 그만이잖아! 속담에도 '한 마리의 닭이 죽으니, 새로운 닭이 운다'고 하잖아. 새로운 닭이 우는 게 더욱 듣기 좋잖아? 내가 죽은 다음에 다섯째가 내 자리에 앉으면 분란도 없을 거고 또 싸움질도 하지 않을 테니, 바로 무를 뽑으니 밭이 넓어진다는 격이지!"

하니 이에 옥루가 말했다.

"큰마님도 원, 무슨 말씀을 그리 하세요! 저희가 말씀드리지만 맹세코 다섯째는, 제가 나쁘게 말해서가 아니라 원래 좋고 궂은 것도 모르고 또 일을 처리함에도 억지가 많아 자기 혼자 잘났다고 뻐기는 것

이, 입만 걸지 빈 강정 같은 사람이에요. 그러니 큰마님께서 다섯째 때문에 화를 내시고 속상해하시는 것은 정말 부질없는 짓이에요.”

“그 사람이 속에 아무것도 없다고? 얼마나 엉큼한데 그래요. 그렇지 않으면 왜 사람들이 하는 말을 엿듣고 또 말을 해도 꼭 꼬집어서 하느냔 말이에요?”

“큰마님께서는 이 집의 어른이십니다. 큰 구정물 독처럼 어찌 모든 것을 포용치 않으시고, 그런 사람과 비교하려고 하세요? 속담에도 ‘군자 하나가 소인 열 명을 상대한다’고 하잖아요. 그러니 형님께서 큰 아량을 베푸시어 봐주세요. 형님이 다섯째와 똑같이 다투면 다섯째가 어찌 살아갈 수 있겠어요!”

“나리가 다섯째 뒤를 봐주니, 그년이 그것을 믿고 까불고 날뛰는 게야!”

“그럴 리가요? 지금 형님 몸이 좋지 않으니 나리께서 통 다섯째 방으로 건너가지 않으시잖아요?”

“그가 왜 안 가? 그년 말대로 돼지를 끄는 오랏줄로 끌어당기면 안 가고 배기겠어? 사내들 마음이란 굴레를 벗은 말과 같아서 나리가 누구를 좋아하면 그냥 좋아하는 게야. 그러니 어찌 나리를 막을 수가 있겠어? 막아봐야 공연히 헛수고만 하는 게야!”

“이젠 그만 됐어요. 형님께서도 그렇게 속 시원히 말씀을 하셔서 속이 좀 후련하실 테니 이젠 푹 좀 가라앉히세요. 제가 다섯째한테 마님께 와서 잘못했다고 용서를 빌게 할게요. 오대구 부인이 이곳에 계실 적에 아예 두 분이 손을 잡고 크게 한번 웃으시면 되잖아요. 그렇게 하지 않으시면 나리께서 양편의 눈치를 살피느라 힘이 들며 또 양편을 오고가는 데 얼마나 불편하시겠어요? 나리께서 다섯째 방으로 건너가면 형님께서 화를 내실 거 아녜요? 나리께서 그곳으로 안 가시면 다섯째가 어찌 감히 나올 수 있겠어요! 오늘 앞채에서 연회가 있어 우리들 모두 과일을 담고 여러 가지를 준비하느라 눈코 뜰 새 없이 바쁜데 다섯째만 혼자 집 안에 틀어박혀 편히 어영부영대고 있으니 우리들이 도저히 봐 넘길 수가 없어요! 오대구 부인, 제 말이 틀렸나요?"

이에 오대구 부인도,

"시누님도 그만둬요. 셋째 마님의 말이 백 번 맞아요. 만약 둘이서 서로 말도 하지 않고 서로 얼굴도 보지 않고 지낸다면 나리께서도 눈치를 보느라 양편 어디로든 마음대로 가지 못하실 거예요."

하니, 이 말을 듣고 월랑은 아무런 말을 하지 않았다. 이에 맹옥루가 몸을 일으켜 앞으로 나가려고 하는데 월랑이 말했다.

"셋째, 부르러 가지 말아요. 오고 싶으면 오라 하고 오지 않겠다면 내버려둬요!"

"다섯째가 감히 오지를 않아요? 만약에 오지 않는다면 제가 돼지를 끄는 오랏줄로 끌고 올게요."

그러고는 바로 반금련의 방으로 건너가 보니 금련은 머리도 빗지 않고, 얼굴은 누렇게 떠서 온돌 위에 앉아 있었다. 그러한 금련을 보고 옥루가 말했다.

"반동생, 왜 이렇게 멍하니 앉아 있어? 어서 머리를 빗고 일어서요. 오늘 앞채에서 술좌석 연회가 있어 뒤채 사람들이 음식 준비하느라 눈코 뜰 새 없이 바쁘니 자네도 어서 들어가 좀 도와줘야지, 어찌자고 아직도 성을 내고 있어요? 방금 우리가 큰마님께 잘 얘기해놨어요. 그러니 반동생이 속이 좀 언짢더라도 가슴에 담아두고 좋은 낯

빛을 하고 절을 한 번 하며 잘못했다고 말하면 다 되잖아요! 동생이나 나는 다 정부인이 아닌 첩이니 어찌 우리가 본부인한테 머리를 숙이지 않을 수 있겠어요? 다 어쩔 수 없이 큰마님을 따라야 하잖아요. 속담에도 '달콤한 말을 들으면 추운 겨울에도 마음이 따스해지고, 기분 나쁜 말은 더운 유월에도 사람의 마음을 서늘하게 한다[甛言美語 三冬暖 惡語傷人六月寒]'고 하잖아요. 언제까지 성질만 부리고 있을 거예요? 사람들은 좋은 말 듣기를 좋아하고, 부처님은 향 받기를 좋아한다고 하잖아요. 그러니 동생이 가서 잘못했다고 한마디만 하면 천하의 일이 다 없었던 것처럼 되는 거예요. 그렇지 않고 고집을 부려 버틴다면 중간에서 나리 입장만 더욱 난처해질 뿐이에요. 이곳에 오려고 해도 나리께서도 매우 힘드시잖아요."

"됐어요, 됐어요! 제가 어찌 큰마님과 비교를 하겠어요? 큰마님이 말했듯이 자기는 진정한 본부인이고, 형님이나 나는 오다가다 주워 온 여인네들인데 우리가 무슨 가치가 있겠어요? 나리의 손톱 밑 때만큼도 가치가 없어요!"

"아직도 그런 말을 하다니! 내가 어제 말했잖아요, 형님이 지나가는 말로 동생한테 한 말이 사실은 우리 모두를 감싸서 한 말이라구요. 그러니 더는 말하지 말아요. 큰마님은 중매인도 세우고 정식 절차를 밟아 나리께 시집을 왔다는 거잖아요? 나뭇가지 하나 치려 하다가 나무 수백 그루가 상했어요. '토끼가 죽으니 여우가 슬퍼하고, 그 무리들도 마음 아파한다'고 동생만 공연히 마음 아파할 필요가 없어요. 우리들도 똑같이 가슴에 맺히는 말이에요! '권세가 있어도 다 쓰지 말고 할말이 있어도 다 하지 말라'고 했잖아요. 무릇 일이란 아래위를 살펴보고 예방해야 좋은 거잖아요! 신분이 변변치도 않으면서 비구니 세 분과 욱씨 아가씨가 있는 데서 하고 싶은 말들을 다 해 버렸잖아요. 사람마다 얼굴이 있고 나무마다 껍질이 있는데 우리들은 뭐 볼 게 있어요! 일체의 왕래를 다 끊어버리고 동생이 가지 않는 다면 어찌하겠어? 입술이 얼굴에서 떨어져 하루도 살 수 없듯이 함께 살아가야 하잖아요! 그러니 어서 머리를 빗고 함께 안채로 들어가요."

금련은 옥루의 말을 듣고 한참을 생각한 끝에 입술을 깨물고 목소리를 집어삼키고 경대 앞으로 가 거울을 끌어당겨 머리를 대강 매만지고 쪽 머리를 쓰고 옷을 걸친 뒤 옥루와 함께 안채로 들어갔다. 옥루가 발을 걷어들고 먼저 안으로 들어가면서,

"마님, 제가 데리러 갔는데, 다섯째가 어찌 오지 않겠어요!"

그러면서,

"귀여운 아기야, 어서 와 마님께 인사하지 않고 무엇을 하고 있는 게냐?"

하고는, 다시 옆으로 비켜서면서 월랑에게 웃으며,

"사돈마님, 애가 아직 어리고 철이 없어서 사돈의 마음을 상하게 했습니다. 그러니 마음을 넓게 쓰시어 다섯째를 한 번 용서해주시기 바랍니다. 훗날 다시 이러한 무례를 저지른다면 사돈마님께서 때리든 말든 저는 상관하지 않겠어요."

하고 분위기를 누그러뜨리려고 애를 썼다. 이에 금련은 날아갈 듯이 월랑에게 네 번 절을 하고 일어서며 옥루에게 달려들어 한 대 쥐어박으며,

"나리께서 언제 또 이 곰보 음탕한 것을 얻었지! 또 언제 내 어멈이 되었지?"

하자 사람들이 모두 웃음을 터뜨렸다. 이에 월랑도 더는 참지 못하고 웃고 말았다. 옥루가,

"괘씸한 것! 큰마님 기분이 풀어지니까 또다시 우쭐해져서 제 어멈을 때리는구나!"

하니 곁에 있던 오대구 부인이,

"자매 여러분이 이렇게 함께 웃고 떠드니 얼마나 좋아요? 설사 우리 시누님이 갑자기 한두 마디 기분 상하는 말을 한다고 해도 양보하고 참아주시면, 모든 게 좋아질 거예요. 속담에도 '모란꽃이 아무리 좋다고 해도 푸른 잎이 받쳐주어야 한다'고 하잖아요."

하자 월랑이,

"저 사람이 말을 하지 않으면 누가 말을 하겠어요?"

했다. 이에 금련이,

"마님은 하늘이시고, 저는 땅입니다. 마님께서 저를 용서해주시는데 제가 어찌 마음속에 담아두겠어요!"

하니 옥루가 금련의 어깨를 한 대 때리면서,

"귀여운 애야, 이제 그만 입 좀 다물고 있거라."

그러면서,

"이제 더는 말하지 말아요. 우리들은 온종일 일을 해서 모두 파김치가 되었으니 자네가 어서 와서 좀 도와줘야겠어요."

하니, 이에 금련은 바로 손을 씻고 손톱을 깎은 뒤 온돌 위에 옥루와 함께 앉아 상자에 과자를 담기 시작했다. 이 일은 여기에서 접어두자.

한편 손설아는 여러 하인들과 부인들을 거느리고 부엌에서 채소를 다듬고 음식 만드는 일을 지휘했다. 요리사는 앞채 큰 부엌에서

볶고 지지고 찌며, 양고기를 굽고 돼지고기를 조리했다.

금동은 약을 지어와 약처방을 서문경에게 보여주니 서문경이 받아보고는 환약[丸藥]은 옥루에게 보내주고 첩약은 월랑에게 주어 달여 먹게 했다. 월랑이 옥루에게 물었다.

"자네는 무슨 약을 먹지?"

"지난번 달거리가 있은 다음부터 아직까지 아랫배가 이상하게 아파요. 그래서 임의원이 왔을 적에 나리께 말씀을 드렸더니 이 환약을 가져오게 해 제게 주신 거예요."

"자네도 지난번에 빈속에 찬바람을 쐬어 그런 거야. 그러니 어디 아랫배가 차지 않고 배기겠어?"

한편 앞채에서는 송어사가 먼저 도착해 준비된 자리를 둘러보고는 서문경이 송어사를 안내해 정원에 있는 대청으로 모시고 나가 자리를 잡았다. 송어사는 지난번에 보내준 여덟 신선이 새겨진 향로에 대해 고맙다고 인사를 하며,

"일전에 값을 잘 몰라 드리지 못했으니, 제가 오늘 향로 값을 드리겠습니다."

하니, 이에 서문경이 말했다.

"미리 알았더라면 좀 더 일찍 보내드렸을 터인데… 받아주신 것만도 황송한데 무슨 값을 쳐주신다고 하십니까?"

"어찌 그럴 수가 있습니까?"

그러면서 다시 인사를 했다. 차를 마시며 지방의 민정과 풍속 등에 관해 얘기를 나누었는데, 서문경은 자기가 아는 바를 대략적으로 일러주었다. 그런 다음 관원들에 대해 묻기에 서문경이 답했다.

"저는 단지 본부[本府]의 호정윤[胡正尹]이 백성들에게 명망이 높

고, 이지현도 일을 처리함에 있어 매우 성실하다는 것을 알고 있을 뿐, 다른 사람에 대해서는 잘 알고 있지 못해 감히 헛되게 말씀드릴 수가 없습니다.”

“주수비와 영감께서는 평소에 친하게 지내시는데 사람됨이 어떠합니까?”

“주수비가 경력도 있고 노련하지만 제주[濟州] 형도감만은 못합니다. 형도감은 젊어서 무과에 급제하여 문무[文武]를 겸비한 사람이니 어사께서도 눈여겨보시기 바랍니다.”

“형도감이라면 바로 형충[荊忠]을 말씀하시는 것인지요? 영감께서 어찌 형도감을 아십니까?”

“형도감과는 약간 알고 있는 사이인데, 어제 제게 이력서를 보내주며 어사님께 잘 말씀드려달라고 부탁을 하더군요.”

“나도 예전부터 형도감이 좋은 관리라는 말을 들었지요.”

송어사가 또 다음을 물으니 서문경이 답했다.

“저의 처남인 오개[吳鎧]가 현재 본아우소정천호[本衙右所正千戶]의 직을 맡고 있습니다. 일전에 의창[義倉]의 수리를 위탁 관리한 적이 있기에 마땅히 지휘[指揮]로 승진해도 무방하리라 봅니다. 바라옵건대 어사님께서 신경을 쓰셔서 이끌어주시면 실로 소인이 그 은혜를 잊지 못할 겁니다!”

“그 사람이 영감의 친척이라면 내일 유본[類本](일종의 고찰[考察] 결과 보고서로 황제께 올려 승진과 전보 등의 근거 자료로 쓰게 함)을 올릴 적에 제가 형도감의 승진을 추천할 뿐만 아니라, 더욱 좋은 보직을 받도록 천거하지요.”

이 말을 듣고 서문경은 황급히 인사를 했다. 그러면서 형도감과

오대구의 경력서를 올려 바쳤다. 송어사는 받아보고 바로 아전을 불러 기록해놓게 하면서,

"내일 보고문을 쓸 때 나한테 가져오거라!"

하고 분부하니 받아서 내려갔다. 서문경은 좌우 하인들에게 명해 몰래 아전에게 은자 석 냥을 주게 했다. 돈까지 얻은 아전이 마치 도장을 찍어놓듯 가슴에 이 일을 잘 새겨놓았음은 두말할 필요가 없다.

이렇게 말을 나누고 있을 적에 앞채에서 음악 소리가 울려 퍼지면서 하인들이 와서 양사의 관원이 모두 도착했다고 알려주었다. 서문경은 급히 나가 마중하여 대청으로 모신 뒤에 인사를 했다. 송어사는 그때 천천히 걸어나와 화원 입구에서 여러 관원과 인사를 나누었다. 넓은 대청마루 정중앙에 놓인 큰 탁자 위에는 접시 가득히 과일과 사탕 등 진귀한 음식이 차려져 있었다. 또 주위 탁자에도 푸짐히 차려진 것을 보고 대단히 흡족해했다. 모두가 서문경을 바라보며,

"정말 대단하군요! 저희들이 드린 분담금으로는 부족하겠습니다."

하고 고맙다고 인사를 했다. 송어사가,

"그야 당연히 분담금으로는 부족하겠지요. 사천선생이 제 얼굴을 봐서 잘 처리해주실 겁니다. 여러분께서는 이 일에 대해 더는 부담을 갖지 않으셔도 될 겁니다."

하니 서문경이,

"그야 물론 말할 필요 없지요!"

그러면서 각자의 순서에 따라 자리를 잡았다. 하인들이 차를 내오니 여러 관원들이 모두,

"후순무가 계신 곳으로 이미 사람을 보냈습니다. 그런데 아직 그곳 아문에서 출발하지 않으셨다는군요!"

했다. 양편에서는 악공들이 길게 늘어서서 북을 치고 피리를 불고 징을 치며 후순무를 기다리는데 철통과 같이 물샐 틈이 없었다. 점심때가 좀 지나서 한 사람이 말을 타고 와서,

"후순무께서 도착하십니다."

하고 알리자, 양편의 악공들이 음악을 연주하기 시작했다. 모든 관원이 자리에서 일어나 대문 밖으로 나가 영접했는데, 송어사만이 중문에서 기다렸다. 잠시 뒤에 남색 깃발을 든 한 떼의 말이 지나가고 뒤이어 붉은 공작무늬 관복에 담비털 귀덮개를 하고 금띠를 두른 후순무가 네 사람이 메는 사인대교[四人大轎]에 앉아 곧바로 대문 앞까지 와서 가마에서 내리자 여러 관원들이 영접해 안으로 모셨다. 송어사 또한 붉은 바탕에 황금빛 구름 사이로 하얀 해태(전설 속 신양[神羊]으로 능히 옳고 그름을 분별할 수 있다 함)의 무늬가 있는 관복을 입고 물소뿔 띠를 두르고 있었다. 서로 인사를 하고 안으로 들어간 뒤 대청에 이르러 다시 인사를 하니 여러 관원들이 참배를 했다. 그런 연후에 서문경도 인사를 했다. 송어사가,

"이분이 바로 이 집의 주인인 서문천병[西門千兵]으로 이곳에서 이형[理刑]의 일을 보고 있는데 역시 채태사님의 문하생입니다."

하고 소개하자, 후순무는 바로 좌우 관원에게 명해 붉은 글씨로 '우생후몽[友生侯蒙]'이라고 쓴 명첩을 서문경에게 건넸다. 서문경은 공손히 받아 하인에게 건네주며 잘 간수하고 있으라 분부했다. 참배가 끝나자 관복을 벗고 편한 차림으로 좌석에 앉았고 여러 관원들도 양편에 자리를 잡고 앉았다. 송어사가 주인석에 자리를 잡고 앉아 차를 권하니, 계단 아래에서 주악이 시작되었다. 송어사가 술을 따라주며 잠화[簪花](모자에 꽃을 꽂는 것)를 하고, 예의를 차리고는 바로 탁자

를 치워 차려놓았던 과자며 과일 등을 상자에 담아 관청으로 가져가게 했다. 뒤이어 국과 밥이 올려지고 요리사가 들어와 돼지고기를 썰어 올렸으니 더는 얘기하지 않겠다.

그러는 사이에 춤을 추는 관청의 무리들이 올라와 공연을 했는데 모두 새로 지은 비단옷을 입고 나와 무용도 하고 연극도 보여주니 아주 잘 다듬어진 것들이었다. 그런 뒤에 비로소 해염 극단[海鹽劇團]의 배우들이 올라와 절을 하면서 공연목록을 올렸다. 후순무가 이를 보고,

"「배진공환대기[裵晉公還帶記]」를 한번 불러보거라."

하고 분부하니, 그들은 한 절만 부르고 내려갔다. 다시 양고기가 잘게 썰어져 올려졌다. 참으로 '꽃보라 일고 비단 너풀대니, 노래를 부르며 춤을 추누나. 아름다운 소리가 귀에 가득하니 고관대작들이 자리에 가득하구나.'

시가 있어 이를 증명하나니,

화려한 집에는 구름이 낀 듯 안개가 낀 듯
노랫소리는 가는 구름을 막고 술은 자리를 채운다.
비단 홍아[紅蛾]*는 옥패를 드리웠을 뿐만 아니라
푸른 귀밑머리에 금선[金蟬]**을 꽂았구나.
華堂非霧亦非煙 歌遏行雲酒滿筵
不但紅娥垂玉珮 果然綠鬢插金蟬

---

* 나이도 어리고 미모도 뛰어난 여자를 가리키는 말로 여기서는 기녀를 가리킴
** 한[漢]대 이후 황제 시위대신[侍衛大臣]의 관식[冠飾]. 나중에는 무관의 장식물을 지칭함

후순무는 해가 질 때까지 자리에 앉아 있다가 술도 두어 순배 돌고 또 노래도 두어 곡이 끝나자 좌우 하인에게 은자 닷 냥을 가져오게 해 요리사, 차 심부름꾼, 악공, 짐꾼 등에게 수고했다며 나누어주고는 바로 옷을 입고 자리에서 일어났다. 관원은 모두 대문까지 나가 전송을 하고 후순무가 가마를 타고 떠나는 것을 본 뒤 다시 안으로 돌아왔다. 돌아와서 송어사와 여러 관원들도 모두 서문경에게 이런 자리를 준비해 감사하다고 말을 한 후에 돌아가니 서문경은 다시 대문 앞까지 나와 전송을 했다. 그러고는 안으로 돌아와 악공들을 모두 돌려보냈다.

날이 아직 이른 것을 보고 상을 치우지 말라고 분부한 뒤 주방의 요리사를 시켜 새로 음식을 깔끔하게 차려 가져오게 하고는 하인을 시켜 오대구를 모셔오라 이르고, 온수재와 응백작과 부지배인, 감지배인, 분지전과 진경제를 오게 해 노래를 들었다. 그러고는 술상을 두 개 내와 배우들이 술과 안주를 먹게 했다. 먹고 나서 사람들이 오기를 기다리며 「사절기[四節記]」(명대 심채[沈采]가 지은 극곡[劇曲]으로 사계절의 풍경을 그린 고사[故事]. 봄은 두보유춘[杜甫游春], 여름은 사안석동산기[謝安石東山記], 가을은 소자첨유적벽기[蘇子瞻游赤壁記], 겨울은 도곡학사유우정기[陶穀學士游郵亭記]) 중의 겨울 풍경 〈한희야연[韓熙夜宴]〉(송대의 학사 도곡이 남당[南唐]으로 사명[使命]을 띠고 나가니, 남희재[南熙載]가 겨울철 밤에 술좌석을 마련하고 명기[名妓]인 진약란[秦弱蘭]에게 모시라 이르니 도곡은 그 꾐에 빠져 「풍광호[風光好]」라는 사[詞]를 약란에게 지어주며 사명을 망각한다는 얘기)을 부르게 했다. 또 매화꽃을 들고 나와 양편의 탁자 위에 올려놓고 매화를 감상하며 술을 마셨다. 원래 그날은 분사와 내흥이 부엌일을 맡아보았고, 진경제가 술을 담당하고, 부지배인과 감지배인이 그릇들을 챙기기로 했다. 서문경이 부르자 모두 서문경의 곁으로 와서 앉았다. 잠시 뒤에 온수재가 와서 인사를 하고 자리에 앉았다. 오대구, 오이구, 응백작도 속속 모두 도착했다. 응백작이 서문경에게 전날 아기의 돌날 일에 관해 고맙다고 인사를 하며,

"일전에 제대로 차리지 못하고 여러 마님들을 모셨는데 많은 선물까지 주셔서 감사드립니다."

그러자 서문경은 웃으며,

"이 천벌을 받을 개 같으니라구! 듣자 하니 문 창호지에 구멍을 내고 몰래 부인들을 엿보았다면서!"

하니 백작은,

"그런 소리는 믿지 마세요, 어찌 그럴 수가 있겠어요? 사람들도 별로 없었는데…."

그러고는 왕경을 가리키며,

"이 개뼈다귀 같은 놈아, 집에 와서 이런 허튼소리를 했구나! 내나중에 네놈의 개뼈다귀 고기를 물어뜯을 테다!"

백작은 말을 마치고 차를 마셨다. 오대구가 잠시 안채로 들어갔다 나오려 하니, 서문경도 아래로 내려와 함께 안채로 가면서,

"오늘 송어사한테 처남 일을 말씀드렸어요. 그랬더니 송어사가 이력서를 보고 문서 담당 관리에게 건네주며 잘 간수하라고 분부하더군요. 저도 그 관리한테 잘 봐달라고 하면서 은자 석 냥을 주었어요. 형도감의 일도 말씀을 드렸는데 송어사가 친히 내일 상부에 관리 평가서인 유본[類本]을 황제께 올릴 적에 잘 알아서 처리하겠다고 하셨어요."

했다. 오대구는 이 말을 듣고 대단히 기뻐하며 급히 서문경에게 고맙다고 인사를 하면서 말했다.

"매부께서 너무 수고를 해주셨습니다."

"바로 제 처남이라고 말씀드렸더니, 송어사께서는 기왕에 친척의 일이라면 더욱 내 체면을 봐서라도 잘해주겠노라고 하시더군요."

이렇게 말을 주고받으며 안방으로 가서 월랑을 만나보았다. 오대구가 자기 부인에게,

"당신은 집으로 돌아가지! 집에 사람도 없는데 왜 여태 이곳에서 갈 생각을 안 하는 게야?"

하니 오대구 부인이 말했다.

"시누이가 저를 붙잡고는 초사흘이나 초나흘이 지나고서 가라는 군요."

"정히 그렇다면 초나흗날 돌아오구려."

말을 마치자, 월랑이 오라비에게 앉기를 권했으나 앉지 않고 바로 다시 앞채로 건너왔다. 서문경이 술을 올리라고 명해 술좌석이 벌어졌다. 오대구와 오이구, 응백작과 온수재는 상석에, 서문경은 주인 자리에 앉고, 부지배인과 감지배인, 분지전과 진경제는 양편에 나란히 앉으니 모두 다섯 탁자였다. 아래쪽에서는 연극배우들이 북과 징을 울리며 「사절기」 중의 〈우정가우[郵亭佳遇]〉(도곡이 연회석상에서 진약란을 혼내 물리치고 자기 숙소로 돌아와 다시 그를 만난다는 얘기)를 노래했다. 이처럼 한참 분위기가 무르익고 있을 때 대안이 들어와,

"교친가 댁에서 교통[喬通]을 보내 아래쪽에 있는데 나리께 드릴 말씀이 있다고 합니다."

하고 아뢰었다. 이에 서문경은 바로 자리에서 일어나 동쪽의 쪽문으

로 가서 교통을 만나보니 교통이 말했다.

"저희 댁 나리께서 말씀하시기를 나리 댁에 빈손으로 다녀가셨다면서 저를 시켜 은자를 가져다 드리라고 했습니다. 모두 서른 냥이고 또 따로 닷 냥을 봉해 이방[吏房] 등에게 쓰라고 주셨습니다."

"내일 아침에 봉한 채로 호대윤[胡大尹]에게 보내주면 호대윤이 바로 사령장을 줄 거예요. 그런데 무엇 때문에 이방들에게 돈을 줄 필요가 있겠어요? 그러니 가지고 돌아가십시오."

그러면서 내안을 시켜 부엌에서 술과 안주 등 음식을 내오게 해 서재에서 교통을 접대하고는 돌려보냈다.

그날 〈우정〉 두 곡을 부르고 나니 어느덧 일경이 지났고 앞채 사람들도 모두 흩어져 돌아갔다. 서문경은 하인들에게 그릇들을 잘 챙기라 이르고는 월랑의 방으로 들어왔다. 월랑은 그때 마침 오대구 부인과 함께 온돌 위에 앉아 있었는데 오대구 부인은 서문경이 방 안으로 들어오는 것을 보고는 급히 다른 방으로 건너갔다. 서문경은 월랑에게 말했다.

"내 오늘 당신 오라버니를 위해 송어사한테 부탁했더니 송어사가 처남의 승진뿐만 아니라 좋은 보직도 맡기겠다고 했는데 바로 지휘첨사[指揮僉事] 자리야. 내가 방금 처남한테도 말했는데 기뻐 어쩔 줄 모르더군. 아마도 금년 말쯤이면 성지가 내려올 거야."

"하지만 오라버니처럼 가난한 사람이 어디 은자 이삼백 냥을 쓸 수가 있나요?"

"누가 당신 오라비더러 돈을 한 푼이라도 쓰라고 했나? 내가 단지 송어사한테 '제가 부탁드리는 사람이 바로 제 처남입니다'라고만 했지. 그랬더니 송어사가 친히 잘 알겠노라고 했으니 아마도 체면 깎이는 일은 하지 않을 게야."

"당신이 오라버니한테 어떻게 하든 저는 상관하지 않겠어요."

서문경은 바로 옥소를 불러 말하기를,

"마님께 약을 달여다 드렸느냐? 가지고 와서 내가 보는 앞에서 드시게 하여라."

하니 월랑은,

"그런 일에는 마음 쓰지 마시고 나가보세요. 잠자리에 들 적에 제가 알아서 먹을게요."

하자, 이 말을 듣고 서문경이 막 밖으로 나가려고 하는데 월랑이 서문경을 불러세우면서 말했다.

"어디로 가려고 하세요? 앞채로 나가려면 일찌감치 가지 마세요. 방금 다섯째가 와서 저한테 사과를 했는데 이제 당신이 나가 사과하려고 그러세요!"

"다섯째 방에는 안 가."

"그럼 어느 방에 가시려구요? 바깥채에 있는 유모한테도 적당히 나가세요. 어제도 다섯째가 오대구 부인이 있는 앞에서 저한테 대놓고 말하기를 제가 당신을 종용해서 유모가 당신을 좋아하게 됐다나요! 그런데도 당신은 또 염치없는 짓을 하려고 그러세요?"

"당신이 그런 음탕한 계집과 다투어서 어쩌자는 게야?"

"오늘은 제 말을 듣고 앞채에 나가지 마세요. 여기서도 주무시지 마시고 아래채 이교아 방으로 건너가 주무세요. 내일은 당신이 가든 말든 저는 상관하지 않겠어요."

월랑이 이렇게 말하자 서문경도 더는 어쩌지 못하고 이교아 방에 건너가 하룻밤을 지냈다.

다음 날은 바로 음력 섣달 초하루로, 서문경은 일찌감치 관청에 나가 하천호와 함께 점호를 하고 서명을 한 뒤, 공문에 도장을 찍어 내려보내고는 일찍 집으로 돌아왔다. 돌아와서는 돼지와 술 그리고 은자 서른 냥의 예물을 꾸려서는 대안을 시켜 동평부의 호부윤에게 가져다주니, 호부윤은 예물을 받고 즉시 사령장을 보냈다. 서문경은 집에서 음양사[陰陽師] 서[徐]선생을 청해 대청에 돼지와 양, 술과 과자, 과일 등을 준비해 지전을 태우며 소원을 이룰 수 있게 해달라고 염원을 올렸다. 제를 다 올린 뒤에 서선생을 돌려보냈다. 그때 대안은 사령장과 함께 도착하여 서문경에게 답신을 건네주었다. 답장에는 많은 도장이 찍혀 있었으며 '교홍[喬洪] 본부[本府] 의관[義官](은전을 주고 얻는 이름뿐인 직책으로 실권[實權]이 없는 관직임)'이라고 쓰여 있었다. 바로 대안을 시켜 찬합 두 개에 조[胙](제사에 쓰인 고기)를 담아 교대호의 집으로 보내어, 교대호에게 건너와 함께 술이나 하면서 사령장을 보여주게 했다. 또 오대구, 온수재, 응백작, 사희대, 부지배인, 감지배인, 한도국, 분지전, 최본 등에게도 각기 한 상자씩 나누어주었다. 그 다음은 말하지 않겠다.

한편으로는 또 초청장을 보내 초사흗날 주수비, 형도감, 장단련, 설·유내상, 하천호, 범천호, 오대구, 교대호, 왕삼관을 청하고 배우와 악공과 가수 네 명도 불렀다.

이날 맹옥루는 월랑의 방에서 돈을 결산해 서문경에게 건네주고 서문경은 반금련에게 건네주어 사용하고 관리하게 하니, 이는 돈에 있어 자기가 더는 관여하지 않겠다는 것이었다. 그러면서 월랑에게 말했다.

"큰마님, 어제 약을 드시고 좀 나으신 것 같아요?"

"다른 사람이 내게 바람기가 있다고 했잖아요! 그래서 그런지 외간 남자가 내 손을 한 번 잡고 나자 오늘은 좋아졌어요. 머리도 아프지 않고, 가슴도 그다지 답답하지 않아요."

옥루가 이 말을 듣고 웃으며,

"큰마님, 손목을 한 번밖에 안 잡히셨잖아요!"

그러자 오대구 부인도 따라 웃었다. 서문경이 들어와 금련에게 돈을 관리하게 하는 것이 어떠냐고 물으니 월랑이 대답하기를,

"다섯째한테 맡기려고 했으니 당신이 다섯째한테 맡기면 되잖아요. 공연히 나한테 와서 뭘 물어보세요? 누가 누구한테 양보를 하겠어요?"

하니, 이에 서문경은 비로소 은자 서른 냥과 삼십 조문[弔文]을 달아 반금련에게 건네 관리하게 했으니 더는 얘기하지 않겠다.

잠시 뒤에 교대호가 도착하니 서문경이 대청으로 안내해 자리에 앉도록 한 다음에 여차여차하여 일이 이루어졌다는 얘기를 해주고는 호부윤에게서 가져온 사령장을 보여주었다. '의관 교홍'이라고 쓰여 있고, 또 백미 삼십 석을 법의 규정에 따라 바치니 변방의 수비에 도움이 되었으면 한다고 쓰여 있었다. 교대호는 이를 보고 대단히 기뻐하며 연신 서문경에게 고맙다고 인사를 하면서,

"사돈께서 너무나 수고를 해주셨습니다. 마땅히 인사를 올려야지요."

그러면서 다시,

"내일 교통[喬通]으로 하여금 잘 받아 집으로 오라 하겠습니다. 이후에는 사돈께서 부르셔도 저도 이런 모자와 허리띠가 있으니 손님들과 같이 자리를 함께해 앉아 있더라도 거북하지가 않을 듯합니다."

하니, 이에 서문경이,

"초사흗날 사돈께서는 일찍 오시기 바랍니다."

하고는 차를 다 마신 후에 금동에게 이르기를,

"서쪽의 서재에 탁자를 준비하고 사돈어른을 그쪽으로 모셔라. 이곳보다는 좀 따스할 게다."

하고 서재에 이르니 바닥에 놓인 화로에는 화롯불이 타오르고 있었다. 서문경과 교대호는 서로 마주보고 앉았다. 그런 뒤에 서문경은,

"어제 순안[巡安]과 양사[兩司]의 관원들이 후순무를 초청하여 모셨는데, 후순무께서 대단히 기뻐하셨습니다. 내일 아침 일찍 저와 동료들이 모두 교외까지 나가 전송을 해드리고 돌아올 겁니다."

하며 어제의 일을 얘기해주었다. 하인들이 탁자를 닦고 안주를 내다 놓는데 응백작이 들어섰다. 몇 사람한테 돈을 약간씩 거두어 응보를 시켜 상자에 담아와서는 서문경에게 건네주며,

"이것은 여러 사람들이 형님의 승진 축하금으로 걷어가지고 온 것입니다."

해서 서문경이 상자를 열어 돈을 낸 사람들의 명단을 보니 오도관이 맨 처음 적혀 있고 그다음이 응백작, 사희대, 축일념, 손과취, 상시절, 백래창, 이지, 황사, 두삼가의 순으로 열 명이 낸 것이었다. 이를 보고 서문경이,

"내 쪽에도 친척인 오이구와 심이부[沈二夫]와 성문 밖의 임의원, 화대가 외에도 세 지배인, 온규헌 등 모두 이십여 명이 될 것 같으니 초나흗날 초청하기로 하지."

그러면서 하인들을 시켜 걷어온 돈을 안채로 가지고 가게 이른 뒤 금동한테,

"말을 타고 가서 오대구 어른을 모시고 와 교대호 어른과 자리나 함께하십사 여쭈어라."

그러면서,

"온사부는 집에 계시느냐?"

하고 물으니 내안이,

"온사부께서는 아침 일찍이 친구를 만나러 가셔서 지금 집에 안 계십니다."

했다. 잠시 뒤에 오대구가 와서 진경제 등 다섯 사람이 자리를 함께 하고 술잔을 기울였다. 상에는 많은 안주와 국과 밥으로 돼지 발, 양 머리 등을 삶고 익힌 것, 구운 닭과 오리, 생선 등 없는 것이 없었다. 한참을 마시다가 서문경이 오대구에게,

"교대호 어른께 경사스러운 일이 있습니다. 오늘 의관이라는 사령 장을 받았습니다. 훗날 제가 예물을 갖추고 축하의 문장을 써서 우리 한번 축하를 해드리지요."

하니, 이에 교대호가 말했다.

"송구스럽습니다. 큰 직도 아닌데 어찌 여러분들께 폐를 끼치겠습 니까?"

이때 현의 관청에서 새로운 달력 이백오십 부를 보내왔다. 서문경 이 답장을 쓰고 달력을 가지고 온 사람에게 수고비를 주어 돌려보냈 다. 응백작이,

"저는 아직 새 달력을 보지 못했는데요."

하자, 서문경은 쉰 부 정도를 꺼내 오대구, 응백작, 온수재 세 사람에 게 나누어주었다. 백작이 보니 중화원년[重和元年](1118년, 송 휘종 조 길[趙佶]의 연호)으로 되어 있고 정월이 윤달로 되어 있었다. 그날 술

좌석에서 주사위 놀이와 수수께끼 등을 하면서 놀았던 일은 더는 얘기하지 않겠다. 이렇게 저녁까지 술을 마시다가 교대호가 먼저 집으로 돌아갔다. 서문경은 오대구와 함께 초경까지 앉아서 얘기를 나누다 헤어졌다.

그러고는 하인들에게,

"내일 아침 일찍 말을 준비해놓거라. 하영감을 우리 집으로 오시게 해 함께 교외로 나가 후순무를 전송할 테니 말이다. 군졸 넷은 남겨두고 내안과 춘홍은 가마를 따라 하대인 집으로 가도록 하거라."

말을 마치고, 바로 금련의 방으로 들어갔다. 금련은 서문경이 자기 방으로 건너오는 것을 멀찌감치서 보고는 재빨리 모자를 벗고 머리를 풀어헤쳐 산발을 한 뒤 화장도 제대로 하지 않고 분도 지저분하게 문지른 다음 옷을 입은 채 침대 위에 드러누웠다. 방 안은 등잔불도 켜지 않아 매우 조용했다. 서문경이 들어오며 춘매를 불렀으나 대답이 없었다. 금련이 침대 위에 드러누워 있는 것을 보고 금련을 불러보았으나 여전히 아무런 대답이 없었다. 서문경은 침상 위에 걸터앉으며,

"요 주둥이만 살아 있는 것이, 어찌 말을 하지 않고 있어?"
했으나 여전히 대답이 없었다.

서문경이 손으로 금련을 잡아 일으키며,

"왜 이렇게 뾰로통해 있어?"
하니, 이에 금련은 무서운 듯이 얼굴을 돌리며 얼굴 가득 눈물을 흘렸다. 이러한 애처로운 모습을 보니 서문경의 심장이 아무리 무쇠 같다 할지라도 어찌 애틋하지 않겠는가! 그래서 바로 마음이 누그러져서 부드럽게 말을 건넸다. 그러면서 급히 손으로 금련의 목덜미를 감

싸면서,

"요 귀여운 것아, 왜 공연히 싸움을 하고 있어?"

하니 금련은 이 말을 듣고 한참 만에 겨우 입을 떼면서,

"누가 누구와 싸움을 했다고 그러세요? 큰마님이 공연히 트집을 잡는 거지요. 많은 사람들 앞에서 내가 남자를 호려내는 여우라고 욕을 해대잖아요! 자기만이 정실 마누라라고 하더군요! 그런데 나리께서는 여기 오셔서 뭘 하려고 그러세요? 나리께서는 큰마님 곁에 꼭 붙어 있어야 하잖아요! 저도 더는 당신을 꾀어낸다는 말은 듣고 싶지 않아요. 당신이 동경에서 돌아와서 줄곧 제 방에 머물렀나요? 주위 애들도 보고 들어서 알겠지만 나리께서 도대체 제 방에서 며칠을 주무셨어요? 흰 눈썹에 붉은 눈을 해가지고 그 잘난 혓바닥을 어떻게 놀려댔기에, 가죽 외투를 꺼내오면서 자기한테 한마디 말도 하지 않았다고 따지고 들게 만들었어요? 제가 뭐 자기가 부리는 종년인가요? 내가 왜 큰마님한테 사죄의 절을 하러 가야만 하지요? 춘매 그 조그만 년이 눈먼 신이저 년을 욕한 것도 상관할 일이 아닌데, 왜 그리 펄쩍 뛰며 난리를 피우고 야단이지요? 나리께서는 당당한 남아대장부이니 줏대를 가지고 과감하게 일을 제대로 처리하셨다면 어디 이런 쓸데없는 말들이 오가겠어요? 그러니 우리도 서로 우습게 보고 있지요. 속담에도 '비천하게 사왔으니 비천하게 팔고, 쉽게 얻어왔으니 쉽게 버린다'고 하잖아요. 당신 집에 와 당신의 첩이 되었으니 누구를 탓하겠어요! 자고로 사람이 착하면 남에게 업신여김을 당한다하고, 말이 좋으면 많은 사람이 탄다고 하지요. 그 말이 맞아요. 큰마님이 또 화를 낼까봐 걱정이 되어 방에서 큰마님을 돌본 사람은 누구며, 의원을 부르라고 수선을 부린 사람은 누구며, 미음을 쑤어 갖다

바친 게 누구예요? 그런데 저는 이 어둠침침한 방 안에서 죽어 없어져도 누구 하나 와서 물어보는 사람도 없을 거예요! 이것만 보더라도 큰마님이 어떠한 심보를 가지고 있는지 알 수 있잖아요! 그런데도 눈물을 흘리며 제가 안채로 들어가 큰마님한테 잘못했다고 빌었잖아요!"

하면서 복숭아꽃과 같은 얼굴에 구슬 같은 눈물을 뚝뚝 흘리면서, 서문경의 품 안에 엎드려서 흐느꼈다. 너무 애달프게 우니 콧물과 눈물이 뒤범벅이 되었다. 서문경은 금련을 가슴에 꼭 끌어안으며 말했다.

"됐다, 귀여운 것아! 나도 최근에 이 일 때문에 속이 편치 않았는데 너희가 서로 조금씩만 참으면 되잖아. 그러니 내가 누가 잘했다 잘못했다 말을 할 수 있겠어? 어제도 내가 너를 보러 오려고 했는데, 월랑이 네가 와서 잘못했다고 하기 전에는 안 된다면서 놓아주지를 않는 거야. 그래서 할 수 없이 이교아 방으로 건너가서 잤지. 내가 비록 다른 사람과 잤지만 오로지 너만 생각했단다!"

"됐어요, 저는 나리의 속마음을 다 알고 있어요. 제 앞에서는 저한테 듣기 좋은 말을 하시지만 여전히 마음속으로는 본마누라만 귀여워하시잖아요? 게다가 지금 큰마님은 나리의 애까지 배고 있는데 우리같이 미천한 것들이 어찌 무엇을 가지고 큰마님과 비교할 수 있겠어요!"

서문경은 금련의 목을 끌어당겨 안으며 입을 맞추면서,

"귀여운 것아, 그런 허튼소린 그만 해라!"

하는데, 이때 추국이 차를 가지고 들어오는 걸 보고 서문경이 묻기를,

"이 못된 것아! 좀 깨끗이 하고 다녀라! 어찌 네가 차를 내오는 게냐?"

그러면서,

"춘매는 어디 갔느냐?"

하고 물으니 금련이 대답하기를,

"그래도 춘매에 대해 물어보는군요. 춘매는 계속 굶으면서 한숨만 쉬고 있어요. 어느 방에 누워 있겠지요. 지금까지 사흘 동안 물 한 모금도 먹지 않고 그곳에서 죽기만을 기다리고 있어요. 큰마님이 여러 사람들 앞에서 종년이라 욕을 했다며 화가 머리끝까지 나서 사나흘 울고만 있어요."

했다. 서문경이 이 말을 듣고 놀라 말했다.

"정말로?"

"제가 어찌 나리께 거짓말을 하겠어요. 직접 가보시면 알잖아요!"

서문경이 급히 춘매의 방으로 건너가 보니 춘매는 화장도 하지 않고 구름 같은 머리는 풀어 헤쳐진 채로 온돌 위에 누워 잠을 자고 있었다. 서문경이,

"요 쬐끄만 계집애야! 왜 일어나지를 않는 게냐?"

하고 불렀으나 아무런 소리도 하지 않고 잠자는 척을 했다. 서문경이 두 손으로 춘매를 안아 일으키려고 했다. 이때 춘매는 허리를 쭉 펴고 마치 잉어가 미끄러져 빠져나가듯이 용을 쓰며 몸을 빼내려는 통에 서문경은 하마터면 앞으로 자빠질 뻔했다. 다행히도 꼭 잡고 있었고 온돌 벽에 기대고 있었기에 넘어지지는 않았다. 춘매가 말했다.

"나리, 손을 놓으세요! 또 오셔서 우리같이 미천한 종년들을 찾아 무엇을 하시게요? 나리의 두 손만 더럽히잖아요!"

"요 귀여운 것아, 큰마님이 너한테 두어 마디 한 것을 가지고 이렇게 골을 내면 어쩌겠다는 게야! 성질을 그만 부리거라. 듣자 하니 며

칠 동안 밥도 먹지 않았다던데….”

“먹든 안 먹든 나리와 무슨 상관이 있어요? 좌우에 쌓인 게 종년들인데 그냥 죽게 내버려두세요! 저는 비록 미천한 종년이지만 한 번도 나쁜 일을 한 적이 없었고, 한 번도 주인들한테 욕을 먹거나 얻어맞은 적도 없어요. 그런데 가랑이를 벌리고 이 거리 저 거리를 다니는 그 눈먼 년 때문에 큰마님께서 제게 그토록 욕을 하셨잖아요! 그래서 저희 마님께서도 저를 거들떠보지 않으니, 그 눈먼 계집애 때문에 제가 공연히 억울하게 얻어맞는 꼴이잖아요. 다음에 한도국의 부인이 오지 않으면 몰라도, 만약에 온다면 내 왕씨한테 한바탕 욕을 퍼부을 거예요. 공연히 눈먼 계집애를 보내서 이 난리의 화근을 만들었잖아요!”

“왕륙아가 신이저를 보낸 건 좋은 마음에서 보낸 거야. 누가 신이저 때문에 이 싸움이 일어날 줄 알았겠어?”

“신이저가 잘만 했다면 제가 공연히 신이저한테 화를 내겠어요? 아주 밴댕이 소갈딱지처럼 속이 좁아요.”

서문경은 춘매의 말을 가로막으며 말했다.

“내가 온 지 한참이 되었는데도 아직 나는 차를 한 잔도 마시지 못했단다. 추국은 지저분해서 그 애가 가져온 차는 마시지 않았어.”

“소 돼지 잡는 왕서방이 죽으면 돼지는 털까지 먹어야 하는 법이랍니다. 저는 지금 걸을 수도 없는데 제가 어떻게 차를 끓여 올릴 수가 있겠어요?”

“요 주둥이만 살아 있는 것아! 그러길래 누가 너보고 아무것도 먹지 말라고 하더냐!”

그렇게 말을 하면서,

"우리 함께 저쪽 방으로 건너가자. 나도 아직 식사를 하지 않았으니. 추국더러 안채에 가서 안주를 가져오고, 술도 좀 데워 오고, 과일로 속을 한 떡을 구워오게 하고 생선국을 끓여오게 해 함께 먹자꾸나."

그러고는 다짜고짜 춘매의 손을 잡아 이끌고 곧바로 금련의 방으로 건너가 추국에게,

"찬합들을 들고 안채로 들어가서 밥과 음식들을 내오거라."

하고 분부했다. 잠시 뒤에 네모진 찬합에 밥과 반찬을 가지고 내왔는데, 삶은 돼지머리 한 그릇, 삶은 양고기 한 그릇, 닭고기 곤 것 한 그릇, 절인 생선 한 그릇, 그리고 흰 쌀밥과 술안주 네 그릇이었는데, 안주로는 해파리와 녹두나물 무침과 고기와 새우를 섞어 볶은 것이었다. 서문경은 춘매에게 절인 생선에 닭 육수를 붓고 거기에 죽순과 부추를 넣어 큰 그릇에 향기가 나는 혼합국을 만들어 탁자 위에 놓도록 했다. 또 밥과 구운 떡도 한 상자 있었다. 서문경과 금련은 어깨를 나란히 하고 식사를 했으며 춘매는 그 곁에 앉아서 같이 밥을 먹었다. 세 사람은 서로 주거니 받거니 하며 거의 일경까지 먹고 마시다 겨우 흩어져 잠자리에 들었다.

이튿날 서문경은 아침 일찍 자리에서 일어났다. 약속한 대로 하천호가 왔기에 간단하게 해장술을 두어 잔 하고 자리에서 일어나 함께 교외로 나가 후순무를 전송하기 위해 출발했다.

오월랑은 먼저 예물을 보낸 뒤에 치장을 하고 큰 가마를 타고서 길을 열게 하는 군졸들이 큰소리를 외치는 가운데 내안과 춘홍이 뒤를 따라서 하지휘 집으로 가서 술을 마시고 하천호의 부인을 만났으니 이 일은 이쯤에서 접어두자.

대안과 왕경이 집을 보고 있었는데 점심때가 조금 지나 현청 앞에서 차를 파는 왕노파가 하구[何九]를 데리고 대문 앞으로 와서 대안에게 물었다.

"나리께서 댁에 계신가?"

"왕할머니와 하대인께서 웬일이십니까? 웬 바람이 불어 예까지 오셨는지요?"

"일이 없다면 어찌 감히 찾아올 수가 있겠어? 오늘은 하구의 일이 아니라 그 동생 일 때문에 감히 나리께 부탁을 드리고자 찾아왔는데 내가 어찌 함께 따라오지 않을 수가 있겠어!"

이에 대안이,

"나리께서는 오늘 후순무를 전송하러 나가셨고 큰마님께서도 집에 안 계세요. 여기서 잠시 기다리고 계세요. 제가 다섯째 마님께 할머니가 오셨다고 말씀드릴게요."

하고는 잠시 뒤에 바로 나와서 말했다.

"안으로 들어오시래요."

"내가 어찌 감히 혼자 들어갈 수 있겠어? 개도 있어 무섭고 하니 수고스럽지만 네가 좀 안내해줘."

이에 대안이 왕노파를 안내해 화원에 있는 금련의 방문 앞에 이르러 발을 걷어 올리고는 왕노파를 들어가게 했다. 들어가 보니 금련은 한참 이마에 띠를 두르고 비단옷을 입고 화장을 옥같이 곱게 하고 온돌 위에 앉아 화롯불 위에 발을 올려놓고 있었다. 방 안에는 비단 휘장이 드리워져 있고 침대에는 금박을 했으며 물건들은 휘황찬란하게 서로 빛을 내고 궤짝들과 화장대도 햇빛이 비쳐 빛을 발하고 있었다. 왕노파가 안으로 들어서며 절을 올리자 금련이 황급히 일어나 답

례를 하면서,

"인사는 그만두세요."

했으나, 왕노파는 절을 하고 비로소 온돌 귀퉁이에 앉았다. 금련이 물어보았다.

"어째 요즈음 보이지 않았죠?"

"마음으로야 늘 마님을 생각하지만 감히 찾아와 뵐 수가 있나요. 그래 그동안 애기라도 생겼나요?"

"그러면 오죽 좋겠어요. 두 번이나 유산을 하고 나서는 아무런 소식이 없군요. 그래, 아드님은 결혼을 했나요?"

"아직도 짝을 못 찾고 있어요. 장사를 하러 회하에 갔다 온 지가 거의 일 년이 다 되었는데, 다행히도 집안에 그럭저럭 모아놓은 게 있어서 그걸 바탕으로 조그마한 장사를 하고 있어요. 나귀를 한 마리 사서 거기에다 국수 등 일용잡화를 싣고 다니며 팔아서 근근이 생활하고 있지요. 그러면서 천천히 짝을 찾는 중이랍니다. 그런데 나리께서는 집에 안 계신 모양이지요?"

"나리께서는 오늘 성 밖으로 후순무를 전송하러 나가셨어요. 무슨 할말이 있어요?"

이에 왕노파는 비로소,

"실은 하구의 일 때문에 나리께 부탁을 드리려고 왔어요. 하구의 동생 하십[何十]이 도적 떼로 몰려 제형우에 갇혀 있는데 나리의 심판을 받기로 되어 있답니다. 하십이 장물아비로 연루되어 있다 하나 실제로 하십과는 전혀 무관하답니다. 그러니 제발 나리께서 이 사건을 잘 처리해주셨으면 해서요. 설사 하십이 도적들과 관련이 있다 해도 차후에는 그렇게 못하게 하면 되잖아요. 하십이 풀려만 나오면 홋

날 예물을 가지고 와서 나리께 인사를 드릴게요. 여기에 진정서가 있습니다."

하면서 건네주니 금련이 보고는 말했다.

"두고 가세요. 나리께서 돌아오시면 보여드릴게요."

"지금 밖에 하구가 기다리고 있으니, 내일 와서 소식을 들으라 하지요."

금련은 추국을 불러 차를 내오게 했다. 잠시 뒤에 추국이 차를 내와 왕노파에게 주었다. 왕노파는 앉아 차를 마시면서 말했다.

"마님은 정말로 복도 많으십니다!"

"복은 무슨 복요? 화가 나서 죽을 지경이에요! 종일 화가 나서 이곳에 있잖아요."

"아이구 마님도! 입만 벌려 자시기만 하면 되고, 가져오는 따스한 물에 손을 씻기만 하면 되잖아요. 금 허리띠에 은비녀를 꽂고 몸종을 거느리고 있는데 무슨 화날 일이 있어요?"

"속담에도 한집에 큰마누라와 작은마누라가 함께 있으면 마치 작은 국그릇에 숟가락이 두 개 있는 꼴이라 했는데 어찌 화낼 일이 없겠어요?"

"마님, 마님의 총명함을 누구와 비교하겠어요? 그러니 나리께서 이뻐해주고 사랑을 해주실 적에 얻을 수 있는 모든 것을 다 얻으세요!"

이렇게 말을 하고는,

"제가 내일 하구더러 와서 소식을 듣게 할게요."

하면서 몸을 일으키며 작별 인사를 하니 금련이 말했다.

"할멈, 그러지 말고 좀 더 앉았다 가지 그래요?"

"하구가 밖에서 기다리고 있을 테니 가봐야 해요. 다음에 다시 와

뵐게요."

이에 금련도 더 붙잡지 않고 왕노파를 가게 내버려두었다. 문 앞
에 나와 대안에게도 다시 한 번 부탁했다. 대안은,

"걱정 말고 돌아가세요. 제가 잘 알고 있으니 나리께서 돌아오시
면 잘 말씀드릴게요."

하니 하구도,

"대안 형, 내일 소식을 들으러 올게."

하고는 왕노파와 함께 돌아갔다.

저녁 늦게 서문경이 집으로 돌아오자 대안은 이러한 일들을 서문
경에게 알려주었다. 서문경이 금련의 방으로 들어가 진정서를 보고
문서를 담당하는 사람에게 건네주면서,

"내일 관청에 가서 다시 한 번 나에게 말해주거라."

하고 분부했다. 그러고는 진경제를 불러 초사흗날에 초청할 사람들
에게 초청장을 보내게 했다. 또 춘매 몰래 금동을 시켜 은자 한 냥과
과자 한 상자를 한도국 집으로 보내주었다. 금동이 한도국 집으로 이
러한 물건들을 가지고 가서는,

"이것들을 신이저에게 전해주세요. 공연히 화내지 말라 하시고요."

하자, 이에 왕륙아는 좋아 시시덕거리며 물건을 받고는,

"신이저가 어찌 화를 내겠어요? 돌아가거든 나리와 마님께 공연
히 춘매 아씨와 싸움을 해 죄송하다고 전해주세요."

하니 이 일은 여기에서 접어둔다.

저녁 늦게서야 월랑이 돌아왔는데, 다람쥐 가죽 외투에 편지금[遍
地金] 저고리를 입고 비단 남색 치마에 큰 가마를 타고 하인들에게 등
불 두 개를 들리고 집으로 돌아와서는 먼저 올케인 오대구 부인에게

인사를 한 뒤에 여러 사람들을 만나보았다. 그때 서문경은 한참 윗방에서 술을 마시고 있었는데 월랑이 찾아가 인사를 했다. 그러면서,

"하대인 부인께서 제가 찾아가 뵈니 여간 좋아하는 게 아니었어요. 또 선물도 많이 보내주어 고맙다고 거듭 말씀하시더군요. 오늘은 또 일가친척 되는 여자분들도 많이 있었어요. 하대인께 편지가 왔는데 당신 것도 있다면서 내일 드리겠다고 하시더군요. 이달 육칠 일경에 수레를 빌려 식구들과 짐들을 모두 서울로 옮기려 한다고 합디다."

그러면서 다시 말했다.

"분사를 시켜 서울까지 모셔다드리고 오라 하면 어떨까요? 분사의 큰딸애도 많이 컸더군요. 오늘 저한테 와서 인사를 하는데 늘씬하게 자란 게 몰라보겠던데요! 처음에 큰딸애가 곁에 서서 차 시중을 들면서 저를 몰래 쳐다보더군요. 저도 누군지 깜빡 잊고 있었어요. 하부인이 그 애 이름도 서운[瑞雲]으로 고쳐 부르면서 '와서 서문부인께 인사를 올리거라' 하자 비로소 찻잔을 내려놓고 저한테 절을 네 번 올리더군요. 그래서 제가 그 애한테 꽃 모양 금비녀를 두 개 줬어요. 하부인도 그 애를 여간 좋아하는 게 아니더군요. 작은집사람으로 대하는 게 아니라 마치 친딸처럼 돌봐주는 것 같아요."

"그게 다 그 애의 복이지. 만약 다른 사람한테 갔다면 그런 대우를 받겠어? 종년이라고 된통 욕이나 먹고 어찌 사람대접이나 제대로 받겠어?"

이 말을 듣고 오월랑이 눈을 새치름히 흘겨 뜨면서,

"어째 말 속에 가시가 있는 것 같아요? 내가 당신이 귀여워하는 아가씨를 욕했다고 말을 빗대어 하시는 거지요!"

하자 서문경이 웃으며 말했다.

"분사더러 하대인 부인을 모시고 갔다 오라고 한다면 그동안 가게 일은 누가 보게?"

"한 이삼 일 닫아두면 되잖아요."

"이삼 일 문을 닫으면 얼마나 손핸데… 지금은 명절 대목이라 명주며 비단, 포목이 엄청나게 많이 팔리는데 어떻게 문을 닫을 수가 있겠어? 그 문제는 내일 다시 생각해봅시다."

말을 마치고 월랑은 방으로 들어가 옷을 갈아입고 머리 장식을 풀고 다른 방으로 건너가서 오대구와 함께 자리를 잡고 앉았다. 그러고 나자 집안의 어른, 아이를 가리지 않고 모두 건너와 절을 했다. 이날 밤 서문경은 손설아 방에 건너가 쉬었다.

이튿날 서문경은 일찌감치 관청으로 나갔다. 하구가 건너와 대안에게 소식을 물으며 은자 한 냥을 대안에게 슬쩍 찔러주었다. 대안은 여차여차 되었다고 하면서,

"어제 나리께서 돌아오셨을 적에 내가 다 말씀드렸어요. 오늘 관청에 나가셨으니 아마도 바로 동생을 풀어주실 거예요. 그러니 관청 문 앞에 가서 기다리세요."

하니, 하구는 이 말을 듣고 매우 기뻐하며 곧바로 관청 앞으로 달려갔다. 서문경은 관청에 나가 대청에 자리를 잡고 앉은 후에 강도들을 끌고 나오라 명하고 매 사람마다 주리를 한 번 틀고 곤장을 스무 대씩 때리도록 명을 했다. 하십만은 이러한 조치를 취하지 않고 풀어주고는 대신 홍화사[弘化寺]의 화상 정결[頂缺]을 잡아다가 강도들을 그 절에서 하룻밤 재워줬다는 자백을 받아냈다.

세상에 이런 불공평한 일이 있다니! 장씨가 술을 마셨는데 이씨가 취하고, 뽕나무 가지로 얻어맞고 버드나무 가지에 분풀이하는 격이

아닐 수 없다.

시가 있어 이를 밝히나니,

송조[宋朝]의 기운이 이미 다했는가
제형이 법을 불공평하게 집행하다니.
결국은 천지의 눈을 벗어나지 못하리니
어찌 사악함이 거세 선함을 걷어낼 수 있으리.
宋朝氣運已將終 執掌提刑忒不公
畢竟難逃天地眼 那堪激濁與揚淸

이날 서문경의 집에서는 기생 오은아, 정애월, 홍사아, 제향아를
불렀는데 오후가 되어 비로소 모두 왔다. 저마다 옷 보따리를 하나
씩 껴안고 와서는 월랑의 방으로 가 월랑과 오대구 부인 그리고 여러
부인에게 절을 했다. 월랑은 안방에서 차를 준비해 기생들에게 주니,
차를 마시고 악기를 타며 오대구 부인과 월랑 등에게 노래를 들려주
었다.

그때 서문경이 관청에서 돌아와 안방으로 들어오니 네 기생은 모
두 악기를 내려놓고 미소를 지으며 앞으로 나아가 일제히 서문경에
게 날아갈 듯이 절을 했다. 서문경이 자리에 앉자 월랑이,

"어쩐 일로 관청에서 이제야 나오는 거예요?"
하고 물으니 서문경이,

"관청에서 몇 가지 일이 있었어."
그러면서 금련을 쳐다보며 말했다.

"어제 왕노파가 와서 부탁한 하구의 동생은 오늘 풀어줬어. 다른

두 도적놈들이 하십을 물고 늘어지길래 잡혀온 놈들한테 곤장 스무
대에 주리를 한 번씩 틀었지. 그러고는 성 밖에 있는 정결이라는 중
놈을 잡아다 채워 넣었어. 내일 문서를 꾸며 동평부로 넘겨버릴 거
야. 또 다른 건 간통사건인데 장모와 사위가 눈이 맞아 놀아난 사건
이야. 사위는 나이가 채 서른이 안 된 자로 이름이 송득[宋得]이라고
원래는 이 집에 데릴사위로 들어간 사람이야. 나중에 친 장모가 죽자
새로 주씨[周氏]라는 사람이 장모로 들어왔는데 채 일 년도 못 돼 장
인이 죽게 되었지. 이 주씨는 나이도 어리고 이제 그 맛도 아는데 어
찌 수절을 할 수 있겠나? 그래서 늘 사위와 시시덕거리며 놀아나니
주위 사람들이 모두 이 같은 사실을 알게 됐지. 그래서 집에는 더는
머물 수 없어 어느 날 장모를 시골에 있는 집으로 모셔다드리기로 했
지. 가는 길에 장모가 송득에게 '본래 우리 사이에는 아무런 일도 없
었는데 억울하게 오명을 썼어요. 그러니 오늘 아무도 없는 산골짜기
에서 아예 부부의 정을 맺어보는 게 어때요?' 하니 이 말을 듣고 송득
은 마침내 주씨와 살을 섞고 말았지. 이런 일이 있고 다시 친정에 돌
아와서는 계속 간통을 한 게야. 나중에 주씨가 하인 애를 꾸짖었는데
이 하인 애가 이러한 소문을 동네방네 다 퍼뜨리고 마침내 관가에 고
발을 한 게야. 오늘 함께 취조를 해서 도둑놈들과 같이 모두 넘겨버
렸어. 동평부에 가게 되면 하나는 아내의 어미와 간통한 죄로, 하나
는 시마지친[緦麻之親](고조[高祖]의 부모, 증백숙조부모[曾伯叔祖父母],
족백숙부모[族伯叔父母], 족형제[族兄弟]나 시집 안 간 족자매[族姉妹], 사
촌형제 및 장인 부모 등을 일컫는 것으로 오복[五服] 중 가장 경미한 것으로
가는 삼베로 만든 상복을 석 달 동안 입는 것임)의 친족과 간통을 했으니
둘은 모두가 교수형에 처해질 거야."

이 말을 듣고 반금련이,

"나 같으면 그런 일을 고발한 하인을 발기발기 찢어놓겠어요. 때려죽여도 과분해요! 푸른 옷을 입고 있으면 검은 기둥을 안고 있으랬다고 하는데 싸가지 없이 주둥이를 잘못 놀려 주인을 그렇게 망쳐놓다니!"

하니 서문경이 듣고서,

"그래서 나도 그년의 주리를 몇 번 틀었지. 이 종년이 일순간에 잘못하는 바람에 두 사람 목숨을 앗아가게 되었잖아!"

하자 이에 월랑이 말했다.

"윗사람이 올바르게 처신해야 아랫사람이 공경하지요. 암캐가 꼬리를 치지 않는데 어찌 수캐가 따라붙겠어요! 그래도 여자가 잘못을 한 거예요, 마음을 바르게 먹고 수절을 지키려 했다면 누가 감히 범하려고 하겠어요?"

이 말을 듣고 곁에 있던 네 기녀도 모두 웃으며 말했다.

"마님 말씀이 맞아요. 저희처럼 노래를 부르는 사람들도 단골손님의 친구들을 받을 때에는 꺼림칙한데 일반 사람들은 어련하겠어요."

얘기를 마치고 밥상을 차려 서문경이 먹게 했다. 이때 앞채에서 풍악 소리가 들리며 형도감이 찾아왔다. 서문경이 급히 의관을 차려 입고 밖으로 나가 형도감을 맞이하여 대청으로 모신 뒤에 인사를 하고 많은 선물을 보내준 것에 대해 감사의 인사를 하고는 서로 자리를 잡고 앉았다. 차를 마시며 서문경이,

"송어사께서 이력서를 받아보시고 기꺼이 힘써주시겠다고 말씀을 하셨습니다. 조만간 좋은 일이 있어 축하주를 마시게 될 겁니다."

하고 대강의 일을 설명해주었다. 형도감은 이 말을 듣고 몸을 돌려

자리에서 일어나며,

"대인께서 이렇게 신경을 써서 도와주시니 제가 승진할 수만 있다면 실로 그 은혜 각골난망[刻骨難忘]이로소이다."

하니 이 말을 듣고 서문경은 덧붙여,

"주총관도 제가 두세 마디 좋은 말을 해놓았으니 송어사께서도 잘 생각해주실 겁니다."

말을 하고 있는데 갑자기 설내상과 유내상이 왔다는 전갈이 와서 주악을 울려 두 내상을 맞이했다. 서문경은 계단 밑에 서서 두 내상을 먼저 대청에 들게 한 뒤에 서로 인사를 나누었다. 두 내상은 모두 푸른색 망의를 입고, 보석을 박은 띠를 두르고 대청 한가운데에 자리를 잡고 앉았다. 잠시 뒤에 주수비도 이르러 함께 얘기를 나누었다. 형도감이 주수비에게,

"사천선생의 힘이 커요. 어제 송어사께서 사천의 집을 빌려 후순무 송별연을 베풀고 술대접을 했지요. 그 자리에서 서문대인이 송어사께 주수비 어른에 대해 좋은 말씀을 하셔서 송어사께서도 마음에 새겨두겠다고 말씀하셨다니 조만간 좋은 소식이 있을 겁니다."

하니 이 말을 듣고 주수비도 몸을 굽혀 연신 고맙다고 인사를 했다. 잠시 뒤에 장단련·하천호·왕삼관·범천호·오대구·교대호가 모두 도착했다. 교대호는 검은 의관을 갖추고 하인 넷을 거느리고 왔다. 대청에 들어서 여러 사람들을 보고 인사를 한 뒤에 서문경이 앉아 있는 큰 의자 앞에 이르러서는 허리를 굽혀 네 번 인사를 했다. 여러 사람들이 무슨 좋은 일이 있느냐고 묻자 서문경이,

"영예롭게도 우리 사돈께서 본부[本府]의 규정에 따라 새롭게 의관[義官]의 직을 받았습니다."

하니 주수비가,

"사천선생의 친척인데 우리가 당연히 축하를 해드려야지요."

하자, 이에 교대호가 말했다.

"여러 영감님들의 두터운 정에 감사할 따름입니다. 허나 어찌 감히 그런 폐를 끼치겠습니까!"

말을 마치고 각자 순서에 따라 자리를 잡고 앉자 안에서 차를 내왔다. 그러면서 좌석을 정리했는데 병풍 앞에 잘 차려진 연회석이 있고 집안에는 온갖 장식의 집기들이 빛을 발했다. 계단 아래에서는 악대들이 악기를 연주하고 노래를 불렀으며 술좌석의 탁자 위에는 진귀하면서도 먹음직스러운 음식들이 가득 차려져 있었다.

이윽고 술잔이 돌기 시작하자 하인들이 올라와 그들 주인들의 옷을 받아가지고 자리로 내려가니 이들은 다시 자리에 앉았다. 그러나 왕삼관은 앉으려 하지 않았다. 이에 서문경이,

"보통 때는 몰라도 오늘은 우리 집 손님으로 온 것이니 여러 손님들과 자리를 함께하거라."

하니 왕삼관도 더는 어쩌지 못하고 왼쪽 귀퉁이에 자리를 잡고 앉았다. 잠시 뒤에 국과 밥이 나오고 요리사가 올라와 구운 오리고기를 잘게 썰어 올렸다. 아래쪽에서는 무리들이 춤을 추고, 배우들은 갖가지 묘기를 부렸다. 그들의 공연이 거의 끝날 무렵에 기생 넷이 올라와 인사를 했다. 모두가 꽃과 같이 화사하게 화장을 하고, 주옥과 비취로 치장을 하고 선녀 같은 옷을 입고 있었다. 은으로 만든 쟁과 옥으로 만든 박자판을 두들기며 웃음을 띠고 하얀 이를 드러내며 아양을 떨었다.

무용복과 악기는 유행 따라 새롭고
황금을 다 쓰누나, 이 몸을 위해
부잣집 사람들아 함부로 쓰지를 마소.
근검하면 좋은 약 같아 가난을 치료할 수 있다네.
舞裙歌板逐時新 散盡黃金只此身
寄與富兒休暴殄 儉如良藥可醫貧

그날 설내상과 유내상은 제일 상석에 앉아서 아랫사람들에게 많
은 은자를 상으로 내려주었다. 즐겁게 술을 마시고 놀다가 일경이 넘
어서야 비로소 헤어졌다. 서문경은 악사들에게 수고비를 주어 돌려
보내고, 기생 넷은 월랑의 방에서 노래를 불렀다. 그러다 밤이 깊어
지자 오은아만 남아 밤을 지내게 하고 나머지 셋은 집으로 돌려보냈
다. 떠나면서 대청으로 나가 서문경을 보고 인사하니 서문경이 정애
월에게 이르기를,

"너는 내일 다시 이계저를 데리고 하루 더 와서 노래를 불러야 한
다."

하니 정애월은 오늘 왕삼관이 왔기에 서로가 쑥스러울 것 같아 일부
러 이계저를 부르지 않은 것을 알았다. 그래서 웃으며,

"나리, 감옥의 벽이 무너지니 도둑들이 다 도망갔군요!"

그러면서 다시 물었다.

"내일은 누구를 초대하셨어요?"

"모두 친척과 친구들이야."

정애월이 말했다.

"응거지도 오면 저는 오지 않을래요. 그 못생긴 괴물은 보기도 싫

어요."

"내일은 안 와."

"그것 참 잘됐네요. 만약 그 죽어 고꾸라질 사람이 온다면 저는 오지 않겠어요."

말을 마치고 애월은 소매를 나부끼며 떠나갔다. 서문경은 하인들이 그릇을 정리하는 걸 보고는 이병아 방으로 가서 여의아와 함께 잠자리를 했다.

이튿날 서문경은 일찍 등청해 서류를 작성하여 두 사건의 범인들을 양평부로 이송했다. 그런 뒤에 집으로 돌아와 술자리를 준비하고 오도관, 오이구, 심이부, 한이부, 임의원, 온수재, 응백작과 모임의 무리들 그리고 이지, 황사, 두 삼가와 가게의 두 지배인을 불러 술상을 도합 열두 개 마련했다. 술좌석에서는 이계저, 오은아, 정애월이 술을 따라 올리고 이명, 오혜, 정봉이 악기를 연주하며 노래를 불렀다.

이렇게 한참 술을 마시고 있을 적에 평안이 들어와,

"운이숙[雲二叔](운리수[雲離守])이 새로운 벼슬에 제수되어 나리께 인사를 드리러 선물을 가지고 왔습니다."

하니 서문경은 이를 듣고 급히 분부하길,

"어서 안으로 모시거라."

했다. 운리수는 무늬가 있는 검은 비단 관복을 입고 관모[官帽]를 쓰고 허리에는 금띠를 두르고 하인에게 선물을 들게 하고는 안채로 들어와 먼저 서문경에게 선물 목록을 건네주었다. 받아보니,

새롭게 직무를 맡게 된 산동청하우위지휘동지[山東淸河右衛指揮同知]이며 문하생인 운리수가 인사를 드립니다. 삼가 토산물인 담비가

죽 열 장·해어[海魚] 한 마리·마른 새우 한 포·절인 거위 네 마리·절인 오리 열 마리·기름종이 주렴 두 개를 자그마한 성의로 올립니다.

라고 쓰여 있었다. 서문경은 바로 좌우에게 명해 물건을 받아두라고 이르고는 거듭 고맙다고 인사를 했다. 이에 운리수가,

"어제 비로소 집에 돌아왔기에 오늘 이렇게 나리께 인사를 드리러 왔습니다."

하면서 최상의 절인 사쌍팔배[四雙八拜]를 올렸다. 그러면서,

"이 모든 것이 나리께서 힘을 써주신 덕분이라, 변변찮은 토산물을 성의로 준비했으니 받아주시기 바랍니다."

라고 말한 뒤에 비로소 여러 사람들에게 인사를 했다. 서문경은 운리수가 이제 예전의 운리수가 아니라 새롭게 벼슬을 하는 관리인지라 예전과 달리 오이구의 탁자에 함께 앉게 했다. 급히 하인을 시켜 술잔과 젓가락을 내다놓게 하고 국과 밥을 올리고는 운리수가 데려온 수하에게도 술과 고기를 대접했다. 그러면서 상을 당한 일과 관직을 세습받은 일들을 물어보니, 운리수는 일일이 말해주었다.

"제 형님이 진중에서 병사[病死]하여, 병부[兵部]의 여[余]대감께서 이를 불쌍히 여기시어 조직[祖織](조부[祖父] 혹은 조상이 맡은 관직)을 바꾸지 않고 본위[本衛]의 첨서[僉書](첨사[僉事])를 맡아보게 하셨습니다."

이 말을 듣고 서문경이 기뻐하며,

"축하드립니다, 정말 축하드립니다. 차후에 다시 가서 축하를 해 드리지요."

하니 이날 자리에 있던 사람들은 모두 축하주를 한 잔씩 따라주었고,

또 세 기생도 술을 따라 올렸다. 이처럼 권하는 술을 받아 마신 운리수는 바로 취해버렸다. 응백작은 마치 나무인형처럼 자리에서 앉았다 일어섰다 하며 좌석을 오가며 이계저, 정애월과 장난을 치고 욕을 하곤 했다. 한쪽이 남의 문전에 빌붙어 먹는 놈이라 하니, 얼굴에 뽀얗게 분칠을 하고 웃음이나 파는 계집들이라고 받아치고, '추물 같은 원수 덩어리' 하면 '지지리도 못생긴 얼간이'라고 하는 등 온갖 잡스러운 욕을 해가며 놀고 있었다. 그러다 백작이,

"내 이 싹수머리 없는 두 년의 주둥이를 다 실로 꿰매놓을 테다."

하니, 여하튼 술좌석에는 웃음이 그치지 않았고 미인들이 오가며 술잔을 주고받아 서로 취하며 거의 이경까지 놀다가 겨우 자리에서 일어나 헤어졌다. 서문경은 세 기생을 돌려보내고 월랑의 방으로 들어가 잤다.

다음 날 조금 늦게 일어나 안방에서 죽을 먹고 옷을 입은 뒤 운리수를 만나러 막 떠나려고 하는데 대안이 와서 전하기를,

"분사가 앞채에서 나리께 드릴 말씀이 있다고 합니다."

하니, 서문경은 하대인(하용계[河龍溪])의 가족을 모시고 동경에 다녀오는 일 때문이라는 것을 짐작하고 바로 대청으로 나갔다. 나가 보니 분사가 소매에서 하지휘가 보내온 편지를 꺼내 서문경에게 바치면서 말했다.

"하대인께서 소인더러 대인의 가족을 데려오면 바로 다시 돌려보내겠다고 하십니다. 어찌하실는지요?"

서문경이 편지를 받아보니 헤어지고 난 후의 일들과 자기 가족을 돌봐주어 고맙다는 것과 또 잠시 분사를 시켜 대인의 가족을 동경으로 데려오게 해주면 고맙겠다는 얘기였다. 이를 보고 나서 서문경은,

"대인께서 자네한테 부탁을 하는데 안 갈 수가 있나?"

그러면서,

"그래 언제쯤 출발할 텐가?"

하고 물으니 분사가 대답하기를,

"오늘 아침 하대인 댁에서 저를 부르시더니 이달 초엿새에 출발할 예정이니 그리 알고 준비하라고 말씀하시더군요. 제 생각에 반달은 걸릴 것 같습니다."

말하고 나서 사자가 있는 점포의 열쇠를 서문경에게 넘겨주었다. 서문경이,

"자네가 떠나면 내 오이구더러 자네를 대신해 잠시 가게를 열게 하겠어."

하니, 이 말을 듣고 분사는 인사를 하고 집으로 돌아가 떠날 채비를 했다.

분사가 떠나자 서문경은 옷을 갈아입고 모자를 쓴 뒤 시종을 거느리고 운리수의 집으로 축하 인사를 하기 위해 출발했다. 이날은 마침 오대구 부인이 집으로 돌아가는 날이라 가마를 문 앞에 대기시켜놓고 있었다. 그런데 또 공교롭게도 일이 발생했다. 월랑이 상자 두 개에 과자 등을 담아와서는 안방에서 오대구 부인을 대접한 뒤에 대문까지 따라 나와서 배웅하려고 했다. 그런데 화동 놈이 문가에서 몸을 숨기고 있다가 말을 묶어놓는 곳으로 들어가 엉엉 울어대는 것이었다. 이를 보고 평안이 잡아끌자 화동은 평안이 잡아끌면 끌수록 더욱 애처롭게 우니 결국은 월랑이 듣고 말았다. 월랑은 오대구 부인을 가마에 태워 보내고 나서 평안을 꾸짖었다.

"괘씸한 놈, 왜 공연히 화동을 잡아끌고 있어? 그러니 저 애가 저

렇게 애처롭게 울고 있는 게지!"

"온사부께서 부르는데 한사코 가지 않겠다며 저한테 욕을 하고 있어요."

"그럼 잘 타일러서 데리고 가야지. 꼬마야, 온사부께서 부르면 가면 되지, 왜 울고 야단이냐?"

이에 화동이 답했다.

"마님과는 상관없는 일이에요. 저는 가고 싶지 않은데 왜 자꾸 가라고 하세요?"

"왜 안 가려고 하니?"

화동은 아무 말도 하지 않았다. 이에 곁에 있던 금련이,

"요 버르장머리 없는 자식을 봤나! 큰마님께서 물으시는데 어찌 대답을 하지 않는 게야?"

하자, 이때 평안이 앞으로 나아가 귀싸대기를 한 대 걸어붙이니 화동은 더욱더 서럽게 울었다. 이를 보고 월랑은,

"이런 망할 자식, 왜 공연히 때리고 있어? 살살 달래야지, 그런데 왜 그렇게 한사코 가지 않으려고 하지?"

이렇게 묻고 있을 적에 대안이 말을 타고 들어오는 것을 보고서,

"나리께서 돌아오셨느냐?"

하고 월랑이 묻자 대안이 대답하기를,

"운리수 나리한테 잡혀서 그 댁에서 술을 들고 계세요. 옷과 털목도리를 가지러 왔어요."

그러면서 화동이 울고 있는 걸 보고서는,

"얘야, 왜 그렇게 질질 짜고 울상을 짓고 있어?"

하니 평안이,

"온사부께서 오라고 부르는데 한사코 가지 않겠다며 도리어 나한테 욕을 퍼붓고 야단이야."

하자 대안이 이를 듣고 말했다.

"맙소사, 온사부께서 너를 불러? 하기야 그 유명한 온엉덩이(온비고[溫屁股])는 엉덩이 없인 하루도 살 수가 없지! 온사부가 평소에 너를 어떻게 가지고 놀았기에 오늘은 이렇게 몸을 숨기고 야단법석을 떠는 거야?"

이 말을 듣고 월랑이 욕을 하며,

"요 싸가지 없는 놈아, 온수재를 왜 온엉덩이라고 놀려대는 게냐?"

하니 대안이,

"마님께서 저 애한테 물어보시면 알 수 있어요."

하자, 이에 반금련은 뭔가가 있음을 재빠르게 눈치 채고 바로 화동을 불러서,

"요놈의 자식, 바른대로 말하거라. 온사부가 너를 불러 뭘 하려는 게냐? 네놈이 솔직히 말하지 않는다면 내 마님께 말해 때려주게 할 테다."

이렇게 윽박지르자 화동은 더는 어쩌지 못하고 입을 열어,

"온사부는 저를 속이고 달래서는 자기 물건을 제 엉덩이에 쑤셔 넣곤 했어요. 그래서 그곳이 붓고 아파 죽겠어요. 제가 어서 빼라고 소리소리 지르지만 빼지 않고 빙빙 돌리기만 해요. 오늘도 저를 붙들고 또 물건을 밀어 넣으려고 하기에 도망쳐왔는데 사람을 시켜 저를 부르는 거예요."

하고 사실대로 털어놓았다. 월랑은 이 말을 듣고 벌컥 소리를 지르며,

"이놈의 자식아, 썩 꺼지지 못하겠느냐! 반동생도 이제 그만 묻도

록 해요. 듣다 보니 내가 부끄러워 죽겠군요! 도대체 무슨 이야긴가 해서 귀를 기울여 들어보았더니 웬 해괴망측한 얘기네요! 그 온수재라는 인간은 빗자루로 쓸어내도 아깝지 않은 인간이군요! 남의 집 하인들이 자기를 위해 일을 해주니 뒷구멍으로 이런 못된 짓을 하고 있었다니!"

하니 이 말을 듣고 금련은,

"큰마님, 빗자루로 쓸어버릴 인간이 이런 짓을 하겠어요? 차디찬 거죽이나 깔고 사는 거지들이나 이런 짓거리를 하지요!"

하자 맹옥루도,

"이 오랑캐 자식은 시뻘겋게 눈을 뜨고 있는 마누라를 두고서 이게 무슨 염치없는 짓이람?"

했다. 금련은,

"온수재가 이곳에 온 지 한참 됐지만 저는 아직까지 온수재의 마누라 얼굴을 보지도 못했어요."

하니 평안이 말했다.

"어떻게 생겼는지도 마님들께서는 아마도 보기 힘들 거예요. 온수재가 어디에 나갈 때는 꼭 문을 걸어 잠그고 나가요. 저도 반년을 있으면서 온수재의 부인이 친정을 가느라 가마를 타고 나가는 것을 딱 한 번 보았는데 저녁이 채 되기 전에 돌아왔어요. 좀처럼 문 밖 출입을 하지 않고 저녁나절에 요강을 비울 때만 잠시 나왔다 들어갈 뿐이에요."

"그 마누라도 덜떨어진 물건인 모양이군! 온수재한테 시집을 와서 어쩌자고 하늘도 제대로 쳐다보지 않고 집 안에서 감옥살이하듯이 살아간단 말이야!"

금련이 말을 마치자 월랑은 여러 부인들과 안채로 들어갔다.

서문경은 해가 거의 다 질 무렵에서야 집으로 돌아와 안방으로 들어가 앉았다. 서문경을 보고 월랑이 물었다.

"운지배인이 당신을 여태까지 붙잡았어요?"

"그 사람은 집에 있다가 내가 찾아가니 여간 좋아하는 게 아니었어. 그래서 바로 탁자를 내놓고 나를 앉힌 후에 새 술 한 동이를 따서는 함께 마셨지. 최근에 형남강[荊南崗](형도감)이 승천을 했으니 운지배인이 아마 형도감의 자리를 이어받겠지. 내일 교대호 댁과 같이 운지배인한테 선물을 좀 보내려고 해. 동료들이 모두 족자를 보내자고들 하니 온수재한테 족자를 써달라고 해 표구를 해서 보내야겠어."

이 말을 듣고 월랑이,

"아직도 무슨 온규헌이니, 오규헌[烏葵軒]인지를 찾아요! 왜 그런 더러운 인간을 집으로 끌어들였어요? 염치도 모르는 인간이에요. 소문이 퍼져나가면 우리집 망신이에요!"

하자, 서문경은 아무런 영문도 모른 채 이러한 말을 듣고 깜짝 놀라며 물었다.

"무슨 일인데?"

"나한테 묻지 마시고, 하인 애한테 물어보세요."

"누구한테?"

"누구긴 누구겠어요, 바로 화동 그놈의 자식이지! 오늘 제가 올케를 전송하고 있는데 그놈이 문 앞에서 울고 있잖아요. 그래서 왜 그러냐고 물었더니 글쎄 그 온오랑캐 놈이 애를 가지고 논 모양이에요!"

서문경은 차마 믿을 수 없는 듯,

"그럴 리가 있나. 아무래도 화동 놈을 불러 직접 물어봐야겠군."

하고는 대안을 시켜 앞채로 나가 화동을 불러 안방 앞에 꿇어앉히고
는 주리를 꺼내 위협하면서 다그쳤다.

"이놈의 자식아, 솔직히 말해보거라. 온수재가 도대체 네게 무슨
짓을 했느냐?"

"저를 불러서는 술을 주어 약간 취하게 한 뒤에 그 짓을 했어요. 오
늘은 너무나 아파서 도망 나와 몸을 숨기고 가지 않았어요. 그랬더
니 평안을 시켜 저를 불렀는데 제가 가지 않자 평안이 저를 때렸어
요. 그걸 마님께서 보신 거예요. 온수재는 또 늘 집안 여러 마님의 일
을 묻곤 했어요. 그렇지만 저는 아무 말도 하지 않았어요. 어제 나리
께서 집 안에서 연회를 여실 적에도 온수재는 저를 시켜 은 그릇들을
훔쳐 가져오라고 했어요. 그리고 언젠가는 온수재가 예사부를 만나
러 갔는데 그때 나리의 문서를 가져다 예수재에게 보여주고, 예수재
는 다시 그것을 하대인한테 보여줬어요."

이 말을 듣고 나니 서문경은 그간의 궁금증이 풀린 데다 화가 치
솟아서는,

"용과 호랑이를 그리고자 하나 그 골격은 그리기가 어렵고, 사람
의 얼굴은 알 수가 있지만 그 마음을 알기는 어렵다더니, 내가 제놈
에게 사람대접을 해주었는데 사람의 탈을 뒤집어쓰고 이렇게 개만
도 못한 짓을 할 줄이야. 그런 놈을 뭐에 쓰겠어?"

그러면서 바로 화동을 일어나게 하고는,

"다시는 그곳에 가지 말거라!"

하고 분부했다. 이에 화동은 절을 하고 밖으로 나갔다. 서문경은 월
랑에게 말했다.

"어쩐지 일전에 동경에 가서 적집사를 만났을 때 적집사가 나더러

'일을 하는데 비밀로 하지 않으면 일을 이룰 수가 없습니다'라고 하더군. 나는 그런 일을 누구한테 말한 적이 없었기에 참으로 이상하다고 생각했는데 온수재 그놈이 다른 사람에게 죄다 까발려 알려주었으니, 내가 어찌 그 사실을 알았겠어! 주인을 잡아먹는 개를 집 안에두고 키워서 뭣하겠어!"

"당신은 누구한테 그런 말을 해요? 우리 집에는 학교에 갈 아이도없는데 쓸데없이 온수재를 집 안으로 끌어들여 먹여 살리면서 편지나 쓰게 했잖아요. 청첩장이나 편지 따위를 쓰게 하면서 편히 지내게해주었는데, 누가 이런 싹수머리 없는 짓을 할 줄 알았겠어요? 게다가 집안일까지 밖으로 죄다 알려주다니!"

"더는 말할 필요도 없어. 내일 당장 내쫓아버리면 그만이야."

그러면서 평안을 불러,

"건너가서 내가 그 방에 물건들을 쌓아놓으려고 하니 온수재더러나가 살 다른 방을 구하라고 하거라. 온수재가 나를 만나러 오겠다고하거든 네가 문 앞에 서 있다가 집에 없다고 해라."

하고 분부하니 평안이 잘 알겠노라고 대답하고 물러났다. 서문경은월랑에게 다시 말했다.

"오늘 분사가 나를 찾아와서 초엿샛날에 하용계의 가족들을 동경으로 바래다주기로 했다며 인사를 하더군. 가게에 사람이 없으면 안되니 잠시 오이구 처남더러 분사 대신 당분간 가게를 보게 하는 게어떻겠어? 하인 애들과 내소가 사흘에 한 번씩 돌아가며 숙직을 서고 음식도 같이 먹으면 어떻겠소?"

"당신이 알아서 하세요. 저는 상관 안 할게요. 공연히 남들이 저희집 사람들을 끌어들였다는 소리나 안 듣게 하세요."

그러나 서문경은 이러한 월랑의 말은 아랑곳하지 않고 기동을 불러서는,

"가서 오이구 어른을 모셔오너라."

하고 분부하니, 잠시 뒤에 오이구가 도착했다. 서문경은 오이구를 대청으로 들라 해서 함께 자리를 하고 술잔을 건네고 가게의 열쇠를 건네주며,

"수고스럽지만 내일 아침 일찍 내소와 함께 사자가 점포로 가서 일을 좀 봐줘요."

하고 부탁하니 그다음 일은 이쯤에서 접어두자.

한편 온수재는 화동이 날이 새도록 안 오는 걸 보고 속으로 매우 당황했다. 그런데 다음 날 대안이 와서,

"나리께서 말씀드리랍니다. 이 방 안에 물건을 쌓아놓아야 되니 온사부께서 머무실 다른 곳을 구해 나가시랍니다."

하니, 이에 온수재는 대경실색했으나, 바로 화동이 무슨 말을 했으리라는 걸 알았다. 그래서 옷을 입고 두건을 쓰고 서문경을 찾아보고 얘기를 하려고 했다. 그러나 평안이,

"나리께서는 지금 관청에 나가시어 아직 돌아오지 않으셨어요."

하고 대답했다. 온수재는 집으로 돌아왔다가 서문경이 돌아올 즈음에 다시 옷을 입고 두건을 쓰고 건너와 기다리면서 장문의 편지를 써서 금동에게 건네주었으나 금동은 감히 받지 못하고 말했다.

"나리께서는 방금 돌아오시기는 했으나 피곤하시다면서 안채로 쉬러 들어가셨어요. 그래서 감히 들어가 아뢸 수가 없습니다."

이에 온수재는 서문경이 고의로 자기를 멀리하려는 것을 알아차

리고, 곧바로 예수재 집에 가서 상의를 하고는 짐을 꾸려 식구들을 데리고 다시 옛날에 살던 집으로 돌아갔다.

실로, 누가 서쪽 강물의 물을 끌어와 씻는다 해도 오늘 아침에 당한 부끄러움은 씻기 어렵구나.

시작이 있으나 끝을 제대로 맺지 못하네.
맺은 정은 물과 같아야 오래갈 수 있다네.
자고로 사람은 오랫동안 좋을 수 없고
꽃도 꺾어놓으면 붉은 기가 없어진다네.
靡不有初鮮克終 交情似水淡長情
自古人無千日好 果然花無摘下紅

226

길 가는 사람들의 입이 바로 '비문'

서문경이 눈을 맞으며 정애월을 찾아가고, 분사의 부인은 창가에 기대어 좋은 날을 기다리다

눈은 펄펄 내려 매화 가지에도 내리는데
아직도 찬 기운이 그 밑을 배회하네.
바람에 잎이 져도 향기는 남아 있고
달빛 속에 그윽한 정 담아 어여삐 피네.
양전[梁殿]은 소제[蕭帝]*의 상서로움이 없고
제궁[齊宮]은 마땅히 옥아[玉兒]**의 중매소.
사객[謝客]***이 술 깨어 떠남을 모르고
물가에 임하니 만 가지 한[恨]이 몰려오누나.

飛彈參差拂早梅　强欺寒色尙低回

風憐落婚留香與　月令深情借艶開

梁殿得非蕭帝瑞　齊宮應是玉兒媒

不知謝客離腸醒　臨水應添萬恨來

---

* 남조[南朝] 양[梁] 무제[武帝] 소연[蕭衍](462~549). 불교를 독실히 믿고 문학에 뛰어나고 음률[音律]에 정통했으나 후에 굶주린 채 얼어 죽음
** 남조 제[齊] 동혼후[東昏侯] 반비[潘妃]의 어릴 적 이름. 동혼후 소보권[蕭寶卷]이 패하자 같이 죽음
*** 남조 송[宋] 사령운[謝靈運]의 어릴 적 이름

온수재는 서문경을 만나보려 했으나 만나지 못하자, 스스로 부끄러운 바가 있어 가족들을 이끌고 원래 살던 옛집으로 돌아갔다. 이에 서문경은 서원[書院]을 고쳐 손님을 맞이하는 응접실로 만들었으니 이 얘기는 여기서 접어두자.

하루는 상거인[尙擧人]이 찾아와 인사를 하는데, 회시[會試]에 참가하기 위해 동경으로 올라간다며 서문경에게 잠시 가죽 가방과 털 외투를 빌려달라고 했다. 서문경은 상거인과 함께 앉아 차를 마시고 환담을 나누면서 길 떠날 때 쓰라며 선물을 건네주었다. 그러면서,

"교대호와 운리수 두 분 친척도 모두 의관이 되었는데, 한 분은 조상의 직을 이어받아 현직에 임명되었습니다. 문장을 두어 편 써서 족자로 만들어 선물할까 하는데 혹시 상거인께서 잘 아시는 분이 있는지 모르겠군요. 만약 그런 분이 있어 알려주신다면 제가 선물을 갖추어 찾아뵙고 부탁을 드릴까 합니다."

하니 상거인은 웃으며 답했다.

"무슨 선물을 하시려고요? 소생의 동창으로 섭양호[聶兩湖]라는 사람이 있는데 현재 무고[武庫](무기 저장소: 명대 직관지에 의하면 병부[兵部] 밑에 무선[武選], 직방[職方], 차가[車駕], 무고[武庫] 사청리사[四淸史史]가 있으며 각기 낭중[郎中] 일인[一人]이 있음)에 있으면서 저희 집 아이들에게 글도 가르치고 있습니다. 재주도 아주 뛰어납니다. 제가 섭양호에게 말을 해놓겠으니 나리께서 하인들을 시켜 족자를 저희 집으로 보내주시지요."

이에 서문경은 급히 고맙다고 인사를 하고 상거인은 차를 다 마시고 자리에서 일어났다. 서문경은 손수건 두 개, 백금 닷 돈을 잘 싸서 금동을 시켜 족자와 함께 가죽 가방과 가죽 외투를 상거인 집으로 보

냈다.

이틀이 지나서 사람을 시켜 글씨를 쓴 족자를 보내왔다. 서문경이 족자를 받아서 벽에 걸고 바라보니 검은 비단 바탕에 금빛 글자가 휘황찬란하게 빛을 발하고 문장도 좋아 대단히 흡족했다. 이때 응백작이 안으로 들어와,

"교대호와 운리수의 축하연은 언제 해주실 겁니까? 족자는 준비가 다 되었는지요? 그런데 어째 요사이 온수재가 안 보이죠?"

하고 물었다. 이에 서문경이,

"무슨 놈의 온선생이야? 인두겁을 쓴 개만도 못한 인간 같으니라구!"

하며 최근에 이러저러한 일이 있었다고 한차례 얘기해주었다. 이를 듣고 응백작은,

"형님, 그래서 저도 말씀을 드렸잖아요. 그 사람은 좀 지나치게 허풍을 떤다구요! 일찌감치 잘 잘랐어요. 그렇지 않았으면 애들까지 다 망쳐버릴 뻔했어요!"

그러면서 다시 물었다.

"그렇다면 두 사람에게 줄 족자는 누가 썼나요?"

"어제 상소당[尙小塘]이 동경으로 시험을 보러 간다며 인사 왔더군. 그러면서 자기 친구인 섭양호라는 사람이 시사[詩詞] 등의 문장에도 뛰어나고 재주도 많다고 하기에 섭양호에게 부탁해서 이미 다 써놓았지. 자네도 좀 보게나."

서문경이 백작을 대청으로 안내해 한 번 보여주니 이를 보고 응백작은 감탄해 마지않으면서 말했다.

"모든 것이 다 준비됐으니 일찌감치 사람을 보내주시지요. 그들도

준비해야 할 테니!"

"내일이 일진이 좋으니, 양과 술, 꽃, 과자를 준비해 일찍 하인을 보내지."

이렇게 있을 적에 하인이 들어와 아뢰기를,

"하대인[夏大人](하용계)의 아들이 작별 인사를 올리러 왔었습니다. 내일 떠난다고 합니다. 제가 나리께서 집에 안 계신다고 하자 하대인[何大人]이 나리께 자기들이 내일 떠나니 사람을 보내 그 집을 보라고 말씀드려달라고 했습니다."

해서 서문경이 받아보니 여섯 겹으로 접어 만든 명첩이었는데 그 위에 '인가만생하승은돈수배사사[寅家晚生夏承恩頓首拜謝辭]'라고 쓰여 있었다. 이를 보고 서문경은,

"상거인 집과 함께 송별 예물을 보내야겠군."

하고는 금동을 불러,

"급히 물건을 사서 진서방더러 잘 싸달라고 하고 명첩도 써서 보내거라."

이렇게 분부하고 백작에게 서재에서 밥이나 먹고 가라고 붙잡아 앉혔다. 이때 평안이 다급하게 명첩 세 장을 들고 안으로 들어오면서 아뢰었다.

"참의[參議] 왕대인, 병비[兵備] 뇌대인[雷大人], 낭중[朗中] 안대인이 나리를 뵙겠다고 오셨습니다."

서문경이 받아보니, '왕백언[汪伯彦], 뇌계원[雷啓元], 안침[安忱] 배[拜]'라고 쓰여 있었다. 서문경은 급히 의관을 갖추어 입으니 이를 보고 백작이 말했다.

"형님께서 일이 있으시니 식사는 다음에 할게요."

"그럼, 내일 만나세."

그러고는 밖으로 나가 영접했다. 세 관원은 서로 양보를 하며 안으로 들어왔는데 하나는 하얀 학이 있는 옷을, 하나는 구름에 백로가 노니는 옷을, 하나는 해태를 수놓은 옷을 입고 있었고 많은 시종과 관리들이 따라왔다. 대청에 이르러 서로 인사를 하고 최근 자기들 대신 수고하며 연회석을 베풀어준 데 대해 감사의 말을 했다. 잠시 뒤에 차가 나오자 차를 마시면서 안랑중이,

"뇌대인과 왕대인 그리고 제가 다시 한 번 대인께 폐를 끼칠 일이 있습니다. 절강[浙江]의 조대윤[趙大尹]이 대리시[大理寺](형벌을 관장하는 기구)의 시승[寺丞](정오품[正五品])으로 승진해 가시게 되었습니다. 그래서 저희들 셋이서 댁을 빌려 초청을 할까 합니다. 이미 초청장도 보냈고 초아흐레에 모실까 합니다. 상은 모두 다섯이고 배우들은 모두 저희가 불러오겠습니다. 대인의 뜻이 어떠하신지요?"

하니 서문경이 답했다.

"대인들께서 분부하시는데 제가 어찌 받들지 않겠습니까?"

이 말을 듣고 안랑중이 세 사람이 모아온 준비금 은자 석 냥을 서문경에게 건네주었다. 서문경은 좌우에게 명해 받아두고 관원들을 문밖까지 전송했다. 그때 뇌대인(뇌동곡[雷東谷])이 서문경에게 말했다.

"일전에 전용야[錢龍野]의 편지가 있었는데 손문상[孫文相]이라는 자가 대인 댁 지배인이라고 하기에 제가 적당히 알아서 풀어주었습니다. 그런 소식은 들으셨는지요?"

"예, 전해 들었습니다. 대인께서 많은 신경을 써주시니 고개 숙여 인사를 드립니다."

이에 뇌병비는,

"우리야 친한 사이인데 뭐 수고랄 게 있나요!"

말을 마치고 서로 인사를 나눈 뒤에 가마를 타고 떠났다.

한편 반금련은 집안의 금전 출납을 맡고부터 새롭게 저울 하나를 장만해, 날마다 하인들이 채소 등을 사가지고 오면 자기한테 보여주라 한 다음에 돈을 세어 건네주었다. 금련이 세지 않으면 춘매를 시켜 일일이 세거나 저울에 달아보게 한 뒤에 돈을 건네주었다. 그럴 때마다 하인들은 춘매에게 죽어라 하고 욕을 먹으니 금련에게 가는 게 마치 죽으러 가는 것 같았으며 조금이라도 틀리면 서문경에게 일러바쳐 얻어맞았다. 그래서 하인들은 서로 원망을 하면서 모두,

"셋째 마님이 하실 때는 돈을 타 쓰기가 쉬웠는데, 다섯째 마님은 때리지 않으면 말이 안 되나봐!"

하고들 수군거렸다.

각설하고 다음 날 서문경은 일찍 관청으로 나갔다가 헤어지면서 하천호에게 물었다.

"하용계의 가족들이 모두 떠났는데 장관께서는 사람을 시켜 그 집을 지키게 하셨는지요?"

"예, 어제 그 집에서 사람을 보내 알려왔기에 제가 하인을 하나 보냈습니다."

"오늘 장관과 함께 그곳에나 가보시지요."

서문경은 이렇게 말하고 아문을 나가 말머리를 나란히 하고 하대인 집으로 향했다. 가보니 하용계의 가족들은 모두 떠나갔고 하천호의 하인이 문을 지키고 있었다. 둘은 말에서 내려 대청 안으로 들어갔다. 서문경은 하천호를 안내해 앞뒤를 구경시켜주었다. 그러고는

앞채로 건너가 정자를 보니 정자 주위는 텅 비어 있고 아무런 꽃도 없었다. 이를 보고 서문경이 말했다.

"대인께서 오시면 이곳은 손을 좀 보셔야 되겠습니다. 꽃도 좀 심으시고 이 정자도 잘 수리해야겠습니다."

"당연히 그래야지요. 봄이 오면 새롭게 수리해서 벽돌, 기와, 나무와 돌 등을 가져다 손을 좀 보고, 세 칸짜리 행랑채도 하나를 더 지어 장관께서 자주 이곳에 들러 쉬실 수 있게 할까 합니다."

"장관 댁에 식솔은 모두 몇이나 되는지요?"

"식구는 그리 많지 않습니다. 작은집 사람들까지 합쳐도 불과 열명 정도입니다."

"그렇다면 이 집은 거의 오십여 칸이나 되니 다 쓰지는 않으시겠군요."

한차례 주위를 둘러보고 하천호는 하인에게 청소를 하고 문을 잠그고 집을 잘 보라고 이른 뒤에 서문경에게 말했다.

"조만간 동경에 편지를 써서 노공공께 이 사실을 알려드리고, 연초에 가족들을 데려올까 합니다."

서문경이 작별을 하고 돌아가자, 하천호는 남아서 한차례 더 집을 돌아보고 아문으로 돌아갔다. 다음 날 자기 이삿짐들을 새집으로 옮겼다.

한편 서문경이 집으로 돌아와 말에서 내리는데 하구[何九]가 포목한 필, 밥 반찬 네 가지, 닭, 거위, 술 한 동이를 가지고 감사 인사를 왔다. 또 유내상이 밑에 있는 관리를 보내 음식 한 상자와 크고 작은 붉은 초 한 상자, 탁자보 스무 장, 관향[官香](궁정 등에서 쓰는 고급 향료) 여든 개, 침속향료[沈速香料] 한 상자, 집에서 만든 술 한 동이, 돼지

한 마리를 보내왔다. 서문경이 안으로 들어서자 유공공 집에서 온 사람이 절을 하면서,

"저희 집 공공께서 변변치 않은 것을 보내드리니, 아랫사람들에게 나누어주십시오."

하고 아뢰었다. 이를 듣고 서문경이,

"일전에 노공공을 맨손으로 돌아가게 했는데 어찌 이런 후한 물건을 내려주시는지?"

그러면서 바로 하인들에게,

"어서들 빨리 받아놓거라. 그리고 오신 분은 잠시만 기다려주십시오."

하고는 잠시 뒤 화동이 차를 한 잔 내오게 했다. 서문경은 은자 닷 전을 상으로 주고 회신을 적어 돌려보냈다. 그런 뒤에 하구를 안으로 들게 했다. 서문경은 대청에 서서 관모를 흰색 충정관으로 바꿔 쓰다가 하구가 들어오는 것을 보고는 하구의 손을 잡아 이끌고 대청 위로 올라섰다. 하구는 급히 몸을 숙여 절을 하며,

"나리의 크나큰 은혜를 입어 소생의 동생이 목숨을 건졌습니다. 그 은혜를 어찌 말로 다 하겠습니까!"

그러면서 예물을 받아주십사 하고 청했다. 그러나 서문경은 받으려 하지 않고 고개를 끄떡이곤 하구를 잡아 일으키며 말했다.

"하구, 우리는 오랜 친구인데 쑥스럽게 왜 이러는가!"

그러나 하구는,

"하지만 나리, 예전과 지금은 크게 다릅니다. 저같이 미천한 사람이 어찌 감히 나리와 자리를 함께할 수 있겠습니까?"

하면서 계속 곁에 서 있었다. 서문경은 하구와 함께 차를 마시면서

말했다.

"하구, 왜 이렇게 신경을 써서 선물을 가져오는 겐가? 내 결코 받지 않겠네. 나중에라도 행여 누가 자네를 깔보거나 업신여기면 바로 나한테 말을 해주게. 그러면 내 자네를 대신해 혼을 내주겠네. 지금 현청에서 무슨 일을 보고 있나? 내 이대인께 서찰을 보내 잘 부탁드려주겠네."

"나리께서 베풀어주신 은혜를 너무나 잘 알고 있습니다. 소인은 이젠 늙어서 일은 그만두고 제 자식 놈인 하흠[何欽]이 대신 일을 하고 있습니다."

"잘됐군, 잘됐어! 편히 쉬는 것도 좋지!"

서문경은 말을 마치고,

"다시 가져가지 않는다고 고집을 부리니, 여기 술만 받을 테니 나머지 천 등은 그냥 다시 가지고 가게. 나도 바쁘니 자네를 더는 잡아두지 않겠네."

하니, 이에 하구는 수없이 고맙다고 인사를 하고는 돌아갔다.

서문경은 대청에 앉아서 예물들을 정리했는데, 과자, 꽃, 양과 술, 족자와 여러 사람이 내놓은 분담 축의금을 잘 싸서 먼저 대안더러 교대호 집으로 가져가라고 일렀다. 그런 뒤에 다시 왕경을 운리수 집으로 보냈다. 대안이 돌아올 적에 교씨 집에서 대안에게 수고비를 주었다. 왕경이 운리수 집에 도착하니 왕경한테 푸른 베 한 필, 잘 만든 신발 한 켤레를 주고, '문하욕애생[門下辱愛生]'이라 쓴 명첩 두 장을 들려 보냈다. 왕경은 이를 가지고 와서,

"나리께 고맙다고 전해라 하시고 다음에 초청하시겠답니다."

하고 아뢰었다. 이를 듣고 서문경은 매우 흡족해하며 바로 안채의 월

랑의 방으로 들어가 식사를 하면서 월랑에게 말했다.

"분사가 동경으로 가고 둘째 처남인 오이구가 사자가 상점에서 일을 보고 있는데, 내 오늘 좀 한가하니 한번 나가볼까 해."

"좋을 대로 하세요. 만약 안주 거리가 필요하면 하인 애들을 보내 말씀하세요."

"알았어."

서문경은 말을 준비하라 분부하고 충정건 모자를 쓰고 담비 귀덮개를 하고, 두꺼운 녹색 비단으로 만든 겉옷에 검은 신을 신고 금동과 대안을 데리고 사자가로 갔다.

가게로 들어가 보니 오이구와 내소는 한참 여러 가지 다양한 무늬의 비단과 명주와 여러 색깔의 실을 걸어놓고 팔고 있는데 가게 안이 물건을 사려는 사람으로 꽉 차서 발붙일 틈도 없었다. 서문경은 말에서 내려 이 광경을 보다가 바로 뒤채 온돌방으로 들어가 자리를 잡고 앉았다. 잠시 뒤에 오이구가 안으로 들어와 인사를 하면서,

"하루 매상이 적어도 은자 스무 냥은 돼요."

하고 말해주었다. 이를 듣고 서문경은 내소의 부인 일장청에게,

"오이구가 먹는 식사는 그전처럼 여기서 준비하고 특별히 신경쓰게나."

하고 분부하자 일장청이 답했다.

"신경써서 해 올리고 있어요."

서문경이 밖을 내다보니 하늘이 어두워지면서 구름이 두껍게 깔리고 차가운 기가 몰려오는 것이 마치 눈이 내릴 듯한 을씨년스러운 날씨였다. 이 같은 풍경에 갑자기 기생집 정애월이 생각났다. 그래서 금동에게,

"말을 타고 집에 가서 내 가죽 외투를 가져오거라. 또 큰마님께 술 안주가 있으면 한 상자 달래서 오이구 어른께 드리거라."

했다. 금동이 대답하고 떠난 지 오래지 않아 서문경의 긴 담비가죽 외투를 가져오고 뒤에 군졸이 술안주를 한 찬합 가지고 왔다. 찬합에는 안주 네 가지가 들어 있는데 절인 닭고기 반찬과 지지고 볶은 비둘기 고기, 해물 요리, 부추 한 접시 그리고 술 한 병이 들어 있었다. 서문경은 오이구와 함께 방에서 석 잔을 마시고는 오이구에게,

"밤에 숙직할 때 들게. 나는 집으로 돌아갈 테니…."

하고는 비단 얼굴 가리개로 얼굴을 가리고 말을 타고 금동과 대안을 거느리고 곧장 정애월 집으로 갔다. 동쪽의 거리를 지나노라니 하늘에서 눈이 내리기 시작하고 온 세상이 하얗게 뒤덮이기 시작했다. 주먹만 한 눈송이가 하늘에서 춤을 추니, 거리의 행인들은 고통스럽기만 할 뿐.

그 모습을 보니,

막막하고 쌀쌀함이 대지를 감싸는데
눈이 정말로 잘 내리는구나.
숲의 잡목들과 송이송이 눈송이가 서로 엉겨붙어 있네.
나무와 대나무, 대풀들이 모두 짓눌려버렸네.
부자와 호협들은 액땜을 해야 한다며
아직도 내린 눈이 적다며
붉은 화롯불을 끼고 앉아 담비 외투를 입고 있네.
손에는 매화를 꺾어 들고서
국가의 상서로운 징조라 말들을 하며

가난한 사람들은 거의 생각을 않는구나.

한가하게 아무 일도 하지 않는 은사[隱士]들은

시사[詩詞]만 읊조리고 있구나.

漠漠嚴寒匝地 這雪兒下得正好

扯絮揩綿裁織 片片大如拷栳

見林間竹屋茅茨 爭些被他壓倒

富豪俠卻言 消災障猶嫌小

圍向那紅爐獸炭 穿的是貂裘繡襖

手捻梅花 唱道是國家祥瑞 不念貧民些小

高臥有幽人 吟詠多詩草

　서문경이 길에 어지러이 깔리는 흰 눈을 밟으면서 앞으로 나아가니, 참으로 '가죽 옷 위에는 흰 나비가 사뿐히 내리고, 말발굽 아래에는 하얀 꽃이 가득하구나'였다. 서문경은 홍등가 정애월의 집 앞에 이르러 말에서 내렸다. 하인 애들이 서문경이 오는 걸 보고 나는 듯이 안으로 들어가,

　"서문 나리께서 오셨어요."

하고 알리니, 정씨 어멈이 밖으로 나와 영접하고 중간의 객실로 모신 뒤에 인사를 올렸다. 그러면서,

　"지난달에 후한 선물을 보내주셔서 대단히 감사합니다. 게다가 애들이 댁에서 폐를 끼쳤는데도 큰마님과 셋째 마님께서 꽃무늬가 있는 손수건을 상으로 내려주셨어요."

하자 서문경이,

　"그날은 하도 정신이 없어서 빈손으로 돌려보냈어."

하면서 자리에 앉았다. 서문경은 대안을 시켜 말을 끌고 들어와 집 안의 구석에 매어놓게 했다. 정씨 어멈이,

"안채로 들어가시지요. 애월은 방금 일어나서 지금 머리를 빗고 있어요. 실은 어제 나리께서 오실 거라면서 하루 종일 기다렸어요. 그런데 오늘은 속이 좀 좋지 않다면서 누워 있다가 조금 늦게 일어났어요."

라고 하자, 서문경은 바로 뒤채에 있는 객실로 들어갔다. 들어가 보니 녹색 창이 반쯤 열려 있고, 두터운 휘장이 낮게 드리워져 있었다. 바닥에는 누런 구리 화로에 목탄이 타고 있었다. 서문경은 들어가 중앙에 있는 의자에 앉았다. 잠시 뒤에 먼저 정애향이 나와 인사를 하고 차를 올렸다. 그런 뒤에 비로소 애월이 밖으로 나왔다. 머리에는 항주산 비취에 매화꽃 모양을 한 비녀에 금은으로 치장하고 있었다. 머리는 구름이 이는 듯한 모습에 화장은 한 듯 만 듯하면서 향기가 그윽하게 풍겼다. 위에는 하얀 비단 저고리에 녹색 조끼를 껴입고, 밑에는 폭이 넓은(일반적으로 여섯 폭이지만, 여기서는 여덟 폭이나 열 폭의 치마) 주름치마를 입고 있었다. 여기에 높으면서도 작디작은 신을 신고 있었는데 마치도 초승달 같기도 하고, 어찌 보면 누에 같기도 했다. 그런 모습은 흡사 나부[羅浮]의 선녀가 인간 세상에 내려오고, 무산의 신녀가 속세로 내려온 듯했다. 애월은 화장한 얼굴로 화사하게 웃으며 서문경에게 인사를 올리면서 말했다.

"나리, 그날은 늦게서야 돌아왔어요. 앞채 손님들이 늦게 헤어진 다음에 안채 큰마님께 건너갔더니 우리를 놓아주지 않으시고 붙잡아 앉히며 식사를 하게 하시는 거예요. 밥을 먹고 집에 오니 이미 삼경이 지났더군요."

"요 주둥이만 살아 있는 것아! 그날 이계저와 둘이서 응씨의 따귀를 보기 좋게 걷어올려붙이던데."

"누가 그 괴물 같은 작자더러 술좌석에서 더러운 주둥이를 가지고 우리를 화나게 만들라 했나요. 그날 축곰보도 취해서는 저를 꼬이며 집까지 바래다주겠다고 그러잖아요. 그래서 제가 '만약 나리께서 등불을 내어 우리들을 바래다주시지 않으면, 차라리 시궁창에 빠지는 한이 있더라도 더러운 당신의 도움은 필요 없어요' 했죠!"

"어제 홍사아[洪四兒]에게 듣자 하니 축곰보는 또 왕삼관을 꾀어내 큰거리에 있는 영교아[榮嬌兒]의 집에 다닌다더군."

"영교아 집에서는 하룻밤을 놀면서 배꼽이나 여인의 은밀한 곳에 향을 태우며 놀고는 다시 가지 않아요. 요즘은 진옥지한테 가서 놀고 있어요."

이렇게 한참을 얘기하고는,

"나리, 추우실 텐데 어서 방으로 들어가 앉으세요."

하니, 이에 서문경은 안으로 들어가 담비가죽 외투를 벗고 화롯불 주위에 기생 둘과 함께 앉았다. 방에서는 향기가 코를 찔렀다. 하인이 들어와 탁자를 내려놓고 안주 네 가지와 마른안주 세 가지를 차려놓았다. 잠시 뒤에 부추로 속을 넣은 고기만두 세 접시와 큰 물만두 한 접시를 가지고 들어왔다. 자매 둘은 서문경과 함께 한 접시씩 먹고 애월은 다시 서문경에게 물만두 반 접시를 덜어주었다. 이에 서문경은,

"나는 됐다, 방금 실 가게에서 작은처남인 오이구와 간식을 먹었어. 이리 오려고 마음을 먹었는데 생각지도 않게 큰눈이 내리는 바람에 하인 애더러 집에 가서 가죽 외투를 가져오라 하여 걸치고 바로 건너온 거야."

하니 애월이 말했다.

"어제 오시겠다고 하셨잖아요? 하루 종일 기다렸는데 안 오시더니 오늘에야 오셨군요!"

"어제 집으로 손님 두 분이 찾아오는 통에 정신이 없었어. 그래서 올 수가 없었지."

"담비 가죽을 좀 사주세요. 목도리를 만들어서 하려고 그래요."

"알았다. 어제 지배인이 요동[遼東]에서 왔는데 담비 가죽 열 개를 가져왔더군. 집사람들도 없으니 다음에 한꺼번에 만들어서 하나를 주지."

곁에 있던 애향이,

"나리께서는 애월이만 귀여워하시고, 저한테는 하나 주지 않으세요?"

하니 이에 서문경이,

"너희 자매한테 하나씩 주마."

하자, 애향과 애월은 급히 자리에서 일어나 고맙다고 인사를 했다. 이에 서문경이,

"그 대신 계저나 오은아에게는 절대로 말하면 안 된다."

하니 애월이,

"물론이지요."

그러면서 말했다.

"그날 이계저는 오은아가 그곳에서 잔 걸 보고 저에게 '몇 시에 돌아왔느냐'고 묻더군요. 그래서 제가 속이지 않고 '어제 주수비 나리를 초대하셨는데 우리들 네 명이 모두 가서 하루 종일 노래를 불렀어요. 나리께서 그 자리에 왕삼관도 함께 자리하니, 계저 언니를 부르

기가 쑥스럽다고 하셨어요. 그런데 오늘은 친척, 친구들이 모여서 술을 마시는 자리이니 계저 언니를 불러 노래를 부르게 한 거라고 하시더군요.' 이렇게 말을 해주자 한마디도 못하더군요."

"아주 잘 대답했다. 일전에 그 일 때문에 나는 이명도 불러 노래를 시키지 않았는데 수차례나 와서 응백작에게 부탁을 하고 응백작은 나에게 와서 계저를 용서해주라고 했지. 자네들 셋째 마님 생일에 계저가 선물을 한 보따리 사 들고 와서 재삼 잘못했다고 빌면서 용서를 구하더군. 집사람들이 곁에서 그만 용서해주라고 하지 않았다면 내쳐다보지도 않았을 게야. 어제 내가 오은아만 집에 남아서 자고 가게 한 걸 계저도 알고 있어."

애월이 말했다.

"셋째 마님 생신도 몰랐으니 제가 큰 실수를 했군요."

"며칠 있다가 운리수 영감이 술자리를 열 테니 그때 너와 은아가 와서 노래나 부르렴."

"나리께서 분부하시니 꼭 갈게요."

잠시 뒤에 하인 애가 음식을 거두어 나갔다. 애월은 나무 상자 안에서 상아로 만든 골패 서른두 개를 꺼내 서문경과 함께 온돌 위에 요를 깐 다음에 골패 놀이를 했다. 애향은 곁에 앉아서 둘이 골패 놀이 하는 것을 지켜보았다. 정원에는 눈이 배꽃같이 춤추며 어지럽게 내리고 있었다.

원앙 기왓장 위에 황홀하게 내리네
순식간에 벌의 수염처럼 가득 차누나.
마치 옥룡[玉龍]의 비늘이 빈 하늘을 날고

백학의 깃털이 땅 위에 떨어지는 듯하네.
흰 모래 위를 게가 기는 줄 알았는데
계단 위에 눈이 어지러이 날리는 것이었구나.
恍憾漸迷鴛鴦 頃刻拂滿蜂鬚
似玉龍鱗甲繞空飛 自鶴羽毛搖地落
好若數蟹行沙上 猶賽亂瓊堆砌間

풍년의 상서로운 징조라 모두들 말하네.
풍년의 상서로운 징조란 무엇인가?
장안에는 가난한 사람도 있으니
상서로운 징조는 좋으나 많이는 내리지 마소서.
盡道豐年瑞 豐年瑞若何
長安有貧者 宜瑞不宜多

이렇게 세 사람이 골패를 하면서 놀고 있는데 잠시 뒤 다시 술과
음식이 나왔다. 탁자 위에 한 상 가득 차려놓으니 진귀한 과일과 맛
있는 음식들이었다. 차를 끓이고 호박[琥珀] 잔에 술을 따라 마시니,
좌중에는 웃음과 술이 가득 넘쳐흐른다. 애향과 애월은 양옆으로 갈
라서서 술을 따라 올리고는 쟁과 가야금 줄을 고르고 붉은 입술을 열
어 고운 이를 드러내며 함께 「푸른 소매 저고리[靑衲襖]」라는 노래를
부르는데,

그리운 님을 생각하니 아름답기도 하고
그리운 님을 생각하니 다정도 하다오.

생각나네

함께 손을 잡고 즐겁게 미소를 지으며

바람과 달을 벗해 시구를 짓던 때가.

여인은 온유하고 남자는 잘났으나

단지 나이가 어리다오.

누가 이들의 아름다운 사랑을 갈라놓았는가?

병이 떨어져 깨지고 비녀도 부러지고

오늘 물고기와 기러기는 소식 없이 묘연하구나.

想多嬌情性兒標 想多嬌恩意兒好

想起攜手同行共歡笑

吟風詠月將詩句兒嘲

女溫柔男俊悄 正靑春年紀小

誰承望將比目魚分開

甁墜簪折 今日早魚沉雁杳

〈매옥랑[罵玉郎]〉

사랑하는 님은 한번 가더니 소식이 없네.

생각해보니

우리들의 사랑은 풀과 아교 같았네.

함께 베개를 베고 즐겁게 놀던 때가 기억나고

꽃처럼 아름다운 그대의 자태와

버들같이 부드러운 몸매

경국지색의 얼굴이 생각나네.

多嬌 一去無消耗

想着俺情似漆意如膠 常記的共枕同歡樂

想着他花樣嬌柳樣柔 傾國傾城貌

〈대아고[大迓鼓]〉

뛰어난 용모에 풍류는 넘쳐흐르고

요염한 자태에 온갖 재주 갖추었네.

현악기도 타고 춤추고 피리도 부니

그 재주 어떤 색으로도

다 그려낼 수 없구나.

千般豐韻嬌 風流俊俏

體態妖婉 所爲諸般妙

攢箏撥阮 歌舞吹簫 總有丹靑難畫描

〈감황은[感皇恩]〉

아, 정말로 무료하구나

마음도 심산하니 두보[杜甫]의 시를 읽기도 귀찮고

한유[韓愈]나 유종원[柳宗元]*의 문장도 싫구나.

생각하면 할수록 더욱 초췌해지니

얼굴도 더욱 수척해지는구나.

함께 즐기지 못하고 배필도 되지 못하고

오히려 갈라져 그리움만 쌓이네.

呀 好敎我無緖無聊 意攘心勞

懶將這杜詩溫 韓文敘 柳文學

---

* 한유, 유종원 모두 당[唐]대의 저명한 산문가. 당송팔대가의 일원

我這里愁懷越焦 這些時容貌添惟

不能勾同歡樂成配偶 倒有分受煎熬

〈동구령[東歐令]〉

반악[潘岳]의 얼굴에 심약[沈約]의 허리

애석하게도 만날 길이 없구나.

가슴에는 괴로움만이 가득하니

불이 나서 천묘[祆廟]*를 태우고

물이 남교[藍橋]를 넘친다 해도

상사병을 어찌 벗어날 수 있으리!

潘郞貌 沈郞腰 可惜相逢無下稍

心腸懊惱傷懷抱 烈火燒祆廟

滔滔綠水淹藍橋 相思病怎生逃

〈채다가[採茶歌]〉

상사병을 어찌 벗어날 수 있으리.

이별의 괴로움에 사로잡혀서

철석같은 사람들도 혼이 다 빠지네!

근심은 남산[南山]보다 더 높이 쌓이고

걱정은 동해의 물보다 깊구나.

相思病怎生逃

---

* 페르시아 배화교[拜火敎] 천신[祆神]의 묘. 남조 때 중국에 들어와 당[唐] 정관[貞觀] 연간 장안에 천사[祆寺]가 건립됨. 옛날 촉[蜀]나라 공주의 유모 아들이 함께 자란 공주를 사모하여 병에 걸리니, 공주가 그를 가엾이 여겨 배화교의 묘당에서 만나기로 함. 약속 장소에 가보니 남자는 자고 있는지라 공주가 몸에 지니고 있던 옥환을 풀어놓고 떠남. 잠에서 깨어난 남자는 화가 나서 천묘에 불을 질렀다는 이야기

離愁陣擺的堅牢 鐵石人見了也魂消

愁似南山堆積積 悶如東海水滔滔

〈잠[賺]〉

누가 오늘 생각이나 했겠는가

자고로 선비는 명이 박하다는 것을.

애틋한 마음을 가슴에 안고

어리석은 마음을 주위 사람들이 비웃으니

누구한테도 말하기 어려워라.

誰想今朝 自古書生多命薄 傷懷抱

癡心惹的旁人笑 對誰陳告

〈오야제[烏夜啼]〉

처음 사랑을 할 적에는

붉은빛 푸른빛 찾아다니며

답청[踏靑]*과 투초[鬪草]**를 즐겼네.

아름다운 풍경을 함께 보며 즐겼다네.

봄이 오면 제비가 둥지에서 지저귀고

여름이 오면 연꽃 향기 연못에 가득하고

가을이 오면 국화꽃이 들판에 가득하고

겨울에는 하얀 눈이 펄펄 내린다.

처음 사랑을 할 적에는 집 안에서 춤추며 노래 부르고

---

* 봄날 청명절[淸明節]을 전후해 교외로 나가 산보하며 즐기는 것

** '투백초[鬪百草]', 고대 민간 유희로 꽃을 따며 노는 것

상 위에는 맛있는 음식이 가득 차려졌네.
지금은 홀로 베개 베고 누워 있는, 갈 곳 없는 신세
병도 깊어 치료조차 하기 힘드네.
옛정을 생각하노라니
가슴이 더욱 메어지는 듯하구나.
想當初偎紅倚翠 踏靑鬪草
相逢對景同歡樂
到春來語呢喃燕子尋巢
到夏來荷蓮香開滿池沼
到秋來菊滿荒郊
到冬來瑞雪飄飄
想當初畵堂歌舞列着佳肴
今日個孤枕旅館無着落
鬼病侵 難醫療
好敎我情牽意惹 心癢難撓

〈절절고[節節高]〉
걱정되어 뒤척이며 잠 못 이루고
사랑하는 그대를 생각하네.
어떠한 음악도 잘 알고
달이 가리고 꽃이 부끄러워할 용모
말솜씨도 뛰어나고 총명하고 영리하니
마치 선녀가 내려온 듯하고
작은 발에 봉황 모양 비녀를 꽂고

붉은 입술 하얀 이에 미소를 짓고 있구나.

悶懨懨睡不着想多嬌

知音解呂明宮調 諸般好

閉月羞花貌 言語嬌媚 心聰俏

恰似仙子行來到 金蓮款步鳳頭翹

朱唇皓齒微微笑

〈요순아[鵪鶉兒]〉

그의 자태는 날아갈 듯 가볍고

더욱이 하얀 옷은 더욱 빼어나구나.

연지를 바르고, 눈썹을 그린 듯 만 듯

아무리 봐도 너무나 어여뻐 그려내기 힘들구나.

술을 넘치게 따라놓고

오리발 모양 향로에 향 피워놓고

은촛대에 촛불을 밝게 밝혀놓고

아름다운 부부가 되어

백년해로할 것을 기약한다네.

你看他體態輕盈 更那堪衣穿素縞

脂粉勻施 蛾眉淡掃

看了他萬種妖嬈 難畫描

酒泛羊羔 寶鴨香飄 銀燭高燒

成就了美滿夫妻 穩取同心到老

〈마지막 가락[尾聲]〉

푸른 구름에 길이 있다면 언젠가는 가보리.

생전에 연분이 없다면 맺기는 어려우나

아름답던 그 시절을

절대로 잊지 마세요.

靑霄有路終須到

生前無分也難消

把佳期叮嚀休忘了

노래를 마치고 두 자매는 다시 주사위를 가지고 와서 서문경과 주사위 놀이를 하며 놀았다. 술잔이 오고가니 사람들의 얼굴에는 붉은 춘색이 무르익었다. 서문경이 눈을 돌려보니 정애월 방 침상 옆에 비단 병풍이 펼쳐 있는데, 바로「달을 바라보는 미인 그림[愛月美人圖]」이라는 미인도 한 폭이 그려져 있고 그림 옆에 시가 쓰여 있었다.

미인이 있는데 너무나 빼어나구나.

가벼운 바람에 주홍색 치마가 흩날리네.

꽃이 계곡에 피니 춘삼월이구나.

달이 져 꽃에 그림자 지고 밤은 깊어만 가네.

맑고 깨끗한 정신은 중염[仲琰]*과 짝하고

구슬 같은 자태는 문군[文君]**보다 뛰어나네.

젊은이가 사랑을 할 적에는

흰 구름처럼 무심히 하지는 마소서.

---

* 한[漢]나라 말의 여성 시인 채염[蔡琰]. 채옹[蔡邕]의 딸로 문학과 음률에 뛰어남

** 탁문군을 지칭

有美人兮逈出群 輕風斜拂石榴裙

花開金谷春三月 月轉花陰夜十分

玉雪精神聯仲談 瓊林才貌過文君

少年情思應須慕 莫使無心托白雲

그리고 그 밑에는 '삼천주인취필[三泉主人醉筆]'(삼천은 왕삼관의
호. 왕삼관이 술에 취해서 씀)이라고 쓰여 있었다. 서문경은 이를 보고,

"삼천주인이란 왕삼관의 호인가?"

하고 물으니 애월이 당황하며 급히 꾸며대어 이르기를,

"그건 왕삼관이 옛날에 써준 거예요. 지금 왕삼관의 호는 삼천이
아니라 소헌[小軒]이에요. 왕삼관이 다른 사람에게 '내 수양아버지
의 호가 사천[四泉]인데, 내가 어찌 감히 삼천[三泉]이라고 할 수 있
겠는가!'라고 한대요. 아마도 나리께 누를 끼치지 않으려고 호를 '소
헌'이라 고친 것 같아요."

그러면서 앞으로 붓을 들고 와서 바로 '삼[三]'자를 지워버렸다. 이
를 서문경이 보고 대단히 기뻐하면서,

"왕삼관이 그런 사정이 있어 호를 고친 줄은 몰랐지."

하니 애월이 다시 말했다.

"저도 왕삼관이 다른 사람에게 말하는 걸 듣고 알았어요. 왕삼관
의 돌아가신 부친의 호가 '일헌[一軒]'이었기에 호를 '소헌'으로 고쳤
다더군요."

말이 끝나자 정애향은 밖으로 나가고, 애월이 홀로 방에 남아 어
깨를 나란히 하고 주사위 놀이를 하면서 술을 마셨다. 그러면서 얘기
를 나누다 소재가 왕삼관의 어머니인 임부인에게 미치자 어찌나 도

량도 넓고 풍류도 있는지를 말하면서,

"내가 왕삼관의 집으로 술을 마시러 갔는데 그날 왕삼관이 나를 안채로 안내해 자기 어머니께 인사를 시키더군. 임씨 부인이 먼저 주동이 되어 왕삼관에게 나를 양아버지로 모시라 하더군. 그러면서 나더러 왕삼관의 절을 받게 하고는 왕삼관이 사람이 될 수 있도록 많이 이끌어달라고 부탁을 했지."

하니 애월은 이 말을 듣고 손뼉을 치고 깔깔 웃으며 말했다.

"그것 보세요, 이게 다 제가 방법을 가르쳐드린 덕분이잖아요. 훗날 왕삼관의 부인마저 나리의 손아귀에 들어올지 모르겠군요!"

"내 언젠가는 왕삼관의 부인한테도 사랑의 불 뜸을 놔야지. 정월 안으로 임부인과 그 며느리를 우리 집으로 초청해 술이나 마시며 연등 구경이나 하자고 할 참이야. 보아하니 그들이 안 오겠어?"

"왕삼관의 부인 생김새가 어떠한지 아직 보지 못하셨죠? 아마 인형도 그 사람만큼은 예쁘지 않을 거예요! 금년에 열아홉인데 왕삼관이 하도 밖으로 나돌아다니는 통에 거의 집 안에서 처박혀 생과부 노릇을 하고 있어요. 왕삼관이 통 집에 붙어 있지 않잖아요. 나리께서 조금만 공을 들이신다면 나리 것이 되는 건 시간문제예요."

두 사람은 이렇게 얘기하며 서로 꼭 껴안았다. 이때 하인 애가 접시에 과일 몇 가지를 담아가지고 들어왔는데, 껍질을 벗긴 배, 사과와 사탕이 들어 있었다. 애월은 서문경에게 건네주며 술안주로 권했다. 또 입으로는 꿀 바른 과자를 물어 서문경의 입 안에 밀어 넣어주었다. 그러면서 섬섬옥수로 서문경의 비단 적삼을 걷고 흰 비단 바지를 주물러댔다. 이에 서문경은 바지 허리띠를 풀러 물건을 끄집어내서는 애월한테 매만지게 했다. 애월이 보니 물건 밑에는 은탁자가 매

달려 있고 물건은 성이 나서 꿈틀거리고 자색을 띠고 있었다. 서문경이 애월에게 자기 물건을 한번 빨아보라고 하자 애월은 고개를 숙이고 빨간 입술을 가볍게 벌리고는 뱉었다 삼켰다 하니 야릇한 신음소리가 새어나왔다. 그렇게 한참을 빠노라니 물건은 이미 커질 대로 커지고, 음심은 타오르는 불꽃같아 더는 참지 못할 지경이었다. 애월은 더는 버티지 못하고 여인의 은밀한 곳을 씻으러 밖으로 나갔다. 그동안 서문경은 잠시 방을 나와 편한 옷으로 갈아입고 있노라니 밖에는 눈이 더욱 많이 내리고 있었다.

서문경이 다시 방으로 돌아와 보니 하인 애가 이미 비단 휘장을 치고 침상 위에는 원앙금침을 깔아놓고 향도 피워놓았다. 침상에는 이부자리가 두툼하게 깔려 있는데 신발을 벗고 허리띠를 풀고 먼저 상아로 만든 침대 위로 올라갔다. 잠시 뒤에 애월이 뒷물을 깨끗이 하고 안으로 들어와 문을 걸어 잠그고 원앙금침 속으로 파고들었다.

춘색이 얼마나 아름답고 좋던가, 꽃 좇는 나비의 마음이런가.

시가 있어 이를 알리나니,

모였다 흩어지는 모든 것이 꿈
깨어나니 외로운 촛불만 붉게 타네.
사랑이 자고로 얼마나 많았던가.
누가 양대[陽臺]로 가는 길이 막혔다 했는가!
聚散無憑在夢中 起來殘燭映紗紅
鍾情自古多神念 誰道陽臺路不通

이렇게 육체의 향연을 나누며 놀다가 일경쯤이 되어서야 자리에서 일어나니 시녀가 등불을 들고 방 안으로 들어섰다. 이에 둘은 옷을 입고 머리를 매만진 뒤에 다시 맛있는 음식과 향기 나는 술을 몇 잔 더 들었다. 그러다가 서문경은 대안을 불러,

"등불과 우산이 있느냐?"

하고 물으니 대안은,

"금동이 집에 가서 등롱과 우산을 가지고 왔어요."

하니 서문경은 이 말을 듣고 자리에서 일어났다. 서문경이 자리에서 일어나자 정씨 어멈과 애월, 애향이 모두 문 앞까지 따라나와 전송하며 서문경이 말에 오르는 것을 지켜보았다. 이때 애월이 큰소리로 말했다.

"저를 부르실 일이 있으면 미리 말씀을 해주세요."

"잘 알았다."

서문경은 말에 올라 우산을 받아쓰고 홍등가를 빠져나와 집으로 향했다. 눈을 밟고 집으로 돌아와 월랑에게는 사자가 상점에서 오이구와 함께 술을 마셨다고만 해두었다. 이 이야기는 이쯤에서 해두자.

이렇게 하룻밤을 보내고 나니 다음 날은 바로 초여드렛날이었다. 하천호의 짐을 모두 하용계가 살던 집으로 옮겼다는 소식을 들었다. 이에 서문경은 음식 네 상자와 닷 전을 이사 축하금으로 보내주었다. 이때 응백작이 황급히 안으로 들어왔다. 서문경은 눈이 개었지만 바람도 차고 날씨도 차가운 걸 보고, 응백작에게 앞채 서재로 가 몸을 데우라 했다. 그리고 하인 애들을 시켜 탁자를 깔고 음식을 내와 죽과 함께 주었다. 그러면서,

"어제 교씨 댁과 운리수 집에 선물과 서책 등을 보냈다네. 자네 몫

은 내가 대신 두 냥을 넣어 보냈으니 따로 더 하지 말게나. 기다렸다가 나중에 초청하거든 건너가 술이나 먹세."

하니, 이에 응백작은 손을 들어 고맙다고 인사를 했다. 서문경이,

"하대인은 이미 이사를 했네. 오늘 음식과 차와 집들이에 쓸 비용을 약간 보냈지. 자네도 차라도 좀 보내야 하지 않겠어?"

하자 백작이,

"사람들을 초청할까요?"

그러면서 다시 물어보았다.

"지난번에 송대인 등 세 분이 왜 오셨어요? 나머지 둘은 누구예요?"

"하나는 뇌병비[雷兵備]이고 하나는 왕참의[汪參議]인데 모두 절강 사람들이야. 내 집을 빌려서 술좌석을 마련해 며칠 있다가 항주 조정[趙霆] 지부[知府]를 초청하기로 했거든. 그분이 대리시 시승으로 승진해 가시는데, 본부의 어른이시니 어찌 송별연을 열어드리지 않을 수 있겠어? 한 상만 큰 상이고 나머지는 다 합석이야. 연극단도 다 그쪽에서 불러오니, 내 쪽에서는 배우 두엇만 불러 대접하면 돼. 분담금도 석 냥밖에 안 돼."

백작이 말했다.

"무릇 문관들은 다 쩨쩨하거든요. 은자 석 냥으로 무엇을 하겠어요? 형님이 또 손해를 보셔야겠군요."

"이 뇌병비라는 사람이 바로 황사의 처남인 손문상을 구해준 사람이야. 어제 자기가 손문상을 구해주었노라고 말하더군."

"그래도 그들이 쩨쩨하지 않다구요? 기억하고 있다가 지금 와서 그 일을 말하는 건 자기 대신 술좌석을 차려달라는 것이잖아요."

이렇게 말을 하면서 백작은 응보를 불러 말했다.

"그 사람을 들라 일러 나리께 인사시키거라."

"누군가?"

"저희 이웃에 사는 젊은이인데 명문가의 자제예요. 부모가 모두 돌아가시고 어려서부터 왕황친 집에서 몇 년 동안 일을 했습니다. 또 장가까지 들어 부인도 있어요. 그런데 얼마 전에 그 집에 있던 하인 애와 사이가 안 좋아 나와버렸어요. 그래서 지금은 한가롭게 지내고 있는데 무슨 장사라도 제대로 할 줄을 모릅니다. 마침 저희 집 애 응 보 놈과 친구인지라 응보 놈에게 어디 적당한 일자리라도 찾아달라 고 부탁을 한 모양이에요. 그래서 이 응보 놈이 저에게 '아버지께서 서문 나리께 좀 천거를 해주시면 어떨까요. 나리 댁에 하인들이 많기 는 하지만…' 하길래, 제가 '한번 말씀은 드려보겠지만 쓰실지 안 쓰 실지는 모르겠다' 했지요."

응백작은 그렇게 말을 하면서 응보에게 말했다.

"이름이 뭐지, 데리고 들어와봐라."

"성이 내[來]로 내우[來友]라 합니다."

응보가 데리고 안으로 들어왔는데 내우는 검은 무명 네 조각을 얼 기설기 엮어 만든 옷에 무명 버선, 무명 신 차림으로 서문경을 보자 땅바닥에 넙죽 엎드려 절을 하고는 자리에서 일어나 주렴 뒤로 가서 섰다. 백작이 이를 보고,

"힘깨나 쓰겠군. 밥값은 하겠어."

그러면서 물었다.

"올해 몇 살이냐?"

"스무 살입니다."

"그래, 애는 있고?"

"저희 내외 둘뿐입니다."

응보가 곁에서,

"나리께 말씀드리자면 이 사람의 부인은 열아홉인데, 바느질이며 음식이며 못하는 것 없이 무엇이든지 다 할 줄 알아요."

서문경은 내우가 고개를 숙이고 발을 나란히 모으고 서 있는 것을 보고 위인됨을 성실하게 보았다. 그래서,

"응씨 어른께서 특별히 부탁하시니 우리 집에서 열심히 일하거라." 하면서 다시,

"좋은 날을 잡아서 계약서를 쓰고 내외가 같이 건너와 살게나." 하고 분부했다. 이 말을 듣고 내우는 절을 하며 고맙다고 인사를 했다. 서문경은 금동더러 내우를 데리고 안채로 들어가 월랑 등 안사람들에게 인사를 시키라 했다. 내우를 데리고 안으로 들어가자 월랑이 말했다.

"내왕이 있던 곳에 저 사람이 머물게 하거라."

월랑은 잠시 앉아 있다가 집으로 돌아갔다. 응보와 내우는 함께 고용계약 문서를 써서 서문경에게 건네주니 서문경이 받아 간수하고, 내우의 이름도 내작[來爵]으로 바꾸었다. 한편 분사의 부인은 자기 집 큰애를 하제형에게 보낸 뒤에 매일 물건을 사는 일은 평안과 내안, 화동을 시키거나 혹은 이웃에 있는 한씨 아주머니의 아들인 소우아[小雨兒]가 해주었다. 서문경 집에서 일을 보는 그들은 틈만 있으면 그 집에 건너가서 놀거나 술을 마시곤 했다. 이들이 오면 분사의 부인도 기분 좋게 안주 등을 만들어다 주었다. 혹은 차를 끓여달라 해도 기꺼이 해주었다. 때문에 분사가 상점에서 잠시 들어왔다가

그들이 있는 것을 보고서도 별반 이상하게 생각하지 않았다. 더구나 지금 분사가 집에 없으니 심부름을 시키면 누군들 나서지 않겠는가? 대안과 평안이 항시 그 집을 오가며 거들어주었다.

초아흐렛날 서문경은 안랑중, 왕참의, 뇌병비와 함께 술좌석을 마련하고는 조지부를 초청했다. 이날 아침 내작 내외가 서문경 집으로 이사를 들어왔다. 내작의 부인은 바로 안채로 들어가 월랑을 위시한 여러 부인에게 인사를 올렸다. 월랑이 내작의 부인을 보니 자줏빛 명주 저고리와 검은 적삼에 녹색 치마를 입고 있으며, 오 척 단구에 갸름한 얼굴에 얇게 화장을 하고 입술을 붉게 바르고 양발을 뾰족하게 전족을 하고 있었다. 이를 보고 월랑은 내작의 부인에게 여러 가지를 물어보니 바느질이며 음식이며 모든 것을 다 할 줄 안다고 대답했다. 그래서 이름을 혜원[惠元]으로 고치고 혜수[惠秀], 혜상[惠祥]과 함께 사흘에 한 번씩 부엌일을 맡아보게 했다.

어느 날 성 밖에 사는 양노파(맹옥루의 큰어머니)가 세상을 뜨니, 안동이 와서 부고[訃告]를 전했다. 이를 듣고 서문경은 상 하나를 차리고 소, 돼지, 양과 국과 밥, 부의금 닷 냥을 준비했다. 오월랑과 이교아, 맹옥루 그리고 반금련이 가마 네 채에 타고 북쪽에 있는 상가로 가서 문상을 했다. 금동, 기동, 내작, 내안이 모두 가마를 따라가고 집에는 아무도 없었다.

서문경은 건너편에 있는 비단 점포 가게의 서재 안에서 재봉사를 불러 담비 가죽으로 월랑 등이 두를 목도리를 만드는 것을 보고 있었다. 먼저 하나가 다 되자 대안을 시켜 기원에 있는 정애월에게 보내주었다. 은자 열 냥도 같이 보내주며 설을 잘 지내라고 했다. 이를 받은 정애월 집에서는 대안에게 술과 음식을 대접하고 또 과일 씨나 사먹으라고 은자 석 전을 주었다. 대안이 돌아와 서문경에게 고했다.

"애월 아씨가 거듭 고맙다고 하셨어요. 또 전날 나리를 빈손으로 돌아가게 했다고 하더군요. 저한테도 은자 석 전을 주셨어요."

"네가 갖거라."

그러면서,

"분사가 없는데 네가 분사 집에서 나오다니 무슨 일이냐?" 하고 묻자 대안이 답했다.

"분사 아주머니께서 딸이 시집을 가고 나서 심부름시킬 사람이 없어요. 그래서 가끔 저희들한테 물건 좀 사다 달라고 부탁을 하세요."

"잘했다. 시킬 사람이 없다니 너희가 좀 도와주거라."

그러면서 살며시 말했다.

"네가 분사의 부인한테 건너가서 '나리께서 아주머니를 만나러 오시겠다는데 어떠세요?' 하며 뭐라고 대답하는지 보거라. 만약 괜찮다고 한다면 손수건을 하나 달래서 가져오려무나."

"잘 알겠습니다."

이렇게 대안은 서문경의 부탁을 받고 물러났다. 서문경은 진경제 한테 담비 목도리 만드는 것을 잘 지켜보라고 이르고는 집으로 돌아왔다. 잠시 뒤에 왕경이 고[顧]씨 금은방에서 금으로 만든 호랑이와 금비녀 네 쌍을 가지고 와서 서문경에게 건네주었다. 서문경은 두 쌍은 서재에 두고 나머지는 소매에 넣고 이병아 방으로 건너갔다. 서문경은 자리에 앉아서 여의아에게 금 호랑이와 비녀 한 쌍을 주고 영춘에게도 비녀 한 쌍을 주었다. 두 사람은 이를 건네받고 날아갈 듯이 고맙다고 절을 했다. 서문경은 영춘에게 밥을 가져오라 하여 먹고 바로 밖으로 나가 서재로 돌아와 앉아 있었다. 이때 대안이 슬그머니 안으로 들어왔다가 왕경이 있는 것을 보고 말을 못하고 머뭇거렸다. 이를 보고 서문경은 왕경에게 안에 들어가서 차를 내오라고 보냈다. 대안이 다가와서,

"건너가 말씀드렸더니 웃으시며 저녁에 만나자고 하시면서 나리께서 오실 때까지 기다리겠답니다. 소인을 불러서는 이 손수건을 주셨어요."

하며 손수건을 건네주자, 서문경이 이를 받아보니 붉은 종이에 붉은 색 비단 손수건이 싸여 있었다. 코에 대고 향기를 맡아보니 향내가 코를 자극했다. 대단히 기뻐하여 급히 소맷자락에 집어넣었다. 이때 왕경이 차를 내오자 차를 마시고 다시 맞은편 점포로 나가서 재봉사가 목도리 만드는 걸 구경했다. 그런데 화대구가 왔다는 전갈이 왔다. 서문경이,

"이리로 모시거라."

하니 잠시 뒤에 화자유[花子油]가 서재의 온돌방으로 안내받고 들어와 인사를 하고 자리에 앉았다. 그러고는 그동안 너무나 많은 폐를 끼쳤다며 감사의 말을 했다. 그리고 잠시 한담을 나누고 있는데 화동이 맞은편 집에서 차를 가져와 차를 마셨다. 차를 마시며 화자유가,

"성 밖 상인이 무석[無錫](강소성 무석현) 쌀 오백 석을 가지고 왔는데 강이 얼어서 급히 팔고 집으로 돌아가려고 합니다. 제 생각에는 나리께서 이 쌀을 사시면 좋겠는데요."

하자 서문경이,

"내가 공연히 그런 것을 사서 뭐하게? 강이 얼었는데도 사는 사람이 없다면, 강이 풀려 배가 오가면 값이 더 떨어지겠지. 더구나 지금 집에 돈도 없어."

그러고는 대안에게,

"물건들을 걷어치우고 탁자를 내려놓고 안에 들어가 안주를 좀 내오거라."

하고는 다시 화동에게는,

"화씨 어른과 같이 자리하게 응씨 아저씨를 모셔오너라."

라고 분부했다. 잠시 앉아 있자 백작이 도착했다. 세 사람은 화롯불 주위에 둘러앉아 탁자를 펴놓고 술을 마셨다. 상 위에 안주를 네 가지 차렸는데 모두 닭고기나 생선을 지지거나 기름에 볶은 것들이었다. 또 손설아한테 떡을 몇 개 구워 내오라 하였고, 또 내장국 네 그릇이 나왔다. 그러고 있는데 오도관의 제자인 응춘이 절예소고[節禮疏誥](설을 지낼 때 승려들이 설 예물 대신 신도들에게 보내는 설 축하 편지)를 들고 왔다. 서문경은 안으로 들어오게 해 함께 자리하고 술을 건네고 또 이병아가 죽은 지 백 일째 되는 날 경을 읽어주어 고맙다고 은자를 주었다.

술을 마시다가 해가 질 무렵에 두 사람은 자리에서 일어났다. 잠시 뒤에 감지배인이 점포 문을 닫자 감지배인을 불러 자리를 함께해 백작과 주사위 놀이를 하고 수수께끼를 풀면서 얘기를 나누었다. 그러는 사이에 어느덧 등잔을 켤 정도로 어두워지니, 월랑 등 여러 부인이 가마를 타고 양노파의 상갓집에 문상을 갔다가 돌아오고 내안이 마님들이 돌아오셨노라고 아뢰었다. 백작이,

"마님들이 모두 어디 갔다 오시는 길입니까?"

하고 물으니 서문경이 말했다.

"북쪽에 있는 옥루의 큰고모인 양노파께서 돌아가셨어. 오늘이 사흘째라서 음식을 약간 준비해서 부의금을 가지고 모두들 조문하러

간 거야."

"그 노인께서는 장수를 하셨어요."

"그렇지, 아마도 일흔대여섯은 되었을걸. 아들딸이 없어서 조카와 함께 생활했지. 관도 내가 몇 년 전에 미리 준비해주었지."

"잘하셨어요. 노인이 안락하게 돌아가셨으니 이 모든 게 다 형님이 음덕을 쌓으신 겝니다."

말을 마치고 술을 몇 잔 더 마신 뒤에 백작과 감지배인은 인사를 하고 돌아갔다.

서문경이 대안에게 물었다.

"열하룻날은 진서방이 숙직을 서나?"

"저쪽에 있는 부지배인도 집으로 돌아가셔서 소인 혼자서 가게에서 잡니다."

이 말을 듣고 서문경은 자리에서 일어나 건너가서 하인인 왕현[王顯]에게,

"불 단속 잘하거라."

하고 분부하니 왕현이,

"잘 알겠습니다."

하고는 바로 문을 걸어 잠근다. 서문경은 사람이 없는 걸 보고 잽싸게 분사의 집으로 건너갔다. 가서 보니 분사의 마누라가 문가에서 오래전부터 기다리고 있었다. 맞은편에서 문 닫는 소리가 나면서 금세 서문경이 어둠 속에서 모습을 나타내며 앞으로 다가섰다. 분사의 부인은 급히 문을 걸어 잠그고 서문경을 안으로 들게 하면서,

"나리, 창호지를 바른 방 안으로 들어가 앉으세요."

했다. 원래 이 집에는 격자 방이 있고 창호지를 바른 방은 작은 온돌

을 놓고 불을 때 따스하게 해놓았다. 또 등잔불도 밝혀놓았는데 어느새 도배도 새로 눈처럼 하얗게 해놓았고 병풍도 펼쳐놓았다. 부인은 머리에 비취를 박은 머리띠를 두르고 금비녀 네 개를 꽂고 귀고리를 하고 있었다. 자주색 비단 저고리에 옥색 치마를 입고 있었다. 서문경을 향해 인사를 올리고는 급히 차 한 잔을 서문경에게 건네주었다. 그러면서 가만히 말했다.

"옆집 한씨 아주머니가 알까 두려워요."

"괜찮아, 이렇게 어두운데 어찌 알겠어."

서문경은 더는 말을 하지 않고 다짜고짜 부인을 품에 끌어안고 입을 맞추었다. 그런 후에 베개 가까이 가서는 옷을 벗어 온돌 주위에 걸어놓고 다리를 들어올리고는 바로 자기 물건을 꺼내는데 이미 은탁자를 매달아놓고 있었다. 그 물건을 여인의 은밀한 곳에 집어넣으며 몇 차례 왕복 운동을 했다. 몇 번을 그러노라니 부인의 아래쪽에서 음수가 흥건히 흘러서 서문경이 입고 있는 남색 바지를 모두 적셨다. 서문경은 여인의 비경에서 자기 물건을 꺼내고 작은 주머니에서 전성교[顫聲嬌]를 꺼내 귀두[龜頭]에 바른 뒤에 다시 여인의 그곳으로 집어넣으니 비로소 음수가 흘러나오던 것도 멈추고 왕복 운동도 제대로 할 수 있었다. 부인은 두 손으로 어깨를 꼭 끌어안고 힘을 쓰며 밑에서 야릇한 신음소리를 끊임없이 뱉었다. 서문경은 술도 오른지라 부인의 두 다리를 양 겨드랑이에 끼고서 물건을 여인의 깊숙한 곳까지 수없이 밀어 넣었다 빼면서 즐기니 어찌 이삼백 번의 왕복으로 그치겠는가?

한참을 이렇게 즐기노라니 부인의 머리는 다 풀어져 흘러내리고, 혀끝도 차가워져서는 말도 제대로 할 수 없을 지경이었다. 서문경도

제77화 길 가는 사람들의 입이 바로 '비문'

숨을 한참 헐떡이다가 흥분이 극에 달해 더는 참지 못하고 마치 쏟아내듯 사정을 했다. 잠시 뒤에 물건을 꺼내니 음액이 묻어 나왔다. 이를 보고 부인이 비단 손수건으로 정성스레 닦아주었다. 둘은 이렇게 일을 마치고 옷을 입고 허리띠를 두르고 머리를 매만지고 화장을 고쳤다. 서문경은 소맷자락에서 대여섯 냥 정도의 은자 덩어리와 금비녀 두 쌍을 꺼내 부인에게 주며 설에 꽃 비녀나 허리띠를 사라고 했다. 부인은 인사를 하고 받으며 살며시 문을 열고는 서문경을 돌려보냈다. 저쪽 가게에서는 대안이 이쪽 집의 문소리가 언제 들리는지 온 정신을 집중하고 있다가 문소리가 들리자 바로 문을 열고 서문경을 안으로 모시니 이 일을 아는 사람이 아무도 없었다. 그러나 아침저녁으로 오가고 그 횟수가 차츰 늘어가자 사람들이 점차로 이를 눈치 채게 되었다.

남들이 알까 두려우면 아예 그 일을 하지를 말라 하지 않던가!

옆집에 사는 한씨 아주머니가 이를 눈치 채고는 반금련에게 알려주었다. 그러나 금련은 이를 듣고 모른 척했다.

정월 보름날에 교대호 집에서 술좌석을 열어 초청하니, 서문경은 자기네 집에서 모여 응백작, 오대구와 함께 건너갔다. 이날 교대호의 집에서는 많은 일가친척이 모여 술을 마시며 놀다가 이경쯤 되어서야 헤어졌다. 다음 날에는 집집마다 음식 한 상씩을 차려 보냈다.

한편 최본[崔本]은 이천 냥어치의 호주[湖州]산 명주 등을 사서 배에 신고 섣달 초순에 출발해 임청[臨淸]의 부둣가에 도착해서는 일꾼인 영해[榮海]에게 물건을 잘 보라 이르고 세금 낼 돈을 가지러 집으로 왔다. 문에 이르니 이를 보고 금동이,

"최씨 아저씨가 돌아오셨군요. 안의 대청으로 들어가세요. 나리께

서는 지금 맞은편 가게에 계시니 제가 모셔올게요."

하고는 곧바로 맞은편 가게로 나가 보았으나 서문경이 보이지 않았다. 그래서 평안에게 물으니,

"나리께서는 안채에 계실걸?"

하니 금동은 안방으로 가 월랑에게 물어보았다. 월랑은,

"정신 나간 놈을 보았나! 나리께서는 아침 일찍 나가셨는데 언제 이곳으로 들어오셨다고 그래!"

하자, 이에 각 방과 화원 서재를 다 뒤져봐도 서문경의 그림자도 보이지가 않았다. 금동은 대문 앞에 서서 큰소리로 말했다.

"이거 사람 미치고 환장하겠네! 나리께서는 도대체 어디를 가셨지? 이 벌건 대낮에 나리를 아무리 찾아도 보이지가 않다니… 최씨 아저씨가 오셔서 하루 종일 앉아 기다리고 계신데."

그러나 대안은 서문경이 어디를 갔는지 알고 있었으나 아무런 말도 하지 않았다. 그런데 뜻밖에도 서문경이 앞쪽으로부터 걸어나오니 모든 사람들이 깜짝 놀랐다. 원래 서문경은 분사의 집에 있다가 골목길로 해서 빠져나온 것이었다. 이에 평안은 서문경을 안으로 모시고는 금동을 쳐다보며 혀를 낼름거리니, 이를 본 하인들은 모두 평안을 대신해 양손에 땀을 흘리며,

"저렇게 버릇없이 굴다가 최씨 아저씨가 가면 금동한테 몇 대 쥐어맞지."

하고들 걱정했다.

한편 서문경이 대청으로 들어서자 최본이 절을 하며 장부를 올려 보이면서,

"배가 항구에 도착했는데 통관세가 부족해 왔습니다. 섣달 초하루

에 호주[湖州]를 출발해 양주[楊州]에서 한주관들과 헤어졌는데 그들은 항주[杭州]로 갔습니다. 저희들은 돌아오는 길에 모두 양주에서 묘청[苗青]의 집에서 이틀을 묵었습니다.”

그러면서 계속하여,

“묘청은 나리께 보내려고 은자 열 냥을 써서 양주 위[衛]의 어느 천호 집의 딸을 샀는데 열여섯으로 이름은 초운[楚雲]이라 합니다. 얼굴은 꽃과 같이 화사하고, 살결은 옥과 같이 희고, 눈은 별과 같이 빛나며, 눈썹은 초승달과 같고, 허리는 버들처럼 가늘고 두 발은 길지도 짧지도 않은 정확한 세 치입니다. 모습이 물속의 고기나 날아다니는 기러기 같고 달을 가리고 꽃이 부끄러워할 정도의 아름다움입니다. 노래 또한 수천 곡을 알고 있습니다. 참으로 풍류는 수정 쟁반에 명주 구슬을 굴리는 듯하고, 태도는 붉은 살구나무 가지 위로 밝은 태양이 솟아오르는 듯합니다. 지금은 묘청이 집에다 데려다놓고 화장하는 것도 가르치고 패물이며 옷도 장만해주고 있는데 봄이 되면 한지배인과 내보의 배편에 나리께 보내 나리의 시중을 들게 해 소일거리나 하시라고 하더군요.”

했다. 이 말을 듣고 서문경은 대단히 기뻐하며,

“네 배로 데려왔으면 좋았을 텐데… 공연히 패물이며 옷까지 장만해주려고 신경을 쓰다니, 우리 집에 그런 것이 없겠느냐?”

하니, 서문경은 날개가 있다면 금방이라도 양주로 날아가 그 초운이라는 아가씨와 맘껏 놀아보고 싶은 심정이었다.

눈으로 직접 보지 않고는 알 수 없어라. 도무지 제대로 알지를 못하겠구나.

시가 있어 이를 증명하니,

양주 땅에 초운이란 여성이 있다고

우연히 전해 들었으나 정말이구나.

좋은 것은 모두 떨어져 있는 것을 알지 못하네

주인이 누구냐고 매화꽃에게 물어보네.

聞道楊州一楚雲　偶憑出鳥語來眞

不知好物都離隔　試把梅花問主人

서문경은 최본과 함께 식사를 하고는 은자 쉰 냥을 달아주어 세금을 내게 하였다. 또 세관에 있는 전주사[錢主事]에게 잘 부탁한다는 편지를 써서 주었다. 최본은 바로 작별 인사를 하고 교대호 집으로도 건너가서 소식을 전했다.

한편 평안은 서문경이 금동을 찾지 않는 것을 알았다. 이에 모든 사람들은,

"귀여운 것, 너는 재수가 좋구나. 만약 나리께서 들어와 찾았다면 묶여서 여러 차례 얻어맞았을 게야."

하니 이 말을 듣고 금동은,

"저는 나리의 성격을 잘 알아요."

했다. 화물이 부둣가에 도착했으나 짐을 사자가 상점에 가져다놓으려면 하순께나 되어야 했다. 시간이 약간 난 서문경은 집에서 하인 애들을 시켜 설날 선물을 보내고 있는데 형도감의 심부름꾼이 명첩을 가지고 와서는,

"송어사의 관리들에 대한 평가 상주문이 서울로 올라간 지 이미 며칠이 되었는데, 조정에서 성지가 내려왔는지 모르겠습니다. 그래 수고스러우시겠지만 나리께서 찰원[察院](관리의 감독과 탄핵을 하는

관청)으로 알아보시는 게 좋을 듯싶습니다."

하고 말을 전했다. 이에 서문경은 바로 밑에 있는 관원인 절급[節級]에게 은자 닷 전을 주어 순안부에 가서 소식을 좀 알아오게 했다. 가서 보니 어제 동경에서 공문이 내려와 공문을 전부 베껴 와서 서문경에게 보여주었다. 그 위에 쓰여 있기를,

산동순안어사 송교년의 상주문

법에 따라 지방의 문무관원을 천거하고 탄핵하여 민심을 격려하고자 하니 성상의 다스림이 널리 빛나게 하소서.

신이 엎드려 생각하건대 관리된 자는 백성을 어루만지고, 장수들은 국가의 어지러움을 막아야 합니다. 그렇게 함으로써 지방의 백성들을 보호하며 백성들의 목숨을 돌볼 수 있는 것입니다. 만약 그 직에 맞지 않는 위인이라면 백성이 해를 받게 될 테니 나라가 어찌 되겠습니까? 이 때문에 국가에서 문무[文武] 두 관리를 선발하고 관리함에 한 치의 흐트러짐이 없이 만전을 기하는 것이라 생각이 됩니다.

신은 어명을 받들고 산동 등지에 친히 가서 각 성의 행정과 민정을 살펴보았습니다. 이정민막[吏政民瘼](관리의 정치적 업적과 백성의 질고[疾苦])과 감사[監司](감찰의 책임을 지고 있는 관리. 한[漢] 이후의 사예교위[使隸校尉]와 독찰주현[督察州縣]의 자사[刺史], 전운사[轉運使], 안찰사[按察使], 포정사[布政使] 등을 통칭함) 어느 것에도 온 힘을 다해 살펴보았습니다. 그리고 안무대신[安撫大臣]에게 명을 내려 여러 관리의 어질고 그렇지 못함을 상세하게 감별하게 해 그 진실됨을 파악하고 있습니다. 이제 임기가 다 되었기에 감히 하나하나 아뢰지 않을 수 없나이다. 산동 좌포정[左布政](종이품[從二品], 감찰기관) 진사잠[陳四

箴]은 지조가 있고 충직하여 백성을 다스림에 법도가 있습니다. 염사[廉使] 조눌[趙訥]은 기강을 바로잡아 백성들이 모두 복종하며, 제학부사[提學副使] 진정휘[陳正彙]는 부지런하고 근면하게 일을 하며 엄격하게 법도를 지키고 있습니다. 또 탐방을 해본 결과 병비부사[兵備副使] 뇌계원[雷啓元]은 군민[軍民]이 그 은혜와 위엄에 감복을 하고, 그 휘하의 막료들은 모두 다 일을 알고 있습니다. 제남[濟南] 지부[地府] 장숙야[張叔夜]는 경세제민[經世濟民]으로 명망이 높으며 통치의 재주가 뛰어납니다. 동평부[東平府] 지부[知府] 호사문[胡師文]은 임소[任所]에 거하며 청렴하며 사려가 깊고 백성들 보기를 자기 상처 돌보듯 자상하게 보며, 서주[徐州] 지부[知府] 한방기[韓邦奇]는 뜻을 가지고 정무에 힘을 쓰고 재주가 가히 국가의 재량이 될 만합니다. 채주부[蔡州府] 지부[知府] 엽조[葉照]는 해적을 무찌르고 땅에 떨어진 주인 없는 물건도 함부로 줍지 않는 미풍양속을 만들어 놓았고 백성들로 하여금 밭가는 일에 전념케 하고 밭을 개간해 황무지를 없앴습니다. 이들을 신이 살펴보건대 모두 마땅히 추천하고 장려하여 승진시켜야 되리라 사료됩니다.

또 알아본 결과 좌참의[左參議] 풍정곡[馮廷鵠]은 나이가 들어 등이 굽고 휘었으며 나무 인형 같으면서도 탐욕스럽기 그지없으며, 동평부 지부 서송[徐松]은 부친의 첩을 부추겨 남한테 뇌물을 받아 원성이 관가에까지 미치며, 그 원망과 비방이 온 거리에 가득합니다. 때문에 이들 둘은 마땅히 공직에서 쫓아내야 될 것으로 사료됩니다.

또 알아본 바에 의하면 좌군원첨서수어[左軍院僉書守禦] 주수[周秀]는 도량이 넓고 일을 함에 노련하여 장수로서의 체통을 얻고 있기에 백성들이 진심으로 감복하고 도적들이 두려워하고 있습니다.

제주[濟州] 병마도감[兵馬都監] 형충[荊忠]은 힘이 있고 강하며 재주가 아주 노련하고 뛰어났기에 비록 무관[武官]직이라고 하나 오히려 유장[儒將]이라 불려도 좋을 만합니다. 승산을 가지고 적과의 싸움에 임하며, 호령으로 그 법도를 엄히 하니 군졸들을 능히 잘 다스릴 수 있습니다. 연주[兗州] 병마도감 온새[溫璽]는 일찍이 육도삼략[六韜三略]을 익히고 활을 쏘고 말 타는 것을 익혀 기병[騎兵]을 양성하여 불시의 공격에 대비하고 또 장애물을 설치하여 예측할 수 없는 사태를 방비하고 있습니다. 이들 세 사람은 마땅히 승진을 시켜주셔도 가하리라 사료됩니다. 청하현 천호 오유덕[吳有德]은 노련한 재주에 성을 지키는 법을 알고 있습니다. 또 군사를 몰아 적을 쳐서 이기지 못하는 적이 없으며, 식량을 여유 있게 비축하여 배부르지 않은 자들이 없습니다. 배부르게 먹고 나라 일에 힘을 다할 수 있게 했나이다. 실로 한 지방의 방패로 국가의 병풍이라 하겠습니다. 마땅히 특별히 발탁을 하시어 그들의 사기[士氣]를 고무[鼓舞]시켜야 할 것입니다.

폐하께서 신의 말을 기꺼이 받아주신다면 천거를 그대로 이행해주시옵소서. 관리들의 승진이나 이동이 함부로 되지 않고 이치대로 행해지고 관리들의 선발이 공평하게 이루어진다면 백성들이 모두 믿고 따를 것이며 성스러운 다스림에 더욱 빛이 있을 것입니다.

이어서 이에 대한 조정의 회신이 쓰여 있기를,

이상 성지를 받들고 각 부에 알린다. 해당 부서인 이[吏]·병[兵] 부는 송교년 어사가 관리들의 치적을 평가하여 각 관원들을 탄핵하고 추천한 상주문은 모두 나라를 위하는 충성스러움과 공정한 마음으로 올린 듯하다. 사실 여부를 좀 더 알아본 뒤에 성스러운 다스림이 되게 하라.

삼가 황상의 밝으심에 따라 각 부는 시행토록 한다. 이는 천하의 다행이고 백성들의 행복이로다. 성지에 따라 바로 실행토록 하라.

서문경은 이것을 한번 보고 대단히 기뻐 곧 관보를 들고 안채로 들어가 월랑에게 말했다.

"송어사가 올린 상주문이 통과가 되어서, 자네 오라버니도 지휘첨사로 승진하고 보직을 받게 될 거야. 주수비와 형도감도 모두 칭찬을 받고 격려를 받아 부참통제[副參統制](송대 출정군의 사령관을 도통제[都統制]라 하고 부참통제는 그 밑의 직책임)로 전보 임명이 됐어. 빨리 하인을 시켜 처남을 모셔와 알려줘야 해."

"영감이 하인 애를 보내 모셔오세요. 저는 하녀들을 시켜 술안주를 장만할게요. 근데 오라버니가 진급하면 돈이 필요할 텐데 그게 걱정이에요."

"쓸데없는 걱정은! 내가 빌려주면 되잖아."

잠시 뒤에 오대구가 도착했다. 서문경은 오대구에게 상주문과 오대구에 관한 성지를 베껴온 것을 보여주었다. 이를 보고 오대구는 연신 서문경과 월랑에게 고맙다고 하면서,

"모든 게 매형과 누이가 힘써주신 덕분입니다. 이 은혜는 잊지 않고 꼭 갚겠습니다."

하니 이 말을 듣고 서문경이,

"큰처남께서 승진 턱을 내실 때 돈이 필요하시면 제가 은자 일천

냥을 빌려드릴 테니 가져다 쓰세요."

하자 오대구는 다시 고맙다고 인사를 했다. 말을 마치고 월랑의 방에
서 술과 안주를 마련해 술을 마셨다. 월랑도 곁에 앉아서 얘기를 나
누었다. 서문경은 즉시 진경제에게 전체를 다 베끼게 해 오대구에게
주었다. 그런 뒤에 대안에게 명첩을 주어 관보를 형도감과 주수비에
게 가지고 가 기쁜 소식을 알리게 했다.

권컨대 그대여 비석[碑石]을 새기려 하지 마소.
길 가는 사람들의 입이 바로 비문[碑文]*이라오.
勸君不費鐫硏石 路上行人口是碑

---

* 시비[是非], 선악[善惡]은 자기가 스스로 표방할 필요 없이 대중들이 알아서 평론할 것이라는 뜻

제78화 등불과 달빛이 미인들을 밝게 비추니

서문경은 임부인과 두 번 놀고,
오월랑은 등불놀이에 남씨를 청하다

황종응률[黃鐘應律]*에 좋은 바람이 일고
음복양생[陰伏陽生]**하니 아름다운 새해가 시작되네.
해바라기 그림자는 해를 따라 길게 드리웠고
매화는 대한[大寒]보다 앞서 피어났네.
팔신[八神]***에 나무 세워 시간을 재니
피리 소리 이는 곳에 먼지가 나는구나.
언덕 주변에선 새 버들이 피어올라
얼기설기 얽힌 것이 봄을 맞이하는 듯하구나.

黃鍾應律好風催 陰伏陽生淑歲回

葵影便移長至日 梅花先趁大寒開

入神表日占和歲 六管吹葭動細灰

已有岸旁迎臘柳 參差又欲領春來

---

* 고대 율력[律曆] 술어로, 황종은 12율의 하나. 고대인은 음률과 역법을 연관지어, 육률육여[六律六呂]라고도 함

** 겨울이 가고 봄이 옴을 가리킴

*** 점술[占術]에서 길흉방위[吉凶方位]를 맡는 팔주[八柱]의 신[神]. 태세[太歲], 대장군[大將軍], 태음[太陰], 세형[歲刑], 세살[歲殺], 세파[歲破], 황번[黃幡], 표미[豹尾]

이날 오대구는 서문경과 함께 늦게까지 술을 마시고 집으로 돌아 갔다. 다음 날 형도감이 아침 일찍 말을 타고 인사를 와서는 말했다.

"어제 내려온 성지를 보고 어찌나 기뻤는지 모릅니다. 이 모든 게 대인께서 신경써주시고 수고해주신 덕분이니 실로 그 은혜를 잊기 어렵습니다. 범대인[范大人]은 늙었고, 장국헌[張菊軒]도 승진하기를 바랐지만 그냥 그 자리에 있어도 됐습니다! 그만해도 다행입니다."

말을 마치고 차를 두 잔씩이나 마시고 형도감은 자리에서 일어나 며 다시,

"운리수 어른은 언제 우리를 술자리로 청한답니까?"

하고 묻자 서문경은,

"설이 다가왔으니 이삼 일 내로는 안 될 겁니다. 중순경이나 되겠 지요."

라며 대문까지 바래다주니 형도감은 말에 올라 떠나갔다. 서문경은 집에 돌아와 돼지 한 마리를 잡고 절강산 술 두 동이 그리고 붉은 비 단에 해태 무늬가 있는 관원의 깃띠와 비단 한 필과 검은 바탕에 화 사한 꽃무늬가 있는 옷 한 벌과 과일로 속을 넣은 떡 백 개를 송어사 한테 감사의 선물로 꾸려 춘홍에게 명첩을 들려 송어사가 있는 찰원 [察院]으로 보냈다.

문지기가 안으로 들어가 기별을 하니 송어사는 춘홍을 뒤채 온돌 방으로 불러 차를 주었다. 그동안 회신을 써서 봉투에 넣고 춘홍에게 는 수고비로 은자 석 전을 주었다. 돌아와 서문경에게 답신을 전해 서문경이 받아서 찢어보니 위에 쓰여 있기를,

두 번이나 댁에 가 폐를 끼쳐 죄송하고 송구스러운 마음 금할 길이

없습니다. 그런데도 오늘 이처럼 후한 선물을 보내주시니 실로 감당키 어렵습니다. 친척 되는 분과 형도감의 일은 이미 조정에 상주한 것을 알고 계시리라 믿습니다. 조만간 만날 수 있기를 고대하며 그때 자세한 말씀 나누기로 하겠습니다.

시생[侍生] 송교년 올림
대금의서문선생대인문하[大錦衣西門先生大人門下]

송어사는 사람을 시켜 달력 백 부와 종이 사만 장, 돼지 한 마리를 답례로 보내왔다.

어느 날 오대구에게 본부의 관아로 부임하라는 관청의 문서가 내려왔다. 서문경은 바로 인사를 가서 오대구에게 은자 서른 냥과 비단 네 필을 주며 아래위 사람들에게 인사하는 데 쓰게 했다.

스무사나흘경에는 관청이 조금 한가했다. 일찌감치 서류 재가를 마치고 집으로 돌아와 양을 잡고 술을 준비하고 또 선물로 쓸 족자를 마련했다. 그리고 친척들과 친구들을 부르고 본위[本衛]에서 취임을 마치고 돌아온 오대구를 불러 축하해주었다. 또 하천호의 가족들이 동경에서 이사를 왔기에 서문경은 월랑의 이름으로 축하의 차를 보냈다.

스무엿샛날에는 옥황묘의 오도관이 제자 열둘을 데리고 와서 죽은 이병아의 백일제를 올리며 십회도인[十回度人](승려나 도사들이 죽은 사람을 위해 법사[法事]를 올릴 적에 경문을 열 번 읽는 것)을 하고 법사를 거행하고 크게 북과 징을 치고 향을 살랐다. 이날 여러 일가친척들도 차들을 보내오고 제사를 마친 뒤에 함께 제사 음식을 나누어

먹고 저녁 늦게서야 비로소 헤어졌다.

서문경은 스무이렛날에 각 집에 설 선물을 보내고, 응백작, 사희대, 상시절과 부지배인, 감지배인, 한도국, 분지전, 최본에게 돼지 반 마리, 양 반 마리, 술 한 동이, 쌀 한 가마니, 은자 한 냥씩을 보냈다. 기원에 있는 이계저, 오은아, 정애월에게는 명주산 비단 옷 한 벌, 은 자 석 냥씩 보냈다. 오월랑은 또 암자의 설비구니에게 제를 올리는 데 써달라며 내안을 시켜 향과 기름, 쌀, 밀가루와 은전을 보냈다.

그러는 사이에 어느덧 섣달 그믐날이 되었다. 창가에는 매화가 피고 달빛이 아련하고, 처마 밑에는 눈이 바람에 흩날리고, 수많은 집에서는 폭죽이 터져 올랐다. 집집마다 입춘대길[立春大吉]을 기원하는 대련[對聯]의 춘승[春勝](오색 종이를 가위로 오려 입춘[立春]에 문이나 창에 붙이는 것)을 붙이고, 곳곳에 종이에 쓴 춘련[春聯]이 붙어 있었다. 서문경은 종이를 태우고 나서 다시 이병아 방에 건너가 영전에 제사를 지내고 다시 안채에 술자리를 차렸다. 집안의 월랑과 이교아, 맹옥루, 반금련, 손설아, 서문경의 큰딸과 사위인 진경제도 모두 술을 권하고 양편으로 앉았다. 그런 다음에 춘매, 영춘, 옥소, 난향, 여의아가 절을 올리고, 그 뒤에 소옥, 수춘, 소란아, 중추아, 추국이 절을 올렸다. 그다음에 내소의 처 일장청, 혜경[惠慶], 내보의 처 혜상, 내흥의 처 혜수, 내작의 처 혜원이 절을 올렸다. 그다음에 비로소 왕경, 춘홍, 대안, 평안, 내안, 기동, 금동, 화동, 내소의 아들 소철아, 내보의 아들 승보아[僧寶兒], 내흥의 딸 연아[年兒]가 와서 절을 올렸다. 서문경과 오월랑은 손수건과 은전을 세뱃돈으로 주었다.

다음 날은 중화[重和] 원년[元年] 정월 초하루였다. 서문경은 아침 일찍 일어나 관모를 쓰고 큰 붉은 관복을 입고 천지신명께 향을 사르고 종이를 태워 제사를 지내고 식사를 했다. 그런 뒤에 바로 말을 타고 순안에게 설 인사를 하기 위해 떠났다. 월랑과 여러 부인도 아침 일찍 일어나 곱게 단장을 하고 꽃과 비취를 꽂아 머리를 장식했다. 비단 치마에 수놓은 저고리를 입고 비단 버선에 각이 진 신발을 신고, 우아하면서도 예쁘게 화장한 뒤에 모두 안채 월랑의 방으로 건너가 설 인사를 했다. 평안과 당직을 보는 관리는 문 앞에서 방문객들의 명첩을 접수하고 찾아온 사람들을 접대했다. 대안과 왕경도 새 옷을 입고, 새 신에 새 모자를 쓰고는 문 앞에서 제기를 차거나 폭죽을 터트리다가 수박씨를 까먹으며 향주머니를 흔들며 놀았다. 지배인이나 주위 일꾼들이 찾아와 설 인사를 하려는 사람이 부지기수였으니 이 모두를 진경제 혼자 앞채 응접실에서 대접했다. 안채 대청에서는 푸짐하게 음식상을 차려놓고 친척과 친구들을 대접했다. 화원 서재에서는 털 휘장을 따스하게 드리우고, 바닥에는 비단을 수놓은 양탄자를 깔고 화로를 따스하게 피워놓고 상을 열 개 차려놓았다. 그리고 모두 금색 탁자보를 깔고, 바구니에는 진귀한 과일이 가득 담겨 있고, 꽃병에는 아름다운 꽃들이 꽂혀 있는데 이 화려한 상차림은 관가의 벼슬아치들을 대접하기 위해 준비한 것이었다.

점심때가 조금 지나 부현[府縣]으로 설 인사를 간 서문경이 돌아왔다. 서문경이 막 말에서 내리려고 할 적에 초선부의 왕삼관이 옷에 두건을 두르고 수행인 네댓을 거느리고 와서 인사를 했다. 서문경이 대청에 이르자 서문경에게 절을 여덟 번 올리고 월랑에게도 인사를 하겠다고 했다. 이에 서문경은 왕삼관을 안채로 데리고 가서 월랑에게 인사를 올리게 한 뒤에 다시 대청으로 나와 자리를 권했다. 그런 뒤에 비로소 술을 따라 한 잔을 마시게 하는데 하천호가 인사를 왔다. 서문경은 진경제에게 왕삼관을 잘 대접하라고 이른 후에 하천호와 함께 화원에 있는 서재로 가서 자리를 잡고 앉았다.

왕삼관은 한 잔을 마시고 바로 자리에서 일어났다. 진경제가 왕삼관을 대문까지 전송하니 말을 타고 떠났다. 잠시 뒤에 다시 형도감, 운지휘, 교대호 등이 연이어 찾아왔다. 서문경은 이들 손님을 하루 종일 상대하다 보니 어느덧 술이 거나하게 취했다. 저녁 무렵에 손님들이 돌아가자 안방에 들어가 쉬었다.

다음 날도 일찍 일어나 설 인사를 하러 나갔다가 저녁 늦게 집으로 돌아왔다. 집 안에는 한씨 이모부, 응백작, 사희대, 상시절, 화자유가 인사를 하러 왔다가 서문경이 없자 진경제가 이들을 모시고 대청에 앉아 있었다. 그렇게 한참을 기다리고 있노라니 서문경이 돌아와 서로 인사를 나누고 또 새로 술과 안주를 내오라 하여 술들을 마셨다. 한이모부와 화자유는 집이 멀지 않았으나 먼저 몸을 일으켜 돌아갔다. 그러나 응백작, 사희대, 상시절은 엉덩이가 바닥에 눌러붙은 듯 일어설 줄을 몰랐다. 그러다가 오이구가 오자 인사를 나누었다. 오이구는 이들과 인사를 나누고 안채 월랑에게 들어가 인사를 하고 밖으로 나와 그들과 함께 자리를 했다. 이렇게 먹고 마시다가 등불을 켤 무렵에야 비로소 돌아갔다. 서문경은 이미 머리끝까지 취했으나 백작 등을 문 앞까지 배웅해주었다. 서문경은 대안이 옆에 서 있는 걸 보고 대안의 손을 툭 쳤다. 대안이 바로 그 뜻을 알아차리고,

"그 집에는 지금 아무도 없어요."

하자, 서문경은 바로 분사의 집으로 발걸음을 옮겼다. 분사의 부인은 문가에 서 있다가 서문경을 반갑게 맞아 안으로 모셨다. 두 사람은 아무 말도 하지 않고 곧장 안방으로 들어갔는데 분사의 부인은 옷을

벗고 허리띠를 풀고 두 다리를 하늘을 향해 벌리고 벌러덩 누웠다. 서문경도 바지를 내리고 부인의 두 다리를 들어올렸다. 서문경의 물건에는 이미 은탁자가 매어 있어 바로 시작할 수 있었다. 부인이 두 다리를 벌리고 두 손으로 엉덩이를 들어 받쳐 서문경으로 하여금 물건을 깊숙이 밀어 넣게 하니, 어느덧 부인의 은밀한 곳에서는 축축한 음수가 흥건히 흘러나와 침상의 요를 다 적셨다. 서문경은 자기의 귀두[龜頭]에다가 전성고[顫聲膏]를 바르고 다시 부인의 허리를 꼭 잡아당기며 서로를 비벼댔다. 그렇게 하다 보니 서문경의 물건이 끝까지 다 들어가 터럭 하나의 틈도 없게 되니 부인은 눈을 희멀건하게 뜨고 입으로 계속 '아빠, 아빠' 하고 부르짖었다. 이에 서문경이 물어보았다.

"그래, 네 어릴 때 이름이 무엇이지? 나한테 말해보렴."

"저희 친정은 성이 섭[葉]이고, 다섯째예요."

이 말을 듣고 서문경은 입으로 중얼거리면서,

"섭오아야! 입으로 남자의 물건을 빨 줄 아느냐?"

하고 물어보았다. 사실 이 부인은 유모 출신인데 분사와 사통[私通]을 하고 도망쳐 나와 분사의 부인이 되었는데, 오 척의 몸매에 눈이 자그마하고, 금년에 토끼띠로 서른두 살이었다. 이러하니 그런 동작을 모를 리가 있겠는가! 입으로 흐르는 물과 같이 연신 '아빠, 아빠' 부르니 서문경은 더는 참지 못하고 쏟아붓듯이 사정을 했다. 서문경이 물건을 꺼내서 닦으려고 하니 분사의 부인이,

"닦지 마세요. 제가 무릎을 꿇고 혀로 핥아드릴게요!"

하니 이 말을 듣고 서문경은 대단히 기뻐했다. 부인은 정말로 몸을 구부리고 두 손으로 서문경의 물건을 감싸 쥐고 입으로 깨끗이 핥았

다. 그런 뒤에야 비로소 바지를 치켜 잡고 띠를 두르면서 서문경에게 물었다.

"나리, 어째서 제 서방은 아직 안 오는 거죠?"

"나도 분사가 돌아오기를 기다리는데, 아마도 동경에서 하대인이 분사를 붙잡아두고서 일을 시키는 것 같구나."

서문경은 그러면서 부인에게 용돈에 보태 쓰라고 은자 두세 냥을 주었다. 그러면서,

"실은 옷을 한 벌 주고 싶은데 분사가 알면 별로 좋지 않을 것 같아서 이 은자로 주는 것이니 자네가 적당히 알아서 쓰게나."

하고 말을 마치자 부인은 문을 열고 서문경을 배웅했다. 대안이 가게에서 한가로이 앉아 있으며 문을 열어놓고 있다가 서문경이 안으로 들어오자 잽싸게 문을 걸어 잠갔다. 서문경은 안으로 들어와 바로 뒤채로 들어갔다.

여러분, 내 말 좀 들어보소!

자고로 위의 서까래가 바르지 못하면 아랫것도 굽는다고 했는데 이 모든 것이 다 자연의 이치인 것이다. 한집안에서 주인이 바르지 못한 일을 하면, 그 집안에서 부리는 아랫것들도 다 이런 걸 본받아 행하는 것이다. 원래 이 분사의 여편네는 본분을 지키는 행실이 바른 여자가 아니었다. 먼저 대안과 놀아난 뒤에 다시 서문경을 꾀어 놀아난 것이다. 대안은 서문경이 분사의 집에서 일을 마치고 돌아와 안채로 들어가고 부지배인도 가게에서 자지 않자, 평안과 함께 술을 두 병 사가지고 바로 분사의 집으로 건너가서 열 시가 넘게 술을 마셨다. 그러다 평안이 자겠다며 가게로 돌아가자 대안은 바로 분사의 여편네와 하룻밤을 같이 지냈다. 세상에 이런 일도 다 있는 것이다!

참으로, 사람은 바느질을 잘할 필요가 없으니, 어찌 그런 재주가 우연히 오겠는가!

시가 있어 이를 증명하니,

눈 가득 노는 세계 눈이 혼미롭네.
지는 꽃이 어찌하여 진흙은 더럽히나
거문고를 들고 상릉[商陵]*의 지조를 탄식하네.
놀란 산새들이 나무를 돌며 울어대네.
滿眼風流滿眼迷 殘花何事濫如泥
拾琴暫息商陵操 惹得山禽繞樹啼

분사의 부인은 이날 밤 대안에게 말했다.

"옆집 한씨 마누라가 이 사실을 알고 소문을 퍼트려 안채 마님이 알게 되어 한도국의 마누라처럼 마님들한테 꾸중을 듣게 된다면 창피해서 어찌한다죠?"

"집안에서 큰마님과 다섯째 마님만 말씀을 하지 않으시면 다른 사람은 신경쓰지 않아도 돼요. 큰마님은 그래도 괜찮은데 다섯째 마님은 입이 아주 매섭고 날카롭지. 내가 가르쳐주는 대로 이번 설 기간 중에 적당한 선물을 사들고 큰마님께 인사를 가요. 다른 건 별로 좋아하지 않는데 평소에 찐 우유 과자를 잘 먹지요. 은자 한 냥어치를 사서 상자에 잘 담아 가져가면 돼요. 또 초아흐렛날은 다섯째 마님 생일이니 선물 약간과 과일 씨 한 상자를 사서 가져다 드리면 돼요.

---

* 『문선[文選]』 혜강[嵇康] (금부[琴賦])에서 상릉 목자[牧子]가 결혼을 해 오 년 동안 자식이 없자 부모가 다른 부인을 얻을 것을 종용하니 목자가 거문고를 들고 탄식했다는 이야기

그렇게 미리 인사를 해놓으면 나중에 쓸데없는 소문은 웬만큼 막아낼 수 있을 거예요."

이 말을 듣고 분사의 부인은 정말로 대안의 말대로 했으니, 그다음 날 서문경이 집에 없는 틈을 타 대안이 분사의 부인을 대신해 상자를 사서는 안채 월랑의 방으로 가져갔다. 월랑이,

"어디서 보내온 게야?"

하니 대안이 말했다.

"분사의 아주머니가 이 과자와 과일 씨를 마님께 드리라고 보내왔습니다."

"남편도 집에 없는데 무슨 돈이 있어서 이런 데까지 신경을 쓰나!"

하면서 월랑은 거두어들였다. 그러면서 만두 한 상자와 과일 한 상자를 대안에게 주며 말했다.

"가져다주고 고맙다고 전하게."

이날 서문경이 설 인사를 하고 일찌감치 집으로 돌아오자 옥황묘의 오도관이 설 인사를 왔기에 대청에서 함께 술을 마셨다. 그런 뒤에 오도관이 돌아가자 서문경은 옷을 벗고는 대안을 불러,

"말을 타고 문수한테 가서 '오늘 우리집 나리께서 임부인을 좀 뵙고 인사를 올릴까 하는데 어떤지요?' 하고 물어보거라."

하니, 이에 대안이 답했다.

"그 일이라면 잠시 가지 마세요. 제가 방금 문씨가 말을 타고 대문 앞을 지나가는 걸 봤어요. 초나흘날 왕삼관이 동경으로 육황태감[六黃太監]께 설 인사를 하러 간다더군요. 임부인께서 나리께 초엿샛날 건너오셔서 설이나 보내시라면서 집에서 기다리겠다고 하셨답니다."

"정말로 그렇게 말했더냐?"

"제가 어찌 감히 나리께 거짓말을 하겠습니까?"

이 말을 듣고 서문경은 바로 안채로 들어갔다. 안방으로 들어가 앉아 있노라니 바로 내안이 들어와,

"오대구 어른께서 오셨습니다."

하고 전갈했다. 오대구가 관모를 쓰고 금 허리띠를 두르고 안으로 들어와 서문경에게 인사를 하면서,

"말로는 다 못하겠습니다! 이 오개[吳鎧]가 매부의 크나큰 은혜를 입고 벼슬을 얻었는데 또 아래위 사람들한테 쓸 돈까지 주시니 정말로 감사할 따름입니다! 게다가 어제는 매부께서 일부러 저희 집을 찾아주셨는데 제가 없어 대접도 제대로 못하고, 공연히 매부를 헛걸음하게 만들었습니다. 그래서 이렇게 고맙다는 인사를 드리러 왔으니 제가 늦게 온 걸 널리 용서해주시기 바랍니다!"

말을 마치고 절을 올리니 서문경도 급히 고개를 반쯤 숙여 답례하면서 말했다.

"처남께 축하를 드리는 것이야 당연한 일이지요. 그런데 어찌 일부러 오셔서 그런 일에 신경을 쓰십니까!"

오대구가 서문경에게 인사를 마치고 나자, 월랑도 밖으로 나와 오라비인 오대구에게 절을 올렸다. 월랑은 흰 바탕에 주름이 잡힌 비단 금모자를 쓰고, 해달 가죽 머리띠를 두르고, 흰 비단 저고리에 침향색 편지금 조끼를 받쳐 입고 폭이 넓은 옥색 치마를 입고 있었다. 진주 귀고리 한 쌍을 달고, 금으로 만든 봉황 모양 비녀를 꽂고, 가슴에는 금 모양 노리개를 달고, 허리춤에는 자주색 향주머니와 오색 실로 짠 열쇠고리를 달고 있었다. 또 자색 바닥에 비단으로 씌운 굽이 높은 신을 신고, 산뜻하게 치장을 하고 꽃과 가지가 나풀거리듯 비단

띠가 바람에 나부끼듯 촛불이 춤을 추듯 날아갈 듯이 절을 네 번 올렸다. 오대구도 급히 답례하면서,

"누이, 두 번만 해도 족하지! 나와 올케가 체면도 없게 늘 와서 자네 부부한테 폐만 끼치고 있구먼. 다 내가 나이가 들어서 그러니 잘 보아주게나!"

하니 이 말을 듣고 월랑이 말했다.

"제가 혹시 미흡한 점이 있다 하더라도 오라버니께서 너그러이 봐주세요."

"무슨 말을! 자네 내외한테 너무나 많은 폐를 끼치고 있는데…."

서로 인사가 끝나자, 서문경은 오대구를 붙잡아 자리에 앉히면서 말했다.

"이렇게 날이 어두워졌으니, 형님께서도 더는 다른 데 가서 설 인사를 하지 않으시겠지요? 옷이나 벗고 방에 들어가 편히 쉬시지요."

이때 맹옥루와 반금련이 방에 있다가 오대구가 들어오는 소리를 듣고 급히 밖으로 나와 절을 했다. 모두 해달 가죽 머리띠를 두르고 흰 비단 저고리에 옥색 주름치마를 입고 있었다. 하나는 녹색 편지금 조끼를, 다른 하나는 자색 편지금 조끼를 걸치고 있었다. 머리에는 모두 쪽머리를 얹고, 옥루는 금 귀고리를, 금련은 보석 귀고리를 하고 있으며, 둘 다 뾰족한 전족을 드러내고 있었다. 오대구한테 절을 하고는 바로 자기 방으로 돌아갔다.

서문경은 오대구를 방으로 들어와 앉으라 권하고 화롯불에 불을 지피고 탁자를 깔고 풍성한 찬합 상자를 가지고 들어오게 했는데 그 안에는 각양각색의 더운 안주와 밥, 만두, 과자, 해물국 여덟 가지가 모두 들어 있었다. 소옥과 옥소도 모두 오대구한테 절을 올렸다. 잠

시 뒤에 식사를 마치자 월랑이 금테를 두른 작은 네모진 술잔에 술을
따라서 오라버니에게 건네주었다. 서문경이 주인석에 앉아서 자리
를 했다. 오대구가 월랑에게,

"누이도 와서 같이 앉지."

하니 월랑이,

"저도 바로 올게요."

하고는 잠시 밖으로 나가 술을 마시며 먹기에 적합한 안주와 과일을
내놓았는데, 죽순, 은어, 젓갈, 해파리, 천화채[天花菜](채소 이름으로
산서[山西]에서 생산됨), 사과, 귤, 석류, 배였다. 이 안주로 술을 마시
다가 서문경이 물었다.

"형님의 관청 일은 다 인수인계하고 인사를 마치셨는지요?"

"매부 덕분으로 연초에 부임해서 아래윗사람들에게 모두 인사를
해서 일고여덟 군데를 찾아갔는데 아직까지 둔소[屯所](둔전의 일을
관리하는 관서)에는 가보지 못했어요. 내일이 날짜가 좋으니 위[衛]
에 나가 일을 시작하고 사물함을 정리하고 둔소의 관리 책임자들인
둔두[屯頭]를 모이게 해 분부해둘까 해요. 전임 정대인[丁大人]이 일
을 잘못 처리해 이미 순무어사의 탄핵을 받아 해임이 되었잖아요. 그
래서 제가 그 후임으로 임명이 되었으니 반드시 책화호[冊花戶](호구
책[戶口冊] 상의 호구[戶口])를 깨끗이 정리하고, 둔전의 우두머리들을
경계하고 잘 단속해 옛 호구와 늘어난 새 호구를 말끔히 해놓아야겠
어요. 그래야 훗날 전세[田稅]를 둔위[屯衛](주병수위[駐兵守衛])가 징
수하기가 쉽지요."

"둔전[屯田](병졸이나 농민, 상인을 이용해 황무지를 개간하는 것. 명대
에는 군둔[軍屯], 민둔[民屯], 상둔[商屯]이 있음)이 모두 다해서 얼마나

되지요?"

"이 둔전은 제부께 솔직히 말해 태조께서 군사를 훈련시키고 군량을 비축하고, 운수의 노고를 줄이기 위해 만든 것이지요. 뒤에 왕안석[王安石](송[宋] 신종[神宗] 연간 사람)이 청묘법[靑苗法](백성들이 관아에 가서 돈을 빌려 경작한 뒤 수확해 이자를 붙여 갚는 것)을 시행하고는 여름 징수도 하게 된 거지요. 초기에는 가을 수확 때만 거두었고 또 민간의 땅에서는 받지 않았었지요. 지금 이 제주[濟州] 관내에는 못쓰는 황무지와 도랑 등을 빼놓고 약 이만칠천 경[頃]의 둔지가 있어요. 매 경에서 여름과 가을 세금으로 단지 한 냥 여덟 전씩을 거두니 도합 오만 냥도 채 되지 않지요. 연말에 모두 모아 동평부로 가져가 납부하고 그것으로 상인들을 불러모아 군량미와 말들에게 먹일 건초를 마련하는 데 쓴답니다."

"남는 건 없나요?"

"비록 호적에 오르지 않은 자들이 있기는 하나 백성들이 약아빠져서 징수가 여간 어려운 게 아니에요. 그렇다고 좀 가혹하게 징수하게 되면 공연히 고약한 소문만 나지요."

"그래도 조금은 남는 게 있어야 하잖아요! 설마 다 징수를 하려고요? 세금을 적당히 징수하고 남겨야 아래위 사람들한테 나눠줄 게 있잖아요."

"솔직히 말해 이 둔전을 잘만 관리할 줄 안다면 일 년에 적어도 은자 백여 냥은 모을 수가 있어요. 게다가 연말이 되면 사람들이 또 닭이나 거위, 돼지, 쌀 등을 잘 봐달라고 보내오지요. 각자 적당히 알아서 처리하니 그 숫자 안에는 들지 않아요. 그러니 앞으로 매부의 힘을 더욱더 빌려야 되겠습니다. 많이 도와주시기 바랍니다."

"처남께 좋은 일이라면 저야 온 힘을 다해 도와드리지요."

이렇게 말을 하고 있을 적에 월랑이 안에서 나와 함께 자리했다. 세 사람은 술을 마시다가 등불을 켤 무렵에야 비로소 오대구가 일어나 집으로 돌아갔다. 서문경은 이날 밤 앞채에 있는 반금련 방으로 건너가 잤다.

다음 날 아침 일찍 관아로 나가 서류를 결재하며 공무를 처리했다. 그러고 있노라니 운리수가 초닷샛날에 자기 집으로 서문경과 여러 관원을 초대해 연회를 열어 축하주를 내겠다는 초청장을 보내왔다. 다음에는 하천호의 부인 남씨[藍氏]가 초청장을 보내 초엿샛날에 월랑을 비롯한 여러 부인을 모셔 인사를 나누겠다는 것이었다.

닷샛날 서문경은 응백작, 오대구와 함께 운리수의 집으로 건너갔다. 운리수는 자기 옆집을 빌렸는데, 세 칸짜리 내실에 술자리를 마련하고 악사들을 불러다가 주악을 연주하며 손님들을 영접했다. 매 사람마다 술상을 하나씩 준비해 늦게까지 마시며 놀다가 밤이 깊어 집으로 돌아왔다. 그다음 날이 어서 되기를 기다리니, 아침에 월랑은 하천호 집 연회에 참가하기 위해 떠났다. 서문경은 바로 모자와 옷을 깨끗하게 차려입고 소맷자락에 선물 꾸러미를 넣고 말을 타고 비단 얼굴 가리개를 쓰고는 대안, 금동을 데리고 점심때쯤 곧장 왕초선 부로 설 인사를 하러 출발했다. 왕삼관은 집에 없어 명첩만 남겨두었다. 문수가 일찌감치 기다리고 있다가 명첩을 받아들고는 부리나케 안으로 들어가 임부인에게 알리고 다시 나와 서문경을 안으로 청했다. 대청을 돌아 바로 안뜰로 들어서 중문을 통해 안으로 들어갔다. 안방 앞에 이르러 발을 걷어 올리고 들어서니, 정면에 죽은 왕경숭[王經崇]의 초상화를 걸어놓고, 그 앞의 탁자 두 개에 여러 가지 과일

과 안주를 차리고, 붉은 의자에 호랑이 가죽을 씌워놓았다. 바닥에는
푹신한 털 양탄자를 깔고 붉은 휘장을 드리워놓았다. 잠시 뒤에 임부
인이 붉은 저고리에 진주와 보석으로 머리를 장식하고 곱게 화장하
고 밖으로 나와 서문경에게 인사를 올리고 함께 차를 마셨다. 그러면
서 하인에게 말을 끌어다 뒤뜰로 가서 먹이를 먹이라고 분부했다. 차
를 다 마시자 서문경에게 옷을 편하게 벗고 방 안으로 들어가 앉으라
고 권하면서,

"우리집 애는 초나흗날에 동경으로 숙부인 육황태위에게 설 인사
를 올리러 갔어요. 아마도 보름이 지나야 돌아올 거예요."
하니 이 말을 듣고 서문경은 대안을 불러 겉옷을 받아 건사하게 했
다. 안에는 흰색 비단 저고리와 푸른색 속적삼을 받쳐 입고, 흰 바닥
에 검은 비단 천으로 된 신을 신은 매우 화려한 차림이었다.

임부인은 방 안에 주안상을 차려놓고 또 황동으로 만든, 네모진
모양에 짐승을 조각한 화로에 불을 지펴놓고 있었다. 방은 남쪽을 향
해 있는지라 햇살이 눈부시게 방 안으로 쏟아져 들어오니 방 안이 매
우 밝았다. 잠시 뒤에 하인이 술과 안주를 내왔다. 먹음직해 보이는
안주가 가득하고 술잔에는 파도가 넘실거리듯 술이 넘치고, 차 또한
빼어난 것이었다. 임부인은 금빛으로 수놓은 치마를 입고 있는데, 이
는 하얗고 눈은 밝게 빛나고 있었다. 옥 같은 손으로 술잔을 건네면
서 추파를 던졌다. 수수께끼 놀이와 주사위 놀이에 웃음소리가 봄기
운을 무색케 했다. 그러노라니 자연 의기가 투합되고 몸이 달아오르
기 시작했다. 게다가 술을 많이 마시다 보니 눈이 어지럽고 마음이
혼탕해졌다. 날이 어두워지는 걸 보고 일찌감치 촛불을 켰다. 아래채
행랑방에서는 문씨가 상을 펴놓고 대안과 금동을 상대로 술도 권하

고 안주와 먹을 것을 대접했다. 왕삼관의 부인은 다른 문이 있는 곳의 집에 기거하고 있는데 몸종들이 모두 알아서 시중을 들어주니 군이 이쪽으로 건너올 일이 없었다. 게다가 부인이 직접 쪽문을 걸어 잠그니 노복들 중 누가 감히 함부로 들어갈 수가 있겠는가!

술이 거나하게 오르자 두 사람은 함께 방으로 들어가 비단 휘장을 걷어 올리고 창문을 닫아걸었다. 하인 애가 은촛대 위에 불을 가볍게 밝히니 임부인은 재빠르게 문을 닫아버렸다. 서문경은 옷을 벗고 잠자리에 들고, 부인은 발을 씻고 침대 위로 올랐다. 베개에는 꽃이 수놓여 있고 이불에는 붉은 파도가 넘실댔다. 서문경은 이미 집에서 창을 갈고 검을 잘 준비했으며, 음기구를 넣은 주머니도 잘 가지고 왔다. 애초에 이 부인과 크게 한번 잘 놀아보리라 벼르고 있었기에 일찌감치 호승이 준 약을 술과 함께 섞어 먹어둔 터였다. 물건에는 이미 은탁자가 채워져 있기에 이불 안에서 부인의 두 다리를 들어올리고 여인의 그곳에 집어넣으려고 했다. 허리를 들어 힘을 쓰니 마치 한차례의 북소리가 울리는 듯하고 또 몇 자 되는 대나무를 가지고 진흙탕 속을 휘젓는 듯한 소리가 끊임없이 들려왔다. 이때 부인은 아래에서 흐르는 물처럼 끊임없이 '아빠, 아빠' 하고 부르짖었다.

정말로, 바다에 비치는 깃발은 가을빛 속에 있고, 하늘을 찌르는 북소리는 달빛 속에 있구나.

한편의 긴 사[詞]가 있어 이들의 격렬한 장면을 그리고 있으니,

비단 병풍 앞에는 미혼진[迷魂陣]이 펼쳐져 있고
비단 휘장 아래에는 섭혼기[攝魂旗]가 펄럭인다.
미혼진 앞에 주금강[酒金剛] 색마왕[色魔王]이 나타나니

머리에는 살빛 붉은 투구를 쓰고
몸에는 검은 갑옷에 붉은 도포를 입고
힘줄 노끈을 동여매고 어피대[魚皮帶]를 두르고
꿰맨 자국 없는 신발을 신고 있구나.
검은 끈이 달린 창을 들고서
범 눈의 채찍을 휘두르며
가죽의 엷은 머리에 유성과 같은 철추에
깃털이 없는 화살을 지니고
눈이 움푹 들어간 붉은 말을 타고서
비를 부르고 구름을 일으키는 대장기를 펄럭인다.
섭혼기 아래에는 앙상한 뼈에 분 바른 듯한 꽃 여우가
머리에 두 마리 봉황 비녀와 진주로 장식하고
몸에는 흰 비단 적삼과 비취색 치마
하얀 명주 바지, 코 뾰족한 버선에
상어 가죽띠를 두르고
봉황 머리 모양의 신을 신고 있구나.
하늘을 나는 날름거리는 칼을 휘두르나
쓸모가 없어 눈물을 살며시 흘리니
용모는 수척하여 마르고 화장한 얼굴도 일그러져
비단 휘장 곁에 서 있네.
한 필의 온갖 애교를 부리는 옥면추를 타고
봉황이 춤추는 양산을 펼쳤네.
이윽고 잠시 뒤에
이쪽 진에서 둥 둥 둥 봄 우레 소리 울리니

저쪽 진에서도 뭉클하게 사향 향기가 풍긴다.
이편에서 이불을 들썩이며 붉은 파도를 일으키니
저편에서는 은 갈고리 쩔렁이며 맞아 나선다.
이불이 들썩이며 붉은 파도가 이니 정신은 굳건해지고
은 갈고리는 더욱더 마음이 애틋해지누나.
하나가 조급하게 이십사해[二十四解]를 왔다갔다 전개하니
다른 하나는 다급하게 열여덟 번 뒹구니 도망키 어려워라.
하나가 익숙하게 붉은 끈으로 원앙 고리 엮으니
다른 하나도 장난치듯 지팡이로 철추를 치누나.
하나가 노기등등하여 긴 창을 부여잡고
한 번에 삼천 번을 찌르려고 하고,
하나도 부들부들 고기 방패를 들고서
오십여 회를 겨뤄보자 하네.
하나는 갑옷 입고 싸움을 하면
다른 하나는 정기 빨아들이는 전장에서 노련하네.
하나는 전마[戰馬]라 돌을 갈고 깨듯 춤추듯 하고
다른 하나는 나그네라 부드럽고 진하게 밀림[密林]과 벼랑을 막네.
하나는 모양도 추하게 험상궂고 딱딱한 물건이고
다른 하나는 앵두의 얼굴 복사꽃 뺨이로다.
하나가 헐떡이며 지구전을 전개하노라니
다른 하나는 장난스레 원앙과 제비 소리로 응하네.
하나가 오랜 싸움에 땀에 젖어 비녀도 머리칼도 다 흩어지고
다른 하나도 가쁜 숨 몰아쉬니
베개도 삐딱하고 요도 어지러이 구겨졌네.

짧은 사이에 속옷은 대포를 맞아 볼록이 솟아 있고
온몸도 붓고 두 눈은 흐릿하다네.
삽시간에 풀밭은 창에 휘둘려 다 쓰러지고
살이 터지고 피부가 갈라졌구나.

錦屛前迷魂陣擺 繡幃下攝魄旗開

迷魂陣上 閃出一員酒金剛 色魔王

頭戴肉紅盔 錦兜鍪 身穿烏油甲 鋒紅袍

纏筋絛 魚皮帶 沒縫靴 使一柄黑纓鎗

帶的是虎眼鞭 皮薄頭流星撾 沒羽箭

跨一疋掩毛凹眼渾紅馬 打一面發雨翻雲大帥旗

攝魂旗下 擁一個粉骷髏 花狐狸

頭戴雙鳳翹 珠絡索 身穿素羅衫 翠裙腰

白練裙 凌波襪 鮫綃帶 鳳頭鞋

使一條隔天邊話絮刀 不得見 淚偷垂

容瘦減 粉面搞 羅幃傍

騎一疋百媚千嬌玉面毡 打一柄倒鳳顚鸞遮日傘

須臾 這陣上撲鼕鼕鼓震春雷

那陣上鬧挨挨麝蘭靉靆 這陣上腹溶溶被翻紅浪

那陣士刷剌剌帳控銀鉤 被翻紅浪精神健

帳控銀鉤情意乖 這一個急展展二十四解任徘徊

那一個忽剌剌一十八滾難掙扎 一個是慣使的紅綿套索鴛鴦扣

一個是好耍的拐子流星雞心搥 一個火忿忿桶子鎗

恨不的扎勾三千下 一個顫巍巍肉膀牌

巴不得塌勾五十回 這一個善貫甲披袍戰

那一個能奪精吸髓華 一個戰馬 叭碣碣踏番歌舞地

一個征人 軟濃濃塞滿密林崖 一個醜搊搜剛硬形骸

一個俊嬌嬈杏臉桃顋 一個施展他久戰熬場法

一個賣弄他鶯聲燕語諧 一個鬪良久 汗浸浸釵橫鬢亂

一個戰多時 喘吁吁枕欹裀歪 頃刻間 只見這內襠縣 乞炮打成堆

個個皆腫眉睡眼 雯時下則望那莎草場 被槍扎倒底 人人肉綻皮開

바로,

근심 어린 구름이 구중 하늘을 맴돌고
한 무리 패잔병이 땅에 뒹구는 듯
음탕한 부인과 벌이는 격렬한 싸움 몇 번이런가
오늘 이 한 차례보다는 못했구나!
愁雲拖上九重天 一派敗兵沿地滾
幾番鏖戰貪淫婦 不是今番這一遭

　그런 뒤에 서문경은 바로 부인의 명치끝과 은밀한 곳 두 군데에 사랑의 뜸을 떴다. 또 보름날에 집에서 연회를 베푸니, 그때 초대장을 보낼 테니 왕삼관과 왕삼관의 아내와 함께 건너와 등불 구경을 하라고 미리 일러두었다. 이때 이미 임부인의 몸과 마음은 모두 서문경에게 있는지라 두말할 나위도 없이 기꺼이 가겠노라고 대답했다. 서문경도 대단히 기뻐하며 자리에서 일어나 임부인과 함께 실컷 술을 마시고는 이경이 넘어서야 뒷문으로 말을 끌고 나가 작별을 고하고 집으로 돌아갔다.

내일이 다 간다고 걱정을 마라, 자연히 암향[暗香](남녀가 몰래 관계를 맺는 것)은 온다네.

시가 있어 이를 증명하니,

하루 종일 님을 그리며 누각에 기대어
만나면 가지 말라 붙잡아두네.
유랑[劉郎]*아, 복숭아꽃이 늙었다고** 말하지 마소
파도는 붉은 꽃을 물 따라 흐르게 한다오.
盡日恩君倚畫樓 相逢不捨又頻留
劉郎莫謂桃花老 浪把輕紅逐水流

서문경이 집으로 돌아오자 평안이 영접하면서 바로 아뢰기를,
"오늘 설공공 댁에서 사람을 시켜 초청장을 보내오셨는데, 나리께 내일 아침 일찍 성 밖에 있는 왕황친 댁으로 봄나들이나 가자고 하셨습니다. 또 운리수 어른께서도 초대장을 보내셨는데 다섯 마님을 모시고 설음식이나 함께 나누자고 하셨습니다. 초청장은 이미 다 안으로 보내드렸습니다."
하자, 서문경은 이를 듣고 아무 말도 하지 않고 바로 안채 월랑의 방으로 들어가 보니 맹옥루와 반금련도 함께 앉아서 얘기를 나누고 있었다. 월랑은 하천호의 연회에 갔다 와서는 벌써 머리 장식을 다 떼어놓고 쪽머리만 쓰고 비녀를 여섯 개 꽂고, 진주 머리띠만 두르고 위에는 남색 비단 저고리에 밑에는 엷은 주황색 명주 치마를 입고 앉

---

* 당대의 시인 유우석[劉禹錫]
** 임부인이 나이가 들었음을 의미

아서 담소를 나누고 있었다. 서문경이 안으로 들어서자 급히 인사를
했다. 서문경이 곧장 정면에 있는 의자에 앉자 월랑이 바로,

"어디 가셨다가 이제야 돌아오시는 거예요?"

하고 물으니, 서문경은 잠시 말을 못하고 머뭇거리다가,

"응백작 집에 있다가 오느라 늦었어."

하니 월랑은 바로 하천호의 연회에 초대받아 갔던 일을 얘기했다.

"하천호의 부인은 나이가 어려서 금년에 겨우 열여덟이라더군요!
인형처럼 아주 예쁘게 생겼어요. 아는 것도 아주 많고 매우 영리해
요! 제가 가자 마치 여러 번 만났던 것처럼 아주 친근하고 자연스럽
게 대해주더군요. 하대인한테 시집온 지 이 년이 넘었는데 하인 애들
이 넷에 유모 둘, 하인의 부인 둘을 거느리고 있더군요."

"그 사람은 어전생활소[御前生活所](황궁 내에서 황제의 일상생활을
담당하는 기구) 남태감[藍太監]의 조카딸인데 하천호한테 시집올 때
굉장했던 모양이야!"

다시 월랑이,

"하인 애들이 말씀드렸나요? 내일 운리수 어른 댁에서 우리를 초
대해 연회를 열겠다며 초청장을 다섯 장 보내왔어요. 화장대 위에 설
내상 댁에서 보내온 초청장과 함께 놓아두었어요."

그러면서 옥소를 불러,

"가져와 나리께 보여드리거라."

했다. 서문경은 설내상의 초청장을 보고 또 운리수가 보내온 것을 보
니 그 밑에 운리수의 부인이 '운문소씨감임배청[雲門蘇氏斂衽拜請]'
이라고 써놓았다. 이를 보고 서문경은,

"내일 준비해서 모두 건너가지."

하니 월랑이 말했다.

"손설아는 집에 남아 있게 하지요. 명절 무렵인데 혹시라도 손님들이 일시에 들이닥치면 다른 사람들은 제대로 손을 쓰지 못할 거예요."

"그게 낫겠군, 그럼 설아는 남기고 나머지 넷이나 다녀와. 나도 내일은 아무 데도 나가지 않을 셈이야. 설내상이 성 밖으로 봄나들이나 가자고 했는데 가기가 귀찮군. 요 이삼 일은 봄기운이 올라오느라 그런지 허리도 쑤시고 다리도 아프더라구."

"허리가 쑤시고 다리가 아프다니 혹시 담에 걸린 게 아닐까요? 임의원에게 물어보고 약을 두어 첩 드셔보는 게 어떠세요? 그냥 두어 어쩌려고 그러세요!"

"별거 아닐 게야, 한 이삼 일 좀 쉬고 나면 가라앉겠지."

그러면서 월랑에게 상의하기를,

"금년 대보름 때는 술자리를 좀 마련해야 될 것 같아. 하천호 부인과 주수비 부인, 형도감 부인, 장친가 부인, 교대호 부인, 운리수 부인, 왕삼관의 모친, 오대구 부인, 최친가 부인을 모두 초청하고 십이삼 일부터는 등도 걸어야겠어. 그리고 왕황친 댁 연극배우들을 불러 하루 놀아달라고 해야지. 작년에는 분사가 집에 있어서 등도 몇 개만들고 불꽃도 쏘아올렸잖아. 그런데 올해에 분사가 동경에서 아직 돌아오지 않았으니 누구한테 그 일을 시키지?"

하자 반금련이 곁에 서 있다가,

"분사가 갔으면 분사의 부인한테 시키면 매한가지잖아요."

하니, 이 말을 듣고 서문경은 반금련을 바라보며,

"요 음탕한 계집은 꼭 말도 삐딱하게 한다니깐!"

했으나 월랑과 옥루는 개의치 않고 있다가 말했다.

"그 왕삼관의 모친은 아직 만나본 적이 없어 좀 낯선데 어떻게 초청할 수 있겠어요? 아마 왕삼관의 모친도 오지 않을 거예요."

"왕삼관 모친이 나를 친척으로 여기고 있으니 일단 초청장을 보내주면 오고 안 오고는 알아서 하겠지."

월랑이,

"저는 내일 운리수 댁에 가지 않겠어요. 만삭의 몸인데 다른 사람 집에 들락날락하면 공연히 사람들 입에 오르내리기밖에 더 하겠어요!"

하자 맹옥루가 말했다.

"큰마님, 그런 것은 걱정하지 마세요. 무엇을 겁내세요? 아기를 가진 게 두드러지게 드러나는 것도 아니고 이번 달이 해산달도 아니니 괜찮아요. 명절 때 저희들과 오가며 바깥바람도 쐬고 마음을 푸시면 좋을 거예요."

말을 마치고 서문경은 차를 다 마신 뒤에 뒤채에 있는 손설아 방으로 갔다. 반금련은 서문경이 손설아 방으로 건너가는 걸 보고 바로 큰딸을 불러 앞채의 자기 방으로 갔다. 서문경은 손설아 방에 건너가서 밤중에 손설아에게 허리를 주물러라 다리를 밟아라 하면서 하룻밤을 지새웠다.

다음 날 아침 일찍 응백작이 서문경 집으로 건너와 옷과 머리 장식을 좀 빌려달라고 하면서,

"어제 운리수 부인이 초청장을 보내 제 집사람보고 마님들을 좀 모셔달라고 했지요. 그런데 집에 전에 입던 옷이 몇 벌 있기는 한데 모두 낡았어요. 정월 초순에 남의 집에 초대받아 가면서 좋은 옷을 입고 가지 못하면 남들한테 웃음거리가 되잖아요! 그래서 이렇게 염

치 불구하고 찾아왔으니 형님께서 말해 옷 두 벌과 머리 장식, 귀고리 좀 빌려주세요. 집사람이 입고 건너갈 수 있게 말이에요."

하니, 이 말을 듣고 서문경은 왕경을 불러,

"안에 들어가 큰마님께 말씀드리거라."

하자 백작이,

"응보가 밖에서 옷 보자기와 상자를 들고 기다리고 있으니 자네가 미안하지만 가지고 들어가서 좀 싸다 주게나."

하니, 이에 왕경은 밖으로 나가 빈 보자기와 상자를 들고 안으로 들어갔다. 한참 뒤에 싸가지고 나와 응보에게 건네주면서,

"이 안에 색깔 비단 옷 두 벌과 크고 작은 머리 장식 다섯 개와 진주 귀고리 한 쌍이 들어 있어."

하고 말을 해주니, 응보는 받아 들고는 바로 집으로 돌아갔다. 서문경은 응백작과 함께 자리에 앉아 차를 마시면서 말했다.

"어제 집사람이 하대인 집에 가서 음식을 먹고는 늦게 돌아왔어. 그런데 돌아와 보니 운리수 부인이 초대장 다섯 장을 보내 우리집 사람들을 모두 초청했어. 큰사람은 만삭이라 가지 않으려고 하더군. 그래서 내가 기왕에 초대를 받았으니 명절 기간 중에 바람도 쐴 겸 다녀오라고 했지. 나도 요즈음 통 한가한 틈이 없어서 어제서야 비로소 인사를 대강 마쳤어. 오늘도 우리는 운리수 집으로 술을 마시러 가야 되잖아. 어제도 일이 약간 있어서 늦게 들어왔는데 설내상이 함께 성 밖으로 가서 봄나들이나 하자고 하는데 어디 그럴 시간이 있나? 오도관의 묘에서도 초청장을 보내 매년 하던 대로 초아흐렛날에 제사를 올린다는데 거기에도 갈 수 없을 것 같아서 진서방을 대신 보내려는 중이야. 게다가 요즈음 술을 많이 마셔서 그런지 허리도 쑤시고

움직이기도 귀찮아 죽겠어."

"형님이 너무 과음을 하셨어요. 술기운이 모두 아래로 내려간 모양이에요."

"이 명절 기간 중에 남의 집에 가면 누가 나를 그냥 놓아두겠어? 그러니 안 마실 수도 없잖아!"

"오늘은 형수님 몇 분이 가십니까?"

"첫째하고 둘째, 셋째, 다섯째가 가기로 했어. 나는 집에서 한 이틀 좀 푹 쉬어야겠어."

이렇게 말하고 있을 적에 대안이 상자를 가지고 안으로 들어오면서,

"하대인께서 사람을 시켜 초청장을 보내왔는데 초아흐렛날에 오셔서 명절 술을 드시랍니다."

하니 이에 서문경이,

"이것 좀 보라니까, 사람들이 초청을 하는데 안 갈 수가 있나?"

하며 상자 안을 보니 초청장이 세 개 놓여 있는데 하나는 붉은 빛으로 '대인장[大寅丈](후임자가 선임 동료를 존경해 부르는 경칭) 사천옹 노선생대인[四泉翁老先生大人]'이라고 쓰여 있었다. 다른 한 장에는 '대도곤[大都閫](무관명[武官名]으로 도지휘사사[都指揮使司]로 같은 무관 동료를 부를 때 쓰는 경칭) 오노선생대인[吳老先生大人]'으로, 또 다른 한 장에는 '대향망[大鄕望](관리가 지방에서 명망이 있는 사람을 부를 때 쓰는 경칭) 응노선생대인[應老先生大人]'이라고 쓰여 있는데 그 밑에는 모두 '시생 하영수 돈수배[侍生何永壽頓首拜]'라고 적혀 있었다. 대안이 다시,

"심부름을 온 사람은 누가 누구인지 잘 모르니 저한테 전해달라고 했어요."

하니 백작이 한번 보고는 말했다.

"이걸 어쩐다지? 아직 선물도 보내지 못했는데 하대인이 저를 초청했으니 어찌 갈 수가 있겠어요?"

"걱정하지 말게나. 내가 자네 대신 선물을 준비해줄 테니 응보를 시켜 보내면 될 걸세."

그러고는 왕경을 불러,

"가서 은자 두 냥과 수건 하나를 싸서 응씨 아저씨 이름을 적은 다음에 응씨 아저씨께 드리거라."

하고 분부했다. 그러고는 응백작에게,

"온 김에 아예 이 초청장을 가지고 가게나. 공연히 또 사람을 시켜 번거롭게 보내지 말고."

하면서 오대구한테 온 초청장은 내안을 시켜 보냈다. 잠시 뒤에 왕경이 선물을 싸가지고 나와 백작에게 건네주었다. 백작은 고맙다고 인사를 하면서,

"형님, 너무 감사합니다. 제가 모레 아침 일찍 건너올 테니 함께 가시지요."

말을 마치고 작별을 고하고 떠났다.

점심때쯤 월랑 등은 모두 치장을 하고 큰 가마 한 채와 작은 가마세 채에 나누어 타고 뒤에는 내작의 부인인 혜원이 옷 보따리를 하나꾸려 작은 가마를 타고 따랐다. 포졸 넷이 소리를 치고 길을 열고 금동, 춘홍과 기동, 내안이 가마의 뒤를 따라서 운리수 지휘[指揮]의 집으로 술대접을 받기 위해 출발했다.

짙은 눈썹에 검은 머리 그림 속의 미인이라

어여쁜 몸매 가는 허리로 대문을 나서네.
하늘의 항아는 원래 씨가 있나니
부끄러운 듯이 십분 춘색을 드러내누나.
翠眉雲鬢畵中人 嬝娜宮腰迎出塵
天上姮娥元有種 嬌羞釀出十分春

이렇게 월랑과 이교아, 맹옥루, 반금련은 모두 운리수 집 연회에
참석하기 위해 떠나갔다.

집에 남은 서문경은 대문을 지키는 평안에게,

"누구든지 와서 묻거든 나는 집에 없다고 하거라. 명첩을 주면 받
아만 두거라."

하고 분부했다. 이에 평안은 일전에 한 번 그런 일로 크게 혼이 난 적
이 있는지라 문 앞을 조금도 떠나지 않고 지키며 사람들이 와서 물으
면 집에 없다고 해서 모두 돌려보냈다. 서문경은 이날 이병아 방에서
화로를 끼고 앉아 있었다. 월랑은 이병아가 죽은 뒤에 여의아에게 젖
을 끊지 말고 매일 내흥의 딸 성아[城兒]에게 먹이도록 했다.

며칠 동안 계속 팔다리가 쑤시고 아팠는데 갑자기 임의원이 서문
경에게 연수단[延壽丹]을 주면서 사람의 젖과 함께 먹으라고 하던 말
이 생각났다. 그래서 바로 방 안으로 들어가 여의아에게 젖을 좀 짜
달라고 했다. 이때 여의아는 설 명절 기간인지라 머리에는 누런 금장
식과 꽃 모양의 비취색 비녀를 꽂았고, 남색에 금실이 있는 손수건을
동여매고 남색 치마에 오색 비단 적삼을 입고 황금색 비단 치마에 굽
이 높은 하얀 신을 신고 있었다. 게다가 화장도 곱게 하고 있으니 그
모습이 평소와는 전혀 달라 보였다. 손에는 까만색 은가락지 네 개를

끼고 서문경의 곁에 앉아서 젖을 짜서 약을 으깨어 먹게 하고 또 술을 따라주고 안주를 집어주며 권했다. 영춘은 밥을 먹고 옆방으로 춘매와 바둑을 두러 건너갔다. 차를 가져오거나 물을 가져오는 것은 수춘이 부엌에 남아서 시중을 들었다.

서문경은 하녀들이 모두 집안에 없는 것을 보고서 온돌 위에 허리를 비스듬히 기대고 흰 비단 바지의 허리띠를 풀고는 그 물건을 끄집어내 은탁자를 매달고 여의아한테 빨라고 했다. 그렇게 시키고는 한편에 놓인 술과 과일을 집어들어 맛을 즐기면서 말했다.

"장사아[章四兒], 나의 귀여운 것아! 네가 정성을 다해 내게 잘하면 내일 화려한 비단 조끼를 한 벌 찾아다 주마. 정월 열이튿날에 입게 말이다."

"제가 잘 해드릴게요."

여의아는 거의 밥 한 끼 먹을 시간을 빨고 매만지니 서문경이 다시 말했다.

"귀여운 것아, 내 너의 몸에 사랑의 뜸을 떠주고 싶은데…."

"뜨고 싶은 데에 마음대로 뜨세요."

서문경은 여의아더러 방문을 걸어 잠그라 하고 치마를 걷어올리고는 온돌 위에 올라 눕게 했다. 온돌 위에 올라 치마를 벗고 보니 밑에는 새로 만든 노란 노주산 비단 짧은 바지를 입고 있었는데 한 다리를 들어 벗어내렸다. 서문경은 소맷자락에서 임부인한테 쓰고 남은 술에 적셨던 향마[香馬] 세 개를 꺼내 여의아의 가슴 가리개를 풀어내리고 하나는 명치끝에, 하나는 배꼽 아래에, 또 다른 하나는 여의아의 은밀한 곳에 쑥뜸을 놓고 불을 붙였다. 그러고는 물건을 여의아의 비경 속에 깊숙이 밀어 넣고 고개 숙여 바라보니 끝 부근까지

다 들어가 있는지라 끊임없이 넣었다 빼기를 하다가는 경대를 끌어당겨 그러한 모습을 비춰보았다. 잠시 뒤에 향이 살갗을 태우니 여인은 양미간을 찌푸리고 이를 악물고 고통을 참으며 입에서는 신음소리와 야릇한 소리가 교묘히 합쳐져 끊임없이 소리를 내며,

"아빠, 됐어요. 정말 죽겠어요!"

하니 이를 듣고 서문경이 물어보았다.

"요것아! 너는 누구 마누라지?"

"저는 나리의 아내예요."

이 말을 듣고 서문경이 가르쳐주며 일렀다.

"'원래 웅왕의 마누라였는데 오늘부터 나리의 것이 되었어요'라고 말을 해보거라."

"저는 원래 웅왕의 부인이었는데 오늘부터 나리의 것이 되었어요!"

"그래 내 솜씨가 어떻더냐?"

"솜씨는 정말로 죽여줘요."

이렇게 둘은 음란한 말을 주고받았다. 그러노라니 서문경의 물건은 더욱 커져서 여인의 은밀한 곳을 꽉 메우고 오가며 여인의 중요한 곳을 자극하니 붉기가 마치도 앵무새의 입술 같고 검기가 박쥐의 날개인 양 더욱더 흥분이 고조되었다. 서문경은 여의아의 두 다리를 싸감아 가슴에 꼭 끌어안고 당기니 서문경의 물건은 안으로 더욱 깊숙이 들어가 터럭 하나의 틈도 없었다. 여의아는 더 참지 못하고 눈을 크게 뜨고 헛소리를 내지르며 음수를 흘렸다. 서문경도 흥분이 극에 달해 정액이 마치 샘물이 솟아나듯이 용솟음쳐 올랐다.

정말로, 이미 봄이 오는 줄은 몰라도, 뼈마디는 모두 녹아들지 않

을 수 없으니.

시가 있어 이를 증명하나니,

그대의 뜻대로 술잔을 드소서.
가슴 가득한 춘사[春事]는 끝이 없나니
이 한 몸 모두 그대의 사랑에 맡기니
침상머리 비녀 떨어진들 상관하랴.
任君隨意薦霞盃 滿腔春事浩無涯
一身徑藉東君愛 不管床頭墜寶釵

이날 서문경은 여의아의 몸에 쑥뜸을 세 군데 놓고 옷상자를 열어
검은색 비단 조끼 한 벌을 꺼내 주었다.

월랑은 밤이 되어서야 집으로 돌아와 서문경에게,

"운리수의 부인도 애를 뱄더군요. 오늘 술좌석에서 술을 주고받으
며 나중에 두 집에서 애를 낳아서 하나가 사내애고 하나가 계집애면
서로 사돈을 맺고, 둘 다 사내애들일 것 같으면 같은 서당에 공부를
시키고, 계집애들일 것 같으면 서로 자매로 맺어주어 함께 바느질 등
을 배우면서 친척처럼 오가며 놀기로 했어요. 옹씨 부인은 증인을 섰
고요."

하니 서문경은 이 말을 듣고 웃으며 아무런 말도 하지 않았다.

다음 날은 반금련의 생일을 축하해주는 날이었다. 서문경은 아침
일찍 관아로 나갔다. 나가면서 하인들에게 등을 꺼내 깨끗하게 닦아
서 큰 대청이랑 각 곳에 걸고 비단 휘장을 치고 병풍도 두르라고 분
부했다. 그리고 내흥을 시켜 신선한 과일을 사오게 하고, 배우들도

불러와 저녁에 생일 축하 잔치를 벌일 수 있게 준비시켰다.

이날 반금련은 아침부터 화장을 했는데, 곱게 분칠을 하고 입술을 붉게 칠했다. 그렇게 치장을 하고 대청으로 나오는데 대안과 금동이 높은 의자에 올라서서 구슬을 거꾸로 물고 있는 모양의 큰 등 세 개를 걸고 있었다. 이를 보고 금련이,

"누군가 했더니 너희들이 등을 달고 있었구나."

하니 금동이 말했다.

"오늘이 다섯째 마님의 생신 축하 날이라 나리께서 등을 걸어놓으라고 분부하셨어요. 그래야 내일 마님 생일에 멋들어지게 술상을 차릴 수가 있잖아요. 저녁에 소인이 마님께 절을 올릴 테니 마님께서 절값을 듬뿍 주세요."

"때려줄 것은 있어도 상줄 것은 없어!"

"아야! 마님께서는 때린다는 말을 하지 않으면 말씀을 못하시나요. 말끝마다 꼭 때린다고 말씀을 하시니! 저희들은 다 마님의 자식들이 잖아요. 그러니 잘 봐주시면 좋을 텐데 왜 때려준다고만 하세요!"

"요놈의 자식아, 허튼소리 그만하고 어서 등이나 제대로 잘 달거라. 공연히 떠들다가 깨먹지 말고 말이다. 연말에 최본이 집으로 돌아왔을 적에 나리께서 벌건 대낮에 보이지 않는다고 소리를 질렀는데 그때 죽도록 얻어맞을 것을 안 맞았잖아. 이 등을 제대로 달지 않았다가는 그때 일까지 해서 얻어맞을 게야!"

"마님께서는 어째 그리 재수 없는 말만 하세요. 그렇잖아도 소인은 명도 짧은데 자꾸 겁만 주시다니요!"

그러자 대안이 물었다.

"그런데 마님께서는 그 일을 어떻게 아세요?"

"궁궐 밖에는 소나무가 있고 궁궐 안에는 종이 있어서, 종은 소리가 있고 소나무는 그림자가 있기에 모든 일에 절대적인 비밀이란 없는 법이야. 내가 모르는 게 있는 줄 알아! 어제 나리께서 큰마님께 '작년에는 분사가 등을 만들고 불꽃놀이를 했는데, 올해는 분사가 집에 없으니 누가 그 일을 한다지?' 하기에 내가 옆에서 '분사가 집에 없더라도 분사의 부인이 할 줄 아니 분사의 부인을 시키면 되잖아요' 라고 했지."

이 말을 듣고 대안이 말했다.

"마님, 그게 무슨 말씀이에요? 일개 지배인의 집에서 어디 그런 일이 있겠어요?"

"무슨 말이냐구? 멍청한 놈아, 일은 이미 벌어졌단 말이다! 벌써 둘은 방아 찧는 일을 다 했을 게다!"

이에 금동이 말했다.

"마님, 제발 다른 사람의 말을 듣지 마세요. 분사가 돌아와 알면 어떡해요."

"그런 멍청한 사람은 수천 명이라도 속여넘길 수가 있어! 멍청해도 어지간히 멍청해야지. 그러니 동경으로 가면서 안심을 하고 자기 마누라를 집에 혼자 남겨두고 올라갔지. 그렇지만 설마 자기 마누라가 그 밑구멍을 그대로 두고 있으리라고 믿겠어! 요 싸가지 없는 자식들, 허튼소리 하지 말아! 함께 짜고서 나리를 꾀어 그 짓을 하게 해놓고 또 너희 놈들도 뒷구멍에서 뭐라도 좀 얻어먹으려고 했잖아! 내 말이 틀렸어? 그러다가 내가 알까 두려우니 그 음탕한 계집이 선물을 사가지고 나한테 가져왔지. 그러면서 큰마님한테도 우유 과자를 한 상자 사다 바치고 말이야. 나한테는 과일 씨 한 갑을 사가지고 와서 내 입을 막아보려고 수작을 부리잖아. 그년은 사내를 유혹하는 데 도가 튼 년이야! 내 추측이 틀리지 않는다면 대안 네놈의 자식이 이 일을 다 꾸며냈을 거야!"

"마님, 공연히 저를 의심하지 마세요. 제가 어찌 그런 일에 관여를 하겠어요? 소인은 아무리 한가하고 시간이 있다 해도 그 집에는 가지 않아요. 마님께서도 그 회교[回敎]를 믿는 한씨 마누라가 하는 말을 다 믿지 마세요. 두 사람이 애 때문에 크게 싸움을 한 적이 있어요! 속담에도 '사람들한테 좋은 말을 하기는 어려워도 다른 사람에게 나쁜 말을 할라치면 금방이라도 문장 한 편을 지을 수가 있다', 또 '방이 무너져도 사람이 죽지 않을 수가 있지만 혓바닥으로는 사람을 깔아뭉개 죽일 수 있다', 또 '듣는 사람은 있어도, 듣지 않는 사람은 없다'고 하지요. 사실 분사 아주머니는 사람됨이 좋아서 우리 집안의 남녀노소치고 그 사람을 나쁘게 말하는 사람은 없어요. 분사 아주머니 집에서 차 한 잔 얻어먹지 않은 사람이 어디 있겠어요? 시시콜콜하게 그런 것을 다 따진다면 아무도 할말이 없지요!"

"내 보기에 눈알을 굴리며 키도 작달만한 게, 이미 둘이 들러붙어 재미를 다 본 것 같아. 그 번들거리는 눈을 가지고 말뚝 예닐곱 개는 물었을 게야. 음탕한 계집 같으니라구! 그 여편네와 얼굴이 길쭉한 한도국 마누라는 내 어찌된 일인지 눈을 까집고 보라 해도 보기가 싫다구!"

이렇게 말을 하고 있을 때에 소옥이 걸어와서는,

"저희 마님께서 다섯째 마님을 찾으세요. 반씨 할머니가 오셨는데 가마 값을 달라고 그러십니다."

하니 금련이.

"내가 여태 여기에 서 있었는데 언제 지나가셨을까?"

하자 금동이,

"샛길로 오셔서 제가 안으로 모셔다드렸어요. 가마를 타고 오셨는데 가마 값으로 여섯 푼은 주셔야 한대요."

하니 금련은,

"내가 그런 돈이 어디 있어? 어째 오면서 가마 값도 가지고 오지 않았다지."

그러면서 바로 안채로 들어가 친정어머니를 보고는 가마 값을 주지 않고 돈이 없다고 잘라 말하니 이에 월랑이 말했다.

"할머니께 은자 한 전을 드리고 장부에 기록하면 되잖아."

"나리께 꾸중을 들으면 어떡해요. 나리 돈은 액수가 다 정확하잖아요. 저한테 물건을 사는 데 쓰라고 했지, 가마 값을 주라고는 하지 않으셨어요!"

이 말을 듣고 사람들은 어이가 없어 서로 얼굴만 쳐다보고 있었다. 밖에서 가마꾼이 돌아가겠다며 빨리 돈을 달라고 재촉했다. 옥루가 보다 못해 소매에서 은자 한 전을 꺼내 가마꾼에게 주어 돌려보냈다.

잠시 뒤에 오대구 부인과 오이구 부인, 큰스님이 오자 월랑은 차를 내와 마시기를 권했다. 반노파는 앞채에 있는 딸의 방으로 건너갔다. 그곳으로 건너가니 반금련은 자기 어머니를 호되게 닦아세우면서 말했다.

"가마 값도 없으면서 누가 오라고 그랬어요? 공연히 체면만 깎이고 사람들이 우습게 보잖아요!"

"네가 돈을 주지 않는데 내가 어디에서 돈이 생기겠니? 겨우 어떻게 해서 선물은 준비를 해왔다만!"

"저한테 돈을 달라고 하면 제가 어디에서 돈이 생겨 드리겠어요? 어머니께서도 눈을 크게 뜨고 여기를 보세요. 일곱 개의 구멍이 있다면 여덟 개의 눈이 서로 시뻘겋게 누가 몰래 쓰지 않나 하고 쳐다보고 있어요! 그러니 이후에는 가마 값이라도 있으면 오시고, 돈이 없으면 아예 오지 마세요. 이 집에는 어머니같이 가난한 친척은 없어도 돼요. 그러니 공연히 오셔서 창피나 당하고 망신을 살 필요는 없잖아요! 관우[關羽](관운장)가 두부를 팔면서도 살았듯 사람이 오기가 있어야지요! 저도 사람들이 말 같지 않게 찧고 까부는 것은 들어줄 수가 없어요. 일전에도 어머니가 말없이 돌아가신 걸 가지고 큰마님과 대판 싸움을 했는데 알고 계세요? 알면 됐어요, 말뚱이 겉은 반들거리지만 속은 썩어 지저분해요!"

이렇게 몇 마디 하자 반노파는 설움을 참지 못하고 목이 메어 울기 시작했다. 이를 보고 곁에 있던 춘매가,

"마님도 참, 오늘 왜 할머니께 그런 쓸데없는 말씀을 하세요?"

그러면서 반노파를 달래 안방 온돌 위에 앉히며 연신 차를 따라 권했다. 반노파는 화가 나서 온돌에 누워 있다가 자기도 모르게 잠이 들었는데, 안채에서 오대구 부인이 청해 함께 식사를 하자고 부르는 바람에 그때 겨우 잠에서 깨어 안채로 들어갔다.

서문경이 관청에서 돌아와 한창 안방에서 식사를 하고 있었다. 이때 대안이 명첩을 가지고 들어와 아뢰기를,

"형도감께서 동남통제[東南統制]로 승진을 하셔서 인사를 오셨답니다."

하자, 이에 서문경이 명첩을 받아 보니 위에 '새로 승진한 동남통제 겸 독조운총병관[督漕運總兵官] 형충[荊忠]이 삼가 인사를 드립니

다'라고 쓰여 있었다. 서문경은 급히 상을 준비하라 이르고는 옷과 모자를 갖추고 영접하기 위해 밖으로 나갔다. 나가 보니 형도감이 붉은 바탕에 기린을 수놓은 관복을 입고 금띠를 두르고 안으로 들어오고 있는데 뒤에는 많은 관료와 아전이 따르고 있었다. 대청으로 안내해 인사를 나누고 자리를 잡고 앉았다. 차를 내와 마시라고 권하니 먼저 형통제가 말을 꺼냈다.

"일전에 승진을 했지만 조서가 이제서야 내려왔습니다. 아직 부임하지는 않았지만 바로 와서 감사 인사를 드립니다."

"총병영감의 영전을 진심으로 축하드립니다! 큰 인재는 반드시 큰 곳에 쓰이는 법이라 했으니 당연한 일이지요. 저도 영광으로 알고 조만간 찾아뵙고 축하 인사를 올리겠습니다."

그러면서,

"옷을 벗으시고 편히 앉아 음식을 좀 드시지요."

하며 하인들에게 상을 차리라고 명했다. 형통제는 재삼 고맙다고 하면서,

"제가 영감께는 알려드렸지만 집에는 아직 알리지 못했습니다. 또 처리할 일이 많이 있으니 다음에 와서 가르침을 청하겠습니다."

하면서 몸을 일으켰다. 그렇지만 서문경은 쉽게 놓아주지 않고 하인들에게 명해 옷을 받아 걸고 바로 상을 닦고 술과 안주를 내왔다. 그러면서 화로에 불을 더욱 지피고 주렴도 더 낮게 내렸다. 그 안에서 금잔에는 향기로운 술이 넘쳐흐르고, 맛있는 안주가 가득했다. 그렇게 술을 마시기 시작하는데 정춘, 왕상[王相] 두 가수가 안으로 들어와 땅바닥에 넙죽 엎드려 절을 올렸다. 서문경이,

"어쩌자고 이제서야 오는 게냐?"

하면서 정춘에게,

"저 애는 이름이 무엇이냐?"

하고 묻자 정춘이 답했다.

"저 애는 왕주[王柱]의 동생인 왕상입니다."

서문경은 즉시 악기를 가지고 와서 노래를 불러 형통제에게 들려주라고 일렀다. 잠시 뒤에 둘은 악기를 가지고 와서 줄을 고른 뒤에 「모든 풍경과 어우러지네[霽景融和]」한 곡조를 부르기 시작했다. 좌우의 하인들이 과일 두 접시와 안주, 밥, 술 두 병을 가지고 나가 형통제를 따라온 사람들을 접대했다. 이를 보고 형통제가,

"이러지 않으셔도 됩니다. 인사를 드리러 왔는데 하인 애들한테까지 음식을 내려주신다면 제가 어찌 감당하겠습니까!"

그러고는 하인을 불러 서문경에게 인사를 올리게 하니 서문경이 다시 말했다.

"그렇지 않아도 집사람이 하루이틀 정성을 다해 부인을 모시고 등불 구경을 하려고 하니 부디 오셔서 즐겁게 놀아주시기 바랍니다. 그날 모시는 분은 부인과 장친가의 부인 그리고 동료인 하천천의 부인과 저희 친척 두어 명뿐이고 다른 사람은 부르지 않았습니다."

"부인께서 초청장을 보내주신다면 집사람은 반드시 올 것입니다."

"그런데 주총병께서는 어째 승진하지 못하셨는지요?"

"내가 듣기에 주국헌은 삼월 내로 서울로 옮겨간다고 하더군요."

"그랬었군요."

얼마 동안 앉아 있다가 형통제는 몸을 일으켜 작별을 고했다. 이에 서문경은 대문 앞까지 전송하며 형통제가 말을 타고 하인들의 길을 열게 하는 외침 속에 떠나가는 걸 바라보았다.

저녁에는 반금련의 생일 축하 잔치가 열려서 안채 대청에서는 배우들이 악기를 타며 노래를 부르고 서로 술을 권했다. 서문경은 바로 일어서 금련의 방으로 건너갔다. 월랑은 큰올케인 오대구 부인, 반씨 할머니, 큰딸과 욱씨 아가씨, 두 비구니를 맞아 안방에서 술을 마셨다. 반금련은 자기 방에서 서문경을 상대로 다시 술상을 차리고 안주를 장만해 잔을 권하고 절을 올렸다. 잠시 뒤에 친정어머니인 반씨 할멈이 건너오자 반금련은 반씨 할멈을 이병아 방에 건너가 쉬게 했다. 그런 뒤에 자기는 서문경을 상대로 술을 마시며 재미있게 놀았다.

한편 반씨 할멈이 이병아 방으로 건너가자 여의아와 영춘은 반씨 할멈에게 따뜻한 온돌 위에 앉으라고 권했다. 객실 안쪽에는 영정이 걸려 있고 그 앞 상 위에는 사과와 귤, 석류, 배 등의 신선한 과일과 과자, 깨를 뿌린 떡이 그득 차려져 있고 향로에는 향이 타오르고 장명등도 밝혀져 있었다. 또 탁자 위에는 금 술을 단 탁자보가 드리워져 있고, 곁에는 이병아가 금색 도포에 수를 놓은 저고리에 구슬을 가슴에 달고 있는 영정이 걸려 있었다. 이를 보고 반노파는 인사를 하면서,

"여섯째 마님은 아마도 죽어서 좋은 곳으로 갔을 거예요!"

그러면서 다시 온돌 위에 앉으며 여의아와 영춘을 향해,

"댁의 마님은 정말로 행복한 분이에요. 나리께서 이토록 지극 정성으로 공양을 열심히 올리다니! 참으로 복이 있는 분이에요."

하니 이에 여의아가 말했다.

"지난번 마님의 백일제[百日祭] 때 오시라고 했는데, 왜 오지 않으셨어요? 성 밖에 사시는 화대구의 부인과 오대구의 부인도 모두 건너오셨었어요. 도사 열두 명이 경문을 읽었는데 그 소리가 어찌나 크

고 요란한지 정말 대단했어요. 그렇게 저녁까지 제사를 올리다가 비로소 돌아갔어요."

"설 무렵도 되었고, 애만 혼자 있고 또 집에 사람이 없으니 올 수가 있어야지요. 그런데 오늘 어째서 양고모님은 보이지 않죠?"

"아직 모르고 계셨군요. 양고모님은 나이가 드셔서 병으로 돌아가셨어요. 설 전에 마님을 위해 경을 읽을 적에도 오시지 않았어요. 저희 댁 마님들이 모두 성 밖 북쪽에 있는 그분 댁으로 가서 제사를 올렸어요."

"정말 안됐군! 그분이 나보다 나이가 많기는 했지만… 그분이 돌아가신 것도 모르고 있었다니! 그래서 오늘 뵐 수가 없었구나."

이렇게 한참 양고모에 대해 얘기를 나누었다. 여의아가,

"할머니, 여기에 단술이 있는데 조금 드셔보시겠어요?"

하며 영춘을 시켜,

"영춘 아가씨, 온돌 위에 탁자를 내려놓고 술을 데워 할머니께 좀 드리세요."

하자, 잠시 뒤에 술이 데워져 들어오니 술을 마시면서 반노파는 또 이병아에 관해 말한다.

"마님은 정말로 좋은 분이었어요. 참으로 어질고 인자하고 마음이 따스한 분이었지요. 내가 여기 올라치면 나 같은 노인네도 전혀 남처럼 취급하지 않고 잘 대해줬어요. 더운 차나 더운물을 마시라고 가져다주며 내가 너무 먹지를 않는다고 뭐라 했지요. 밤이면 나를 상대로 얘기를 나누었고요. 집으로 돌아갈 적에는 되는대로 아무런 물건이고 싸주면서 결코 빈손으로 보낸 적이 없었지요. 아가씨들에게 솔직히 말하지만 내가 지금 입고 있는 이 겹옷도 여섯째 마님이 주신 것

이에요. 그런데 그 원수 같은 내 딸년은 부러진 바늘 하나도 준 적이 없어요! 절대로 제가 거짓말을 하는 게 아니에요, 나무아미타불! 목이 마르고 배가 주렸을 적에 그 애가 나한테 동전 한 닢이라도 주었다면 이 눈알을 빼어 땅바닥에 집어던지겠어요! 이 집 마님이 나한테 뭐라도 좀 주면 그 애는 '눈은 찍 째지고 얼굴은 얇아서 다른 사람 물건은 되게 좋아하네!' 하는 거예요. 오늘도 그 가마 값 때문에 그 많은 돈에서 몇 푼 꺼내와 내주면 어때요! 그런데 이를 악물고서 돈이 없다고 하는 거예요. 그래서 결국은 뒤채 서쪽 마님(셋째 맹옥루)이 은자 한 전을 내와 가마꾼에게 주어 돌려보냈어요. 자기가 돈을 내준 것도 아니면서 자기 방으로 돌아가서는 나를 가지고 다시 한 번 잡들이를 하는 거예요. 가마 삯이 있으면 오고 그렇지 않으면 이 집 안에 오지도 말라는 거예요. 내 이번에 가면 다시는 오지 않을 거예요! 이 집에 와서 그 애한테 구박만 받을 수는 없잖아요! 천하에 아무리 독한 것들이 많다고 해도 그년만큼 독한 년은 없을 거예요! 아가씨들, 내 말을 잘 들어줘요. 내가 나중에 죽고 나면 그 애가 훗날 남의 말을 듣지 않고 있다가는 어떻게 죽을지 알 수 없어요! 그 애가 일곱 살 되던 해에 아비가 죽고 내가 자기를 어떻게 키웠는데! 어려서부터 바느질도 가르치고 또 여수재[余秀才]의 집으로 보내 공부시키고, 어떻게 손과 발을 예쁘게 하는지를 가르쳤단 말이에요. 이 모든 게 다 자기가 똑똑하고 잘나서 그런 줄 아는 모양이지요? 이제 대접 좀 받고 살게 되니 제 어미를 오라 가라 호령하며 사람 취급이나 하는 줄 알아요!"

"다섯째 마님은 어려서 학교에 다녔었군요? 어쩐지 글깨나 안다 했더니!"

"그 애는 일곱 살 때부터 학교에 다니기 시작해 삼 년이나 다녔어요. 그래서 글자도 써보았고 또 시사[詩詞] 등에 나오는 글자 중 모르는 글자가 없어요!"

이렇게 말을 하고 있을 적에 쪽문을 두들기는 소리가 들렸다. 여의아가,

"누가 문을 두들기나?"

하면서 수춘에게,

"아가씨가 한번 나가보세요."

해서 수춘이 나갔다 오더니,

"춘매 언니가 왔어요."

하니 여의아는 급히 반노파의 한 손을 꼬집으며,

"할머니, 가만히 계세요. 춘매가 왔대요."

하자 반노파도,

"나도 알고 있어요. 고년도 그 원수 딸년과 한통속이에요."

라고 했다. 춘매가 들어오는데 머리에는 비취로 만든 구름 모양 장식품을 꽂고, 양피 가죽에 진주를 박은 머리띠를 두르고 남색 비단 저고리에 노란 비단 치마를 입고 금 귀고리를 하고 담비 가죽으로 만든 목도리를 하고 있었다. 들어와 여럿이 반노파를 모시고 술을 마시는 걸 보고서는,

"아직 주무시지 않으셨어요? 저는 할머니가 무엇을 하시나 보러 왔어요."

하니 여의아가 춘매에게 앉기를 권하자, 춘매는 치맛자락을 걷어 올리고 온돌 위에 엉덩이를 올려놓았다. 영춘은 춘매 곁으로 바싹 다가 앉았다. 여의아는 오른쪽 온돌 모서리에 앉고, 반노파는 가운데 자리

를 잡고 앉았다. 그러면서 반노파가,

"그래 나리와 마님은 잠자리에 들었나요?"

하고 묻자 춘매는,

"좀 전까지 술을 드시다가 이제 겨우 잠자리에 드셨어요. 그런 다음에 할머니를 보러 왔어요. 여기 몇 가지 안주와 술 한 주전자를 할머니께 드리려고 챙겨놓았어요."

하면서 수춘에게,

"가서 추국한테 좀 챙겨달라고 해요. 내가 다 거두어놓았으니까."

하자 수춘이 건너가서 바로 들고 왔다. 추국이 안주를 담은 찬합통을 들고 수춘이 금화주 한 병을 들고 왔다. 그것을 보고 춘매는 추국에게,

"방에 가 있다가 만약 나를 찾으면 알려줘."

하니 추국은 입을 쭉 내밀고 삐쳐서 돌아갔다. 온돌 위에 탁자를 펴고 술자리를 벌이는데 가져온 안주는 구운 오리, 거위 장조림, 젓갈, 생선, 과일, 새콤달콤한 음식 등으로 한 상 가득 차려졌다. 수춘은 대문을 걸어 잠그고 다시 안으로 들어와 곁에 앉았다. 먼저 술을 따라 춘매가 반노파에게 한 잔을 올리고 나서, 그다음에 여의아가 따라 올리고, 다음에 영춘이 따라 올렸다. 수춘은 곁에 있는 온돌에 앉아 있었으니, 모두 다섯이 주거니 받거니 하며 술을 마셨다. 춘매가 작은 접시에 여러 가지 안주를 골고루 담아서 반노파에게 건네주면서,

"할머니, 여기 있는 음식들은 다 맛있으니 좀 드셔보세요."

하고 권하자 반노파는,

"아가씨, 이 할멈이 먹을게요."

그러면서,

"아가씨의 마님도 종래에 나한테 이렇게 관심을 가지고 대해준 적이 없어요. 아가씨는 정말로 늙은이를 불쌍히 여기고 존중할 줄 아는 기특한 마음씨를 가지고 있군요! 훗날 정말로 복을 많이 받을 거예요. 그런데 우리집 그 원수 덩어리는 양심도 없고 인의라곤 씨알머리도 없어요! 내가 몇 차례 마음 씀씀이가 너무 모질고 악착스럽다고 말했더니, 오히려 나한테 무안을 주고 창피를 주잖아요! 오늘 아침 일만 해도 아가씨가 봐서 알겠지만 내가 뭐 이 집에 찬밥을 얻어먹으러 왔나요? 그런데 왜 그리 무안을 주고 창피를 주는지!"

하니 이에 춘매가,

"할머니, 그만 참으세요. 할머니는 하나만 아시고 둘은 모르세요. 우리 마님 성깔이 강해서 남한테 조금도 지려고 하지 않잖아요. 여섯째 마님처럼 돈이 있는 것도 아니잖아요. 다섯째 마님한테는 원래 돈이 없잖아요. 그런데 할머니께서는 마님이 돈을 주지 않는다고 말씀하시니 속이 어떻겠어요? 다른 사람들은 몰라도 저는 알아요. 영감님이 비록 방에 은자를 놓고 나가시더라도 우리 마님께서는 거들떠보지도 않으세요. 혹시라도 꽃 같은 물건을 사고 싶으면 당당하게 나리께 사달라고 말씀하시지, 결코 뒤에서 몰래 챙기거나 감추는 법이 없어요. 그러니 남들이 마님을 우습게 보고 하고 싶은 말을 다하는 거예요! 원래 마님께서는 돈이 없는데 할머니께서는 마님이 돈을 주지 않는다고 탓하시니 마님이 정말로 억울해요. 이건 제가 마님을 감싸는 게 아니에요. 사실을 사실대로 말씀드렸을 뿐이에요."

했다. 이를 듣고 여의아가,

"다섯째 마님을 탓하지 마세요. 예로부터 '자식은 자기의 골육[骨肉]이다'라고 하잖아요. 다섯째 마님께 돈이 있다면, 할머니께 드리지 않고 누구한테 주겠어요? 속담에도 '애를 때리려 해도 애어머니의 정분을 보아야 하고, 수천 송이의 복숭아꽃도 한 나무에서 자란다'고 하잖아요. 훗날 할머니께서 돌아가시면 다섯째 마님은 피붙이라고는 없는 거잖아요. 그렇게 되면 우리 마님께서도 죽은 거나 다름없죠!"

하자 노파가 말했다.

"나는 내년을 바라볼 수 없는 사람으로 오늘 죽을지 내일 죽을지 누가 알겠어? 그러니 나도 딸을 원망하지는 않아."

춘매는 반노파가 술을 두어 잔 마시고 마음이 어느 정도 풀어진 걸 알았다. 그래 바로 영춘을 불러,

"언니, 주사위를 가지고 와서 우리 주사위 놀이를 해요."

하니 잠시 뒤에 주사위 패 마흔 개를 가지고 나왔다. 춘매와 여의아가 먼저 던지기 시작하고 다시 춘매와 영춘이 던지며 내기를 하는데 큰 잔으로 벌주를 마셔야 했다. 잠시 뒤에 서로 주거니 받거니 하다 보니 술기운이 온몸을 감싸고 얼굴도 발그스레한 빛을 띠고 어느덧 금화주 한 병을 한 방울도 남기지 않고 다 마셔버렸다. 영춘이 나가 다시 반 동이나 되는 마고주를 가져와 그것도 다 마셔버렸다. 거의 삼경에 이르러 반노파가 더는 졸음을 참지 못하고 앞뒤로 끄떡이며 졸기 시작하자 그제서야 사람들도 자리에서 일어나 헤어졌다.

춘매도 바로 금련이 있는 곳으로 건너와 쪽문을 밀고 정원 안으로 들어와 보니, 추국이 문틈 널빤지 사이로 의자를 기대어놓고서 두 사람이 방에서 하는 행위를 엿보고 있었다. 둘이 어떠한 자세를 취하며 또 어떻게 야릇한 신음소리를 내지르는지 엿들으면서 말이다. 한참 열이 나서 엿보고 있을 때 느닷없이 춘매가 앞으로 다가가 추국의 따

귀를 몇 차례 올려붙이면서,

"죽으려고 환장한 년 같으니라구! 쓸데없이 여기서 무엇을 엿든고 있는 게야!"

하니 얻어맞은 추국은 눈을 둥그렇게 크게 뜨고는 답했다.

"나는 여기 앉아서 졸고 있었는데 무엇을 엿들었다고 때리고 그래요?"

금련이 이 말을 방 안에서 듣고서 춘매에게,

"누구하고 말을 하고 있는 게냐?"

하자 춘매는,

"아무것도 아니에요. 제가 추국에게 문을 잠그라고 하는데 도무지 일어나지를 않아요."

하면서 추국이 한 일을 감싸주었다. 추국은 눈을 비비면서 일어나 방문들을 걸어 잠갔다. 춘매도 제 방 온돌 위로 올라가 머리 장식을 풀고는 잠자리에 들었다.

꾀꼬리는 뜻이 있어 잔경[殘景]을 남겨두나
두견새는 무정해 저녁노을을 그리네.
鶬鶊有意留殘景 杜宇無情戀晚暉

다음 날은 반금련의 생일날로 부지배인의 부인, 감지배인 부인, 분사 부인, 최본의 며느리 단씨, 오순신의 처 정삼저, 오이구 부인이 모두 모였다. 서문경은 오대구, 응백작과 약속을 하고 의관을 깨끗하게 차려입고 말을 타고 큰소리를 내질러 길을 열게 하며 하천호 집 연회에 참석하기 위해 출발했다. 이날은 손님이 매우 많았고 또 가수도

네 명 와서 노래를 부르고 배우들도 온갖 잡기를 보여주며 분위기를 잡았다. 주수비가 손님들과 함께 한 상에 앉았다. 서문경은 술을 마시다가 저녁 무렵에야 집에 돌아와 바로 앞채 이병아 방으로 건너가 여의아와 함께 잤다.

초열흘날, 여러 관리의 부인들에게 연회에 참석해달라는 초청장을 쓰게 하고 있는데 월랑이 서문경에게 말했다.

"열이튿날 등을 구경하면서 술 마실 적에 성 밖에 사는 맹누이와 제 큰언니도 함께 초청하면 좋겠어요. 나중에 청했느니 안 청했느니 공연히 속 썩이게 하지 마시고."

서문경은,

"진작 말하지."

라며 진경제에게,

"두 장을 더 써서 금동을 시켜 모셔오게."

하고 분부했다. 곁에서 이 말을 듣고 있던 반금련은 속이 끓어올라 바로 방으로 건너가서는 친정어머니 반노파에게 어서 돌아가라고 들볶았다. 반노파가 나오자 월랑이,

"할머니, 왜 그리 서둘러 가세요? 며칠 더 계시다 가시지요."

하니 이를 듣고 금련이,

"큰마님, 설 기간에 집안에 애만 남겨두고 돌봐줄 사람도 없으니 그냥 가시게 내버려두세요."

하자, 이 말을 듣고 월랑은 급히 하인 애들을 시켜 과일과 과자 두 상자를 챙겨주며 은자 한 전을 가마 삯으로 주어 돌려보냈다. 금련은 그러면서 이교아에게 말했다.

"큰마님은 돈 있는 일가친척을 불러 등 구경을 하며 술을 마시지

만, 우리 어머니는 돈도 없이 구석에서 눈살이나 찌푸리고 앉아서 공연히 남의 눈치나 살필 텐데, 그러느니 차라리 집으로 돌아가는 게 낫잖아요. 손님이라고 하자니 변변히 좋은 옷도 입지 못했고 또 부엌에서 일하는 사람이라고 하자니 그렇게 보이지는 않고… 그러니 공연히 울화만 치솟잖아요!"

서문경은 대안을 시켜 초대장 두 장을 왕초선부로 보냈는데 한 장은 임부인한테, 또 다른 한 장은 왕삼관의 처 황씨에게 보내는 것이었다. 또 기생집에 가서 이계저, 오은아, 정애월, 홍사아와 배우 이명, 오혜, 정봉도 불렀다.

그런데 뜻밖에도 이날 분사가 동경에서 돌아와 세수를 하고 머리를 빗고 옷을 깨끗하게 갈아입고 서문경을 찾아와 인사를 하면서 하지휘의 답신을 전달해주었다. 서문경은 분사에게 물었다.

"왜 이제야 돌아왔지?"

"동경에서 감기에 걸려 한참 고생하다가 정월 초이튿날에 출발했어요. 하영감께서 여러 가지로 신경을 써주셔서 감사하다고 하셨어요."

이 말을 듣고 서문경은 분사에게 예전의 가게 열쇠를 돌려주며 실 가게 일을 맡아보게 했다. 그리고 따로 집 한 칸을 마련해 처남 오이구에게 포목점을 내어 장사를 맡기고, 나중에 송강[松江]에서 짐을 실은 배가 오면 모두 사자가에 있는 점포에 내려놓고 내보와 함께 장사를 하라고 했다. 또 분사에게 불꽃놀이 기구 만드는 사람을 집으로 불러 열이튿날 여자 손님들이 와서 구경할 수 있게 준비하라고 일렀다.

이날 저녁에 응백작이 이지를 데리고 서문경을 찾아와 차를 마시고 나서 비로소 본론을 꺼냈다.

"오늘 이지가 찾아온 것은 형님께 돈벌이가 될 일이 있어서랍니다. 한번 해보시겠어요?"

서문경은,

"도대체 무슨 일인데 그러나? 말을 해보게."

하자 이지가 말했다.

"오늘 조정에서 내려온 공문에 의하면 천하의 열세 개 성에서, 각성마다 골동품 이만 냥어치를 사들인답니다. 우리 동평부에도 이만 냥이 할당되었는데 이 공문은 지금 순안처에 있으며 아직 내려오지는 않았어요. 그래서 큰거리에 있는 장이관이 관가에 은자 이백 냥을 써서 일만 냥이 넘는 것을 따내려고 노력 중이지요. 그래서 소인이 응아저씨에게 말했더니 나리께 직접 말씀드려보라고 하시더군요. 나리께서 하실 의향이 있으시면 장이관이 오천 냥을 내고 나리께서 오천 냥을 내어 두 집이 합자를 하시면 됩니다. 다른 사람은 없고 이쪽에서는 응씨 아저씨와 소인 그리고 황사가 나서고, 저쪽에서는 두 명이 나서서 하려고 합니다. 그리고 이익은 이팔[二八]로 나누려고 합니다. 나리의 의향은 어떠하신지요?"

"무슨 골동품인데?"

"아직 모르고 계셨군요. 오늘날 조정에 새로 지은 간악[艮嶽]은 수악[壽岳]이라고 이름을 바꿨어요. 그 위에 많은 전각을 세웠지요. 또 상청보록궁[上淸寶籙宮], 회진당[會眞堂], 선신전[璇神殿]을 건축했고, 안비[安妃](송 휘종의 총비[寵妃]인 유귀비[劉貴妃])를 위해 소장각[梳粧閣]을 지었지요. 그곳에 모두 진귀하고 기이한 모양의 짐승, 주나라나 상나라 때 청동화로와 한나라 때 진귀한 글씨나 주진[周秦] 시대의 조각과 선인장승로반[仙人掌承露盤](한 무제 때 만든 것으로 장수를 기원하며 이슬을 받아먹을 때 쓰였다는 그릇) 등 모두 세상에서 보기 드문 진귀한 골동품으로 꾸며놓았습니다. 그러자니 공사도 엄청나게 커지고 돈과 양식도 엄청나게 들었지요!"

이에 서문경은,

"그렇다면 남과 같이 하느니, 나 혼자 하지. 내가 일이만 냥을 못 낼까봐 그러나?"

하니 이지는,

"나리께서 혼자 하시면 더욱 좋지요! 저쪽에는 적당한 핑계를 대고 떼어버리면 그만이에요. 우리 쪽에서도 나리와 두세 명만 알고 있어요."

하자 백작이 말했다.

"형님, 집에서 누구를 더 보낼까요?"

"때가 되면 분사를 보내 일을 좀 돕지."

그러면서 다시,

"그래 그 문서는 어디에 있나?"

하고 묻자 이지는,

"순안이 가지고 계신데 아직 공표하지 않으셨어요."

하니 서문경이,

"그렇다면 잘됐군. 내 사람을 보내 편지와 선물을 보내 송송원[宋松原] 순안한테 달라고 하면 되겠군."

했다. 이에 이지는,

"만약 나리께서 달라고 하실 것 같으면 조금이라도 지체하시면 안 됩니다. 자고로 '병사를 움직임에는 신속함이 제일이고, 먼저 밥을 짓기 시작하는 사람이 먼저 밥을 먹는다'고 하잖아요. 우물쭈물하다가 문서가 부에 가면 남들이 먼저 선수를 써서 가로챌지도 몰라요."
하니 이 말을 듣고 서문경은 웃으며,

"쓸데없는 걱정은! 설사 부로 문서가 갔다고 해도 내 송어사한테 말해 다시 가져오면 되잖아. 게다가 부의 호부윤도 내가 아는 사이니까 괜찮아."

그러고는 이지와 응백작을 잡아두고 함께 식사를 하면서,

"지금 편지를 써서 내일 하인 애를 시켜 보내지."
하니 이지가 말했다.

"그런데 한 가지, 송순안께서 지금 찰원에 계시지 않아요. 며칠 전에 연주[兗州]로 시찰을 나가셨어요."

"그럼 자네가 우리집 하인과 함께 연주로 한번 갔다 오지."

"제가 가는 것도 괜찮지요. 오가는 데 대엿새면 되니까요. 나리께서는 누구를 보내려고 하시는데요? 제가 잠시 기다렸다가 편지를 다 쓰면 저희 집에 데려가 재울게요. 저와 내일 아침 함께 출발하려고 해요."

"송순안이 다른 사람은 잘 알지 못하고 춘홍을 귀여워하시니 춘홍과 내작을 같이 보내지."

그러고는 바로 두 사람을 불러 이지를 만나보게 하고 저녁에는 이지의 집으로 건너가 자라고 했다. 백작이,

"참 잘됐군요. 일을 하려면 빨리 해야지요. 재간이 많다 해도 재빠른 사람이 이기게 마련이지요!"

그러고는 이지와 함께 식사한 뒤에 작별을 고하고 떠났다. 응백작이 가자 서문경은 진경제를 불러 편지를 쓰게 하고 또 황금 열 냥을 잘 싸서 가방에 넣어주면서 춘홍과 내작에게 조심해 다녀오라고 이

르면서 분부했다.

"서류를 받거든 지체하지 말고 돌아오거라. 만약 공문이 부로 넘어
갔다고 하면 송어사께 편지를 써달라고 해서 부에 가서 가져오너라."

"나리, 걱정하지 마세요. 일찍이 연주에서 서참의[徐參議]를 모셔
본 적이 있어서 잘 알고 있어요."

내작은 편지와 예물을 받아 몸에 잘 간수하고는 바로 이지의 집으
로 건너갔다. 열하룻날 내작과 춘홍은 이지와 함께 아침 일찍 말을
빌려 타고 연주부로 출발했다.

다음 날은 열이튿날로 서문경 집에서는 여러 관원의 부인을 초청
해 술자리를 베풀었다. 이날 서문경은 밖에 나가지 않고 오대구, 응
백작, 사희대, 상시절을 집으로 불러 화원 안 대청에 자리를 마련하
고 등불을 구경하며 술을 마시기로 약속해놓았다. 왕황친 가의 연극
단이 아침 일찍 공연 물품을 담은 상자를 메고 건너와 앞채의 사랑채
에 공연 장소를 마련했다. 여자 손님들이 오면 북과 징을 치면서 영
접했다. 주수비 부인은 눈병이 생겨 오지 못하겠노라고 사람을 시켜
알려왔다. 나머지 형통제 부인, 장단련 부인, 운지휘 부인과 교대호
부인, 최친가 부인, 오대구 부인과 맹씨 큰이모도 미리 도착했다. 단
지 하천호 부인과 왕삼관 모친인 임부인과 왕삼관 부인이 오지 않고
있었다. 서문경은 포졸과 대안, 금동을 두세 차례 보내 어서 오라 전
하고 또 문씨를 시켜 재촉했다. 점심때가 되어서야 임부인이 큰 가마
를 타고 그 뒤에 작은 가마가 따라왔다. 먼저 인사들을 나누고 서문
경을 청해 인사를 올렸다. 서문경이,

"그런데 어째 왕삼관의 부인은 안 오셨죠?"

하니 임부인은,

"애가 동경에 가 있어 집에 사람이 없어요."

하면서 서로 인사를 나누었다. 하천호 부인은 점심때가 훨씬 지나서
야 왔다. 부인은 네 사람이 드는 가마에 앉았고, 작은 가마에는 하인
의 부인이 앉아 왔고 군졸들이 옷상자를 메고 따라왔으며, 또 검은
옷을 입은 하인 둘이 가마끈을 꽉 잡고 있었다. 중문을 들어서서야
비로소 가마에서 내리니 앞채에서 주악을 연주하며 하천호 부인을
영접했다. 월랑과 여러 자매도 모두 중문 앞까지 나가 마중을 했다.

서문경은 몰래 서쪽 사랑채에서 발을 내리고 이 남[藍]씨를 훔쳐
보니 나이는 채 스물이 안 되었고 키가 늘씬하고 화장한 모습이 마치
옥가루를 바른 듯했다. 머리에는 진주와 비취 장식을 높이 했고 봉황
모양 비녀를 꽂고 있었다. 몸에는 붉은 바탕에 오색 기린 네 마리가
그려진 옷을 입고, 옥띠를 두르고 꽃무늬 화려한 남색 치마를 입고
있었다. 걸음을 옮길 때마다 패물 소리 딩동거리고 사향 냄새 그윽하
게 퍼졌다. 그 모습을 보니,

예쁘고 아름다운 모습, 몸가짐도 간들거리네.
천성은 영리하고 몸매는 크지도 않고 작지도 않네.
귀밑까지 그린 가늘게 휜 양 눈썹
초롱초롱 반짝이는 봉황 같은 눈 한 쌍
이리저리 굴리며 사람을 살펴보네.
아름다운 목소리는 온종일 지저귀는 꾀꼬리인 듯
날씬한 허리는 바람에 나부끼는 버드나무 같구나.
정말로 비단 휘장을 두르고 태어나
오히려 호화로운 기상을 내리누르네.

진주와 보석의 숲에서 자라났어도

우아하면서도 엷게 화장을 했구나.

활짝 핀 해당화는

밤이 얼마나 찾아왔는지 묻지 않고

바람에 나부끼는 버드나무는

봄이 어떠한지를 알지 못하는구나.

그의 참다운 사랑을 알려고 한다면

창에 비치는 하얀 달빛만이 알리.

그의 가슴속에 쌓인 마음은

비단 휘장을 스치는 청풍만이 알리라.

발걸음을 살며시 내디디니

예주선녀[蕊珠仙女]*의 풍류가 있구나.

치맛자락을 가볍게 들어올리니

마치 달 위에 비친 관음보살의 모습이로구나!

儀容嬌媚 體態輕盈

姿性兒百伶百俐 身段兒不短不長

細彎彎兩道蛾眉 直侵入鬢

滴溜溜一雙鳳眼 來往瞅人

嬌聲兒似囀日流鶯 嫩腰兒似弄風楊柳

端的是綺羅隊里生來 卻厭豪華氣象

珠翠叢中長大 那堪雅淡梳粧

開遍海棠花 也不問夜來多少

飄殘楊柳絮 竟不知春色如何

---

* 도가 전설 중의 선녀

要知他半點眞情 除菲是穿綺窗皓月
能施他一腔心事 卻便似翻繡幌清風
輕移蓮步 有蕊珠仙子之風流
款蹙湘裙 似水月觀音之態度

바로,

꽃에다 비유해보니 말을 할 줄 알고
옥에다 비유해보니 향기가 있구나.
比花花解語 比王玉生香

　서문경이 보지 못했으면 몰라도 보고 나니 남씨의 어여쁜 모습에
그만 혼백이 모두 하늘 저 멀리로 날아가버릴 정도였다. 아직 그 몸
을 안아보지도 않았는데 이미 넋이 빠지고 말았다.
　잠시 뒤에 월랑이 나와 영접해 안채로 모셔서는 인사를 나누었다.
인사를 나눈 뒤에 서문경을 모셔 인사를 하려 했다. 서문경은 이미
기다리고 있던 터라 대답도 하지 않고 급히 옷을 갖추고 나가 인사를
했다. 그러면서 바라보니 하늘의 아름다운 나무가(瓊林玉樹) 인간 세
상에 내려온 듯, 무산의 신녀가 내려온 듯했다. 몸을 굽혀 인사를 하
는데 그 모습에 마음이 흔들리고 눈이 어지러워 도무지 정신을 차릴
수가 없었다.
　인사를 마치고 화원의 넓은 대청에 술자리를 마련하니 온갖 맛있
는 음식으로 가득했다. 그런 뒤에 다시 대청에 산해진미를 차리고,
정면에는 부자인 석숭[石崇]이 하듯 비단으로 사방에 휘장을 치고,

주위에 많은 연회석을 마련했다. 그리고 꽃 연등을 높이 달아 비단 끈으로 매놓았다. 조각한 대들보에는 비단 띠가 낮게 드리워져 있고, 촛불이 밝게 빛을 발하고 있었다. 물고기와 용의 조각이 황홀하게 진주 더미를 만들고, 전각과 누대에는 많은 비취가 쌓여 있었다. 좌측 사랑채에는 미인도가 그려져 있고, 우측 사랑채에는 구요팔동[九曜八洞](구요는 북두칠성[北斗七星]과 그것을 보좌하는 별 두 개. 팔동은 도가에서 말하는 신선들이 거처하는 곳)의 신선들이 금박으로 그려져 있었다. 음식은 용의 간에 봉황의 골수, 곰의 발바닥에 낙타의 등이었고, 금슬에 은쟁, 봉소에 상아의 피리였다. 음악 소리 울리니 지나가던 새도 놀라고 노랫소리에 가던 구름도 멈춘다. 좌석에 앉아 있는 부인들은 비취와 보석으로 모두 화려하게 치장하고, 계단 아래 배우들은 사랑의 기쁨과 이별의 슬픔을 노래했다.

정말로, 술을 권하는 사람은 낙수와 포수 물가 한 쌍의 신녀요, 안주 들어 대령하는 사람은 두 명의 항아로구나.

이때 임부인은 상석에 앉아 있었는데 연극배우들은 「소천향반야조원기[小天香半夜朝元記]」를 불렀다. 두 절을 노래하고 내려가자, 이계저, 오은아와 정애월, 홍사아가 위로 올라와 노래를 불렀다. 그러는 사이에 오대구 부인은 집이 성 밖이라며 먼저 자리에서 일어났다. 기생들은 「꽃과 등불 수놓은 비단이 하늘에 걸려 있네[錦綉花燈半空挑]」라는 등불 노래를 불렀다.

서문경은 화원 내 대청에서 오대구와 응백작, 사희대 그리고 상시절과 앉아 이명, 오혜, 정봉에게 연주와 노래를 시키고 술을 마셨다. 앞채 대청의 격자문 밖으로 나가지도 않고 단지 먼발치에서만 바라볼 뿐이었다. 여러 집에서 따라온 가마꾼들에게도 앞채 행랑채에서 술과 안주를 대접했다.

둥근 달이 밝게 빛나니 아름다운 구름은 쉬이 흩어지고, 즐거움이 다하면 괴로움이 찾아들고, 고생 끝에 낙이 오는 것이 자연의 도리이어라!

서문경은 평생에 명예를 좇고 이익을 다투며 마음껏 사치와 음욕을 누렸다. 그러나 하늘은 이러한 무리를 싫어하니 귀신들이 찾아오고 죽음이 임박한 것을 모르고 있었다.

이날 저녁 집 안에서는 등불을 켜놓고 배우들이 악기를 타며 등불 노래를 부르고 있었다. 아직 채 일경이 되지 않은 초저녁이었는데 서문경은 사람들과 같이 자리에 앉아 있다가 좌석에서 코를 쿨쿨 골면서 졸기 시작했다. 백작은 바로 수수께끼를 내며 서문경을 놀렸다.

"형님, 오늘 기분이 안 좋으세요? 웬일로 졸고 계세요?"

"웬일인지 어젯밤에 제대로 못 잤어. 그래서 그런지 오늘 통 정신이 없고 잠만 오는군."

이때 가수 넷이 노래를 마치고 내려갔다. 백작은 둘에게는 노래를 시키고, 둘에게는 술을 따르게 했다. 이에 홍사아와 정애월은 쟁과 비파를 타며 노래를 부르고, 오은아와 이계저는 술을 따랐다. 이렇게 한참 재미있게 놀고 있는데 대안이 안으로 들어와,

"임부인과 하대인 부인께서 돌아가시려고 합니다."

하니, 이에 서문경은 술좌석에서 내려와 어둠 속에서 중문까지 걸어나가 몰래 먼발치로 부인들이 가마에 오르는 것을 바라보았다. 월랑과 여러 부인네들은 대문까지 전송하면서 앞채에서 불꽃놀이하는 것을 잠시 구경했다.

남씨 부인은 붉은 저고리에 누런 담비 털가죽 외투를 걸치고 남색

치마를 입고 있었다. 임씨 부인은 흰 비단 치마에 담비가죽 외투에 붉은 치마에 금빛 옥패를 차고 있었다. 이들은 하인들이 등불을 들고 가마를 에워싼 가운데 떠나갔다. 서문경은 남씨를 눈이 뚫어지게 바라보고 마른 군침을 삼키며 당장 한 쌍이 되어 품에 안지 못함을 한스러워했다. 남씨가 떠나는 걸 보고 슬며시 샛길을 통해 안으로 들어왔다.

모든 것이 공교롭지 않으면 말이 되지를 않는가 보다! 사람의 인연이란 정말로 미묘한 것이런가! 뜻밖에도 내작의 부인이 여자 손님들이 모두 흩어져 돌아가는 것을 보고 자기도 안채의 방으로 들어가 방문을 열려고 했다. 그러다 뜻하지 않게 서문경과 마주치니 피할래야 피할 곳도 없었다. 원래 서문경은 여자의 생김새가 예쁘장한 것을 보고 벌써부터 마음에 두고 있던 터였다. 비록 내왕의 처인 송씨만큼 예쁘거나 또 다른 솜씨에는 따르지 못한다고 하나 그 나름대로 용모와 솜씨를 지니고 있었다. 이에 서문경은 술기운에 다짜고짜 내작의 부인을 방으로 끌고 들어가 입을 맞추었다. 원래 이 여인네는 왕황친 집에서 있으며 주인과 눈이 맞아 놀아났으나 사람들에게 발각되어 대판 혼이 나고는 쫓겨났었다. 그런 부인이 이런 기회를 맞이했으니 어찌 서문경이 하는 대로 따르지 않겠는가! 부인은 바로 자기의 혀를 서문경의 입 안에 밀어 넣었다. 둘은 바로 띠를 풀고 옷과 바지를 벗고 온돌 위에 드러누웠다. 바로 다리를 쳐들고 서문경의 물건을 집어넣으니 그 즐거움이 오죽하겠는가! 이야말로 앵앵을 만나지 못하니 홍랑한테 가 갈증을 푸는 격이었다.

시가 있어 이를 증명하나니,

등불과 달빛이 서로 옥잔에 비추고
나뉘어 미인들을 밝게 비춘다.
그대여 부인이 있다고 말하지 마소.
사람을 시켜 뽕나무 아래에서 나부[羅敷]*를 찾는다오.
燈月交光浸玉壺 分得淸光照綠珠
莫道使君終有婦 敎人桑下覓羅敷

(9권에서 계속)

---

* 조왕[趙王]의 문지기 왕인[王仁]의 아내로 뽕밭에서 뽕을 따는 것을 보고 조왕이 겁탈을 하려 하자, 「맥상상[陌上桑]」이란 노래를 거문고로 타며 자기는 남편이 있음을 알려 화를 면했다는 이야기